Schlechtes Blut

Ein Roman von
Martina Bauer

Alle Rechte liegen bei der Autorin Martina Bauer

Copyright: © 2015 Martina Bauer,
Guttenbergstr.1, 76889 Schweigen-Rechtenbach

Herstellung und Verlag: BoD – Books on Demand, Norderstedt

Covergestaltung: Jacqueline Spieweg, FarbRaum4
(http://www.jspieweg.de/)
Datei: Fotolia (kevron2001)

Bibliografische Information der Deutschen Nationalbibliothek: Die Deutsche Nationalbibliothek verzeichnet diese Publikation in der Deutschen Nationalbibliografie; detaillierte bibliografische Daten sind im Internet über www.dnb.de abrufbar.

ISBN 9783734771316

Qindie steht für qualitativ hochwertige Indie-Publikationen. Achten Sie also künftig auf das Qindie-Siegel! Für weitere Informationen, News und Veranstaltungen besuchen Sie unsere Website.

www.qindie.de

Alle Personen im nachfolgenden Text sind frei erfunden.

Ähnlichkeiten mit lebenden oder verstorbenen Personen sind rein zufällig und nicht beabsichtigt.

Die Legende von der Sumpfhexe ist ebenfalls frei erfunden.

Aber jeder Legende liegt ein Quäntchen Wahrheit zugrunde.

Nach der Kurzgeschichte

»Der Hexenwald«

von Martina Bauer

Und wenn sie nicht gestorben sind,

dann töten sie noch heute.

2013: Annie

Ich träume davon, auf einer blühenden Wiese begraben zu werden, mit duftenden Blumen und jungem grünen Gras über mir. Eine große Wiese soll es sein, mit einem einzelnen Baum in der Mitte, vielleicht eine alte Eiche oder eine ausladende Weide. Die Vögel sollen in der Krone zwitschern, und ein blauer Himmel soll sich darüber spannen, über den am Abend ein funkelnder Sternenhimmel zieht.

Die wenigsten machen sich so viele Gedanken über das Ende wie ich. Warum auch? Sterben ist etwas für alte Leute. Über den Tod nachzudenken, heißt, sich den Tag zu verderben. Der Tod lässt sich weder planen, noch lässt er mit sich handeln. Er wird kommen, ob es einem gerade in den Kram passt oder nicht. Die Menschen können nur beten und hoffen, dass er sich Zeit lässt und erst auf sie aufmerksam wird, wenn sie Ihr Leben gelebt haben und bereit für ihn sind.

Mich hat er schon aufgesucht. Selbstverständlich bin ich nicht tot, sonst wäre ich nicht in der Lage, meine Geschichte zu erzählen. Und mit fünfundzwanzig bin ich alles andere als alt.

Der Tod ist mein treuer Begleiter. Er ist immer in meiner Nähe und weht mir seinen eisigen, stinkenden Atem ins Gesicht. Der Tod ist wie ein ungeliebter Bruder, der mich der engen familiären Bande wegen an Sonntagen besucht und mich spöttisch über den Schweinebraten hinweg angrinst. *Hier bin ich, Annie, sieh mich an. Du kannst mich nicht ausstehen, aber ich bin nun mal hier. Wir gehören zusammen, du und ich.*

Nicht, dass ich es mir aussuchen kann. Die wenigsten haben eine Wahl.

Der Vater meiner Kindheitsfreundin Mona hat bereits zu Lebzeiten festgelegt, wie mit seinen sterblichen Überresten verfahren werden soll, wenn es so weit ist. Die Form des Grabsteins, der Wortlaut der Inschrift, die Ausrichtung der Bestattungsfeier: bei einem Notar wurde eine akribisch ausgearbeitete Verfügung hinterlegt. Mona und ich waren vielleicht zehn oder elf, als sie mir von dieser Planung erzählte. Wir saßen auf dem Bürgersteig vor der Villa Grün in der Sonne und schleckten Erdbeereis vom Eismann. Ich wunderte mich über Monas Vater.

»Ist dein Vater krank oder so?«, fragte ich.

»Nein. Es ist ihm einfach wichtig, dass alles nach seinen Wünschen läuft«, antwortete sie.

Ich war noch ein Kind; trotzdem ahnte ich bereits, dass der Tod nicht der beste Verhandlungspartner ist. Herr Kerners Planung kam mir vor wie Einkaufen mit Mama an der Fleischtheke. »Einmal hundert Gramm Aufschnitt, bitte. – Einmal verbrennen, bitte. Und nur richtige Blumen auf das Grab legen, keine künstlichen Gestecke.«

Ich wünsche Herrn Kerner, dass seine Hoffnungen erfüllt werden. Ich wünsche es ihm wirklich.

Ich erzählte meiner Schwester Stella am selben Abend von dem Gespräch mit Mona.

»Cool«, sagte sie. »Vielleicht mache ich das auch so, wenn ich alt bin. Und weißt du was? Ich lasse mich in einem offenen Sarg aufbahren, genau wie Oma. Dann zwinkere ich den Trauergästen zu und erschrecke sie zu Tode. Schau, so …« Stella kam ganz nah an mich heran und zwinkerte mit einem Auge. Ich kiekste und wand mich bei dieser Vorstellung.

Stella wurde nicht alt. Sie wurde ermordet und starb den schlimmsten Tod aus der Angebotspalette des Sensenmanns. Ihr Wunsch nach einer offenen Aufbahrung konnte nicht erfüllt werden. Für eine Zurschaustellung ihrer Leiche zur Betrachtung für die Hinterbliebenen ist von Stella nicht genug übrig geblieben.

Manchmal träume ich von einem Skelett auf einem Totenbett. In den knochigen Händen steckt ein Blumenstrauß, hineingelegt von den trauernden Angehörigen. Jedes Mal erwache ich schweißgebadet. Der Traum erinnert mich an den Tag, als Stella diese bescheuerte Idee hatte, mit der der Schrecken seinen Lauf nahm.

1
Sommer 2003: Annie

»Los, komm! Wir wollen eine Hexe jagen.«

Wie immer sprühte Stella vor Energie, aber so wie heute hatte ich sie nicht oft erlebt. Sie wirkte auf mich wie eine Stimmgabel, die von einem eifrigen Lehrer gegen eine Tischkante geschlagen wird, um seinen Schülern die Vibration vorzuführen. Man sieht das feine Beben nicht direkt, aber man kann es spüren.

»Was redest du da für einen Blödsinn?« Theatralisch pulte ich mit dem Zeigefinger in meinem linken Ohr, als versperrte etwas den Gehörgang. »Ich höre wohl nicht richtig. Ich habe »Hexen jagen« verstanden.«

»Du hast richtig gehört.« Stella strahlte mich an, als wäre die Hexenjagd an einem Samstagnachmittag eine besonders geniale Idee.

»Du spinnst doch!« So unauffällig wie möglich versuchte ich das Buch in meinem Rucksack zu verstauen. Stella sollte den Einband nicht sehen. Einen Teil meines Geburtstagsgeldes hatte ich in der kleinen Buchhandlung in der Söternstraße für meinen ersten Thriller ausgegeben: »Fräulein Smillas Gespür für Schnee« von dem dänischen Autor Peter Hoeg. Der Film über die herzlich-schroffe Glaziologin, die den Mord an einem kleinen Inuit-Jungen aufklärt, war vor kurzem im Fernsehen ausgestrahlt worden und hatte mich völlig begeistert. Wenn Stella das Buch in die Hände bekam, würde sie es wahrscheinlich beschlagnahmen und Mama erzählen, es wäre für mich nicht brauchbar. Es sei ein Buch für Erwachsene, wahnsinnig spannend, und wenig geeignet für ein ängstliches, zu Alpträumen neigendes Persönchen wie mich. Ich würde es mit Sicherheit wieder zurückbekommen, aber erst, wenn Stella es selbst gelesen hatte, und das konnte dauern.

Fräulein Smilla sollte mich in den Ferien bei meinen Spaziergängen mit unserer Retriever-Hündin Pebbles begleiten. Ich wollte mir ein stilles Plätzchen am Altrhein suchen und die Zeit mit Lesen vertreiben, während Pebbles durchs Gebüsch pirschte, Mäusen hinterherjagte und sich Unmengen Zecken einfing.

Stella nahm mir den Rucksack aus der Hand und holte das Buch heraus. Auf den Buchdeckel achtete sie gar nicht. »Das brauchst du heute nicht.«

»Hey.« Mein lahmer Protest war reine Gewohnheit. Wenn meine Schwester sich etwas in den Kopf gesetzt hatte, zog sie es durch. Ihre Klassenkameraden kommandierte sie genauso herum wie die Mitglieder ihrer Clique. Zu diesem Zeitpunkt war sie drauf und dran, auch in unserer Familie das Kommando zu übernehmen. Sisyphos hätte schneller seinen Felsblock auf den Gipfelgrat des Mount Everest geschoben, als sich in einer Diskussion gegen Stella durchzusetzen. Sich mit meiner Schwester anzulegen, hieß, unnötige Energie zu verschwenden. Sie musste immer das letzte Wort haben.

Gespielt gelangweilt zuckte ich mit den Schultern. Ich hatte sowieso nichts Besseres zu tun. Mit dem Buch war ich in wenigen Tagen durch, und die Sommerferien hatten gerade erst begonnen. Meine Freundin Mona hing mit ihren Eltern auf Mallorca herum. Insgeheim freute ich mich über Stellas Gesellschaft an diesem Nachmittag. Nachdem sie jahrelang auf mich aufpasste und mich an ihrem Rockzipfel hatte mitschleppen müssen, kam es ausgesprochen selten vor, dass sie freiwillig etwas mit mir unternehmen wollte. Und seit einigen Wochen machte sie sich richtig rar. Ich hatte den Verdacht, dass ein Typ im Spiel war. Stella stritt das rigoros ab. Sie hielt sich sehr viel in ihrem Zimmer auf, wo sie über irgendwelchen Büchern und Unterlagen brütete, auch nach der Zeugnisverleihung am Ende des Schuljahres. Mit dem Telefon war sie nicht zugange. Ich habe ein feines Gehör, und ein Gespräch wäre mir nicht entgangen. Es wäre mir wohl auch nicht entgangen, wenn ich fast taub wäre, so fest, wie ich mein Ohr an ihre Zimmertür drückte, sobald sie darin verschwand. Aber da war nichts.

»Nun sag schon. Was hast du vor? Pebbles braucht Auslauf«, sagte ich.

»Den kann sie haben. Ich will etwas herausfinden. Ich möchte beweisen, dass es die Sumpfhexe wirklich gibt.«

Konzentriert betrachtete ich meine Fingernägel, als ginge mich das alles nichts an.

»Meine kleine Schwester hat mal wieder Schiss.« Stella warf ihr langes Haar mit einer lässigen Kopfbewegung zurück. Wie sie das immer hinkriegte. Wenn ich diese Bewegung zu imitieren versuchte, sah ich aus, als hätte ich einen epileptischen Anfall. Ich hatte es vor dem Spiegel immer wieder ausprobiert. Wie ein Bumerang rutschten meine widerspenstigen roten Zotteln sofort wieder nach vorne und kitzelten meine Wangen.

»Ich hab keinen Schiss. Aber ich habe keine Lust, nach Hexen zu suchen. Nur kleine Kinder glauben an Hexen.«

Für ihr breites Grinsen hätte ich meine Schwester erwürgen können. Ich wusste, woran sie dachte: an die Nächte, in denen ich weinend nach Mama gerufen hatte, weil ich von der Sumpfhexe träumte. Mama musste mir dann warmen Kaba machen und mich trösten, bis ich wieder eingeschlafen war, und das hatte manchmal ganz schön lange gedauert.

»Wir könnten ein bisschen am Altrhein abhängen und Schwäne füttern.«

»Du fütterst die Schwäne. Ich gehe auf die Jagd.« Sie kam mit ihrem Gesicht ganz nahe an meines heran und lächelte mich an. Offen, selbstsicher, überzeugend. In einem Wort: Stella.

»Wir lüften das Geheimnis«, flüsterte sie. »Lass uns herausfinden, was an den Gerüchten und Legenden über die Sumpfhexe dran ist. Wir werden die Philippsburger Geschichte neu schreiben, Annie!« Sie verstummte, als Mama aus der Küche kam.

»Wollt ihr noch weg?«

Mama trug ein neues, blau-weiß gestreiftes Sommerkleid. Es endete knapp über dem Knie. Mama sah darin aus wie ein junges Mädchen. Wahnsinnig hübsch.

»Ich gehe mit Marilyn zum Italiener. Wenn ihr wollt, könnt ihr nachkommen.«

»Wir wollen nicht stören. Wir wissen schließlich, dass du in den Kellner verknallt bist«, sagte Stella.

Mama winkte lachend ab. »Ach was, der ist doch erst Anfang zwanzig. Ich bin viel zu alt für den. Wie sehe ich aus?« Sie drehte sich im Kreis und präsentierte ihren schmalen Körper.

»Scharf wie eine Chilischote«, sagte Stella.

»Bleibt nicht zu lange weg, Mädels, in Ordnung?« Mama küsste jede von uns auf die Stirn. Sie roch gut, nicht nach einem Parfüm, sondern einfach nach Mama. Ich saugte ihn begehrlich ein, diesen Geruch. Sie trug ihn mit sich herum wie eine Aura.

Selbst wenn sie an einem Hochsommertag stundenlang im Garten gearbeitet und Unkraut gejätet hatte, roch Mama einfach gut. Wenn Geborgenheit einen Geruch hätte, würde ich ihn Mama nennen.

»Ich passe auf Annie auf«, sagte Stella. Ich warf ihr einen giftigen Blick zu, aber Mama hörte schon gar nicht mehr zu. Sie drehte sich um und verschwand im Bad, wo ich ein Sprühen vernahm. Sie legte Trésor auf, um dem viel zu jungen Kellner zu gefallen.

Es war das letzte Mal, dass ich meine Mutter so sah – Wärme, Frohsinn und Geborgenheit ausstrahlend, - und es war das letzte Mal, dass ich diesen angenehmen, sauberen Geruch an ihr wahrnahm.

Wir holten unsere Fahrräder aus der Garage, während Pebbles aufgeregt hechelnd um unsere Beine strich und unsere Jeans vollsabberte. Sie freute sich auf einen kleinen Ausflug. Ich war die einzige in unserem Trio mit wackeligen Knien und einem Herzen, das aufgeregt in meiner Brust pochte, als wollte es anklopfen, um mir zu sagen: *Bleibt zuhause.*

*

Wir wohnten in einem kleinen und alten Häuschen, das wir Villa Grün nannten, in der Altrheinstraße am Rande Philippsburgs: Stella, Mama, Opa Klaus und ich. Am Ende der Altrheinstraße führt eine kleine Brücke über einen Altrheinarm auf die Rheinschanzinsel, die von den Einheimischen nur die Insel genannt wird. Ich liebte es, mit Pebbles über die Insel zu laufen und ein stilles Plätzchen zu suchen, wo ich in Ruhe abschalten, und Pebbles ihr Geschäft erledigen konnte.

Eine asphaltierte Straße führt über die Insel bis zum Philippsburger Kernkraftwerk und gabelt sich dort. Nach Westen führt sie Richtung Rheinsheim. Auf der anderen Seite verläuft sie um das Kernkraftwerk herum zu einer Gaststätte, dem Fischerhaus; dahinter beginnt die verwilderte und unberührte Auenlandschaft. Im Süden dieses Geländes sieht man häufig Naturliebhaber und Wanderer. Je weiter man nach Norden kommt, desto unzugänglicher wird das Gebiet. Menschen irren dort für gewöhnlich nicht herum. Schon gar keine Einheimischen. Die erzählen sich Geschichten über dieses Gebiet. Beunruhigende Geschichten.

Die Straße war menschenleer. Vor uns ragten die Kühltürme in den bleigrauen Himmel. Zusammen mit den Hochsicherheitszäunen wirkten sie abweisend wie eine Trutzburg, die uns zuzurufen schien: Bis hierher und nicht weiter. Stella radelte unbeirrt daran vorbei und bog auf den Hochwasserschutzdeich ab, mit dem ihr angeborenen Selbstvertrauen, das sie auch dann nicht erschrecken oder ausweichen ließ, als Pebbles spielerisch nach ihrem im Sommerwind flatternden Hosenbein schnappte. Ich fuhr hinter ihr, weil der Weg auf dem Damm ziemlich eng war, und bewunderte ihre Zielstrebigkeit. Mit sechzehneinhalb war Stella eineinhalb Jahre älter als ich, und ich bewunderte so ziemlich alles an ihr.

Wie eine gekrümmte Hakennase ragt der hinterste Zipfel der Insel in den Rhein hinein. Pappeln wachsen hier dicht an dicht, und der Boden ist von Röhricht und Schilf überwuchert. Bei Hochwasser ist dieses Gebiet überflutet. Es gibt keinen Weg hindurch, nur einen schmalen Trampelpfad, den man nur findet, wenn man von ihm weiß, und der sich nach wenigen Metern im Gestrüpp verliert. Es ist nicht verboten, das Waldstück zu betreten. Aber niemand tut es. Die Philippsburger erzählen sich, dass das Wäldchen verflucht sei, und der Geist einer Hexe dort herumspuke: Die Sumpfhexe. In der Nacht könne man sie manchmal schreien hören, sagten sie. Ich kannte diese Geschichte, seit ich sechs war. Ein Junge aus der Nachbarschaft, Hanjo, hatte sie mir erzählt und mir unzählige Alpträume beschert.

   Natürlich glaubt angeblich niemand an die Spukgeschichte. Es gibt keine Geister und keine Gespenster, das weiß doch jeder. Trotzdem machen die Einheimischen einen großen Bogen um dieses Fleckchen Land, das sie den Hexenwald nennen. Das Schilf ist scharfkantig, es gibt jede Menge dorniges Gestrüpp. Der Boden ist tückisch, feucht und sumpfig; man weiß nie, ob man beim nächsten Schritt bis über die Knöchel im Schlamm versinkt. Wenn man die Leute fragt, behaupten sie, sie hätten Angst, sich im dichten Gestrüpp die Hose zu zerreißen. Es wimmelt von Zecken und Mücken, und das Wasser stinkt faulig durch die abgestorbenen Wasserpflanzen.

Als kleines Mädchen bin ich ein kurzes Stück den Trampelpfad entlanggelaufen. Nach wenigen Schritten bohrte sich dorniges Gestrüpp in mein Sommerkleid und schien umso fester an mir zu haften, je panischer ich mich befreien wollte. Es war, als wollte mich jemand festhalten und nicht wieder hergeben. Stella hatte mich schließlich befreit und auf den Weg zurückgebracht.

Die Erwachsen taten das Ammenmärchen von der Sumpfhexe mit einem Lächeln ab. Aber keiner, den ich kannte, hatte den Hexenwald je betreten. Und nun wollte meine große Schwester es tun.

Wir stellten unsere Fahrräder am Rand des Wäldchens ab. Stellas Gesicht glühte.

»Wir gehen jetzt da rein«, verkündete sie.

»Vergiss es. Ich mache nicht mit. Ich weiß immer noch nicht, was du vorhast.«

»Ich suche Spuren. Hinweise. Komm schon! Wir schauen uns um, dann gehen wir wieder.«

»Dann können wir es auch gleich bleiben lassen.«

»Du bist eine alte Spielverderberin.« Stella machte ein enttäuschtes Gesicht. Das konnte sie verdammt gut. Sie schob die Unterlippe ein winziges bisschen vor, wie ein kleines Kind, aber ihr Blick sprach Bände: *Meine kleine Schwester gönnt mir nichts. Nicht einmal diese kleine Freude möchte sie mit mir teilen. Sie ist ein Feigling.*

Das saß.

»Weißt du, womit ich mich in der letzten Zeit beschäftigt habe?«, fragte sie. »Mit dieser alten Geschichte, die dir früher solche Angst eingejagt hat. Es scheint sie wirklich gegeben zu haben, diese Frau, die in diesem Auenwald gestorben ist, und deren Geist angeblich hier herumspukt. Ich will es ganz genau wissen, und das geht nur, wenn ich da reingehe.«

Während ich fieberhaft über eine überzeugende Ausrede nachdachte, sagte Stella: »Ich habe mir gedacht, dass du mich hängen lässt. Na gut. Dann schicken wir erst mal Pebbles rein.«

»Und wenn ihr etwas zustößt?«, fragte ich atemlos.

»Was soll schon passieren? Sie ist eine Hündin, sie kann auf sich aufpassen.«

»Ja, aber … ich meine …«

»Die Sumpfhexe frisst kleine Kinder, was soll sie von einem Hund wollen?«

Darauf wusste ich keine passende Antwort. Reden war nie meine Stärke, und Stellas Fähigkeit, alles, was sie sagte, im Brustton der Überzeugung herauszubringen – was ihre Gesprächspartner stets vom Gesagten überzeugte, als wäre eine sichere und überzeugende Aussprache die Grundlage der Wahrheit schlechthin -, war an mir völlig verloren gegangen. Mir wurde klar, dass Stella sich das vorher ausgedacht hatte. Sie hatte Pebbles mit Absicht mitgenommen.

»Los, Pebbles!« Herrisch streckte Stella den Arm aus und zeigte auf das Wäldchen, das so scheinheilig und vermeintlich harmlos vor uns lag, und das mir dennoch so viel Furcht einflößte. Da war ich nicht die einzige. Pebbles' Nackenfell sträubte sich, sie klemmte den Schwanz zwischen die Hinterläufe und stieß ein jämmerliches Jaulen aus, das mir durch Mark und Bein ging. Stella hob die Stimme und schrie Pebbles an. Die Hündin duckte sich unterwürfig.

Wir liefen ein Stück mit Pebbles den Weg auf und ab, damit sie sich wieder beruhigte. Stellas Gekreische hatte ihr den Rest gegeben, aber es gelang uns schnell, sie abzulenken. Sie schnüffelte schon wieder eifrig auf dem Waldboden herum.

»Gib mir den Rucksack«, sagte Stella. Sie kramte kurz darin und beförderte eine Packung Kauknochen zutage.

Fies. Stella hatte alles durchdacht. Mir fiel ein, wie sie mir den Rucksack aus der Hand gezerrt hatte, um unbemerkt die Kauknochen hineinzupacken.

Panik stieg in mir hoch, und ich startete einen letzten Versuch, Stella umzustimmen.

»Pebbles hat instinktiv gespürt, dass da drinnen irgendetwas nicht stimmt. Reicht dir das immer noch nicht als Beweis?«

Als Pebbles das Rascheln der Packung vernahm, spitzte sie aufgeregt die Ohren. Sie drehte sich im Kreis und sprang an Stella hoch. Bei Kauknochen vergaß sie regelmäßig ihre Erziehung – sie war ein lieber Hund, aber ziemlich verhätschelt -, und als Stella den Kauknochen in hohem Bogen in das Gestrüpp des Hexenwaldes feuerte, verschwand Pebbles mit einem Riesensatz darin.

*

Wie ein Leichentuch legte sich eine unheimliche Ruhe über die Insel, als hätte der Hexenwald nicht nur Pebbles, sondern auch alle Geräusche verschluckt. Kein Vögelchen zwitscherte, kein Zweig knackte. Meine Anspannung steigerte sich, als ich in Stellas Gesicht blickte. Sie war totenblass, die Augen weit aufgerissen; als wäre ihr eben erst bewusst geworden, was sie angerichtet hatte. Meinen vorwurfsvollen Blicken wich sie aus.

Die schwarzen Stämme der Pappeln glotzten uns an wie schwarze Skelette. Ich bildete mir ein, in der knorrigen Rinde Gesichter zu erkennen, schmerzverzerrte Fratzen, die ihr Leid hinausschrien.

Es dauerte eine Weile, bis wir zaghaft anfingen, nach Pebbles zu rufen. Insgeheim fürchteten wir, jemand - oder etwas - könnte durch unser Geschrei auf uns aufmerksam werden und aus dem Wäldchen herauskommen. Als wir uns erst einmal überwunden hatten, brüllten wir uns die Seelen aus dem Leib: »Peeebbles!!!«, schallte es über die wie ausgestorben wirkende Insel.

Pebbles kam nicht immer sofort angerannt, wenn sie gerufen wurde. Wenn etwas ihr Hundeinteresse geweckt hatte, setzte sie die Prioritäten anders, als man ihr das an einer guten Hundeschule beibringen würde, aber sie hätte zumindest mit einem Bellen geantwortet.

Außerdem waren da die Kauknochen.

Pebbles war beileibe nicht der klügste Hund auf Erden, zumindest behauptete Opa Klaus das immer, aber sie wusste ganz genau, dass mehr als ein Kauknochen in dem Päckchen war, das Stella immer noch in der Hand hielt, und es geistesabwesend immer wieder zusammendrückte, um Pebbles durch das Rascheln anzulocken. Sie konnte dieses Raschelgeräusch von dem Geraschel von Mülltüten oder Butterbrotpapier unterscheiden.

Es war nicht typisch für Pebbles, einfach zu verschwinden. Ihr musste etwas zugestoßen sein.

»Ich gehe Pebbles suchen«, sagte Stella bestimmt. Sie bat mich nicht, sie zu begleiten. Ich sagte kein

Wort, als sie in den Hexenwald eindrang und zwischen den Büschen verschwand.

2
Sommer 2003: Emily

Die Pizza war lecker gewesen, der Rotwein süffig und lieblich, wie sie ihn gerne mochte. Emily Friedrichs Kopf fühlte sich leicht und gleichzeitig schwer an, als sie um kurz nach zehn die Haustür der Villa Grün aufschloss. Im Flur schwankte sie leicht. Gott, sie hatte einen zu viel erwischt, aber der Abend mit ihrer Freundin Marilyn war schön gewesen, sie hatten getratscht und gekichert wie zwei Teenager in der hintersten Schulbank.

Im Wohnzimmer fand sie ihren Vater alleine auf der Wohnzimmercouch liegend vor, wo er »Wetten dass« guckte. Thomas Gottschalk interviewte gerade Ozzy Osbourne. Emily schmunzelte.

»Sind die Mädchen oben?«, fragte sie, während sie die Sandalen von den Füßen streifte und quer durchs Wohnzimmer kickte. Ihr Vater warf ihr einen missbilligenden Blick zu, den sie ignorierte. Wenn man mit neunundreißig noch mit einem Elternteil zusammenwohnte, hatte man längst gelernt, solchen Blicken Nichtbeachtung zu schenken. Mit der Fernsehzeitschrift fächelte sie sich Luft zu. Gott, war dieser Sommer heiß. Und der Knackpo des Kellners hatte ihre Betriebstemperatur nicht unwesentlich erhöht.

»Ich dachte, die wären zu euch in die Pizzeria gekommen?«

»Sie wollten nicht.«

»Vielleicht sind sie bei einer Freundin.« Opa Klaus nahm die Fernbedienung und drückte den Ton lauter. Eindeutig wollte er nicht gestört werden.

Emily dachte sich nichts weiter dabei, dass die Mädchen noch nicht zurück waren. Sie waren zu zweit und hatten den Hund mit, da konnte kaum etwas schiefgehen. Vermutlich hatten sie irgendjemanden getroffen und sich verquatscht, auch wenn es untypisch für die beiden war: Emily kannte ihre Mädchen als pünktlich und zuverlässig.

Im Badezimmer betrachtete sie sich im Spiegel.
»Gar nicht so schlecht für dein Alter, Mädchen«, murmelte sie ihrem Spiegelbild zu. »Die Schönste bist du lange nicht, aber du siehst ganz okay aus.« Mit dem Gesicht ging sie ganz nahe an den Spiegel heran. Ihr langes, dunkelbraunes Haar fiel in der Mitte gescheitelt glatt über die Schultern. Ihre Augen waren groß und braun und ausdrucksvoll, und die Krähenfüße und Fältchen, die sich in den letzten Monaten in ihr Gesicht geschlichen hatten, machten es irgendwie interessanter, wie sie fand. Attraktiver. In dem blaugestreiften Matrosenkleid gefiel sie sich sowieso am besten. Es war kein teures Kleid; Emily verdiente keine Reichtümer in der Oberhausener Modeboutique, wo sie halbtags arbeitete; aber es war leicht tailliert geschnitten und unterstrich ihre schmale Figur, die sie problemlos

halten konnte, obwohl sie zwei Kinder geboren hatte und gerne aß.

»Du könntest problemlos einen abkriegen«, hatte Marilyn gesagt. »Sieh dich endlich nach einem Mann um. Eine Menge Männer lassen sich scheiden in unserem Alter, wenn die Kinder erwachsen werden und sie merken, dass nichts mehr ihre Ehe zusammenhält. Wenn du zu lange wartest, kräht kein Hahn mehr nach dir.«

Marilyn hatte natürlich recht. Es hatte eine Zeit gegeben, da hatte Emily geglaubt, sich nie wieder verlieben, oder einem Mann Vertrauen schenken zu können. Dann schob sie die Mädchen als Alibi vor. Sie konnte sich nicht vorstellen, Stella und Annie einen Ersatzvater vor die Nase zu setzen, der zumindest biologisch rein gar nichts mit ihnen zu tun hatte.

Chaotisch genug, dass beide von verschiedenen Männern abstammten, und Emily trotzdem alleinstehend war, nachdem Stellas Vater gestorben, und Annies Erzeuger sie einige Zeit später sitzengelassen hatte. Ein dritter Mann, und sie wären eine von diesen Patchwork-Familien, die in letzter Zeit in Mode gekommen waren.

»Das seid ihr sowieso«, hatte Marilyn gesagt und an ihrem Barolo genippt. »Aber statt einem Lebensgefährten präsentierst du den Kids ihren Opa, der lieber in seiner Werkstatt herumschraubt, als sich mit ihnen zu beschäftigen. Wann hattest du eigentlich zum letzten Mal Sex? Als die Dinosaurier die Erde bevölkerten? Normal geht anders, Emily.«

Aber wenn sie wirklich jemanden kennenlernte, was machte sie dann mit Opa Klaus? Er war vor fünfzehn Jahren zu ihr in die Villa Grün gezogen, als Emily mit zwei kleinen Kindern alleine dastand; nach dem viel zu frühen Krebstod seiner Frau drohte er zu vereinsamen, und Emily konnte ihn schlecht abservieren, wenn sie sich neu orientierte.

Mit Opa Klaus war das so eine Sache. Sie konnte sich nicht erinnern, dass er nach dem Tod ihrer Mutter jemals auch nur ansatzweise Interesse an einer anderen Frau gezeigt hätte, obwohl er beileibe nicht alt gewesen war. Das war schon irgendwie seltsam.

Und noch seltsamer ist, dachte sie, dass ich genauso werde wie er. Emily seufzte und zwang sich, an etwas anderes zu denken.

Schwungvoll riss sie die Badezimmertür auf und erschrak, weil Opa Klaus direkt davor stand.

»Sie sind immer noch nicht zurück«, sagte er.

»Du hast doch gesagt, sie sind bei einer Freundin …«

»Ich habe gesagt, *vielleicht* sind sie bei einer Freundin.«

Es war Viertel vor elf. Stella kam für gewöhnlich um zehn nach Hause, wenn sie abends unterwegs war, außerdem gab sie immer Bescheid, wenn es einmal später werden sollte. Schon wegen Annie, die sie gerne wie ein kleines Mädchen behandelte und ein bisschen bevormundete, wäre sie wesentlich früher zurückgekommen.

»Ich rufe mal bei Selina an«, sagte Emily.

Stella und Annie waren nicht bei Selina. Sie waren auch bei keiner anderen Freundin, die Emily und Opa Klaus in der nächsten Stunde telefonisch zu erreichen versuchten, wobei sie einige Eltern aus dem Bett werfen mussten. Niemand hatte die Mädchen gesehen oder etwas von ihnen gehört, und ein Handy hatten sie nicht, obwohl sich Stella sehnlichst eines wünschte.

»Ich gehe sie suchen«, sagte Opa Klaus und nahm seine Autoschlüssel vom Sideboard, als ihn ein Geräusch an der Tür zusammenschrecken ließ. Ein Kratzen, ein Winseln. Opa Klaus öffnete die Tür. Pebbles stand mit hängendem Kopf davor. Als Emily sah, wer hinter der Hündin stand, fing sie an zu schreien.

3
Frühjahr 2013: Annie

Todernst drückt mir Ines das Telefon in die Hand. Sofort weiß ich, dass etwas passiert ist. Der gemütliche kleine Zug, der mich in den letzten Jahren durch das Leben gefahren hat, ist an der Endstation angekommen.

Die Nummer im Display ist mir vertraut, obwohl sie nur alle paar Monate darauf erscheint. Die Nummer, mit der ich aufgewachsen bin. Zuhause. Das Wort mit dem schalen Nachgeschmack. Mama ist dran. Das verwirrt mich, weil sonst meistens Opa Klaus anruft; Mama hat wegen der Arthritis Schwierigkeiten mit der Tastatur.

»Papa ist tot«, sagt sie. »Gestern Abend musste er ins Krankenhaus. Es war ein Herzinfarkt. Heute um die Mittagszeit ist er gestorben. Ich hätte früher angerufen, aber in der Eile habe ich vergessen, das Handy mit ins Krankenhaus zu nehmen, und die Nummer von eurem Laden weiß ich nicht auswendig.«

Ich schließe die Augen. Das Bild eines Sarges erscheint in meinem Kopf.

»Ist Verena nicht da?«, fragt sie.

Hättest du lieber mit deiner Schwester gesprochen als mit deiner Tochter, Mama?, denke ich.

»Verena macht Urlaub am Gardasee«, sage ich. »Ich komme nach Hause, Mama.«

Ich drücke sie weg, ohne ihre Antwort abzuwarten. Den Hörer weiterhin ans Ohr gepresst und »Ja, ja, natürlich« murmelnd, durchquere ich eiligen Schrittes den Supermarkt, um in mein Büro zu gelangen und gleichzeitig den Fragen der Mitarbeiterinnen zu entgehen, die mich neugierig anstarren.

Der weiche, lederbezogene Bürostuhl federt sanft, als ich mich hineinplumpsen lasse. Die Tränen hängen hinter meinen Augen fest, wo ich sie deutlich spüren kann. Sie treiben mir die Hitze in die Wangen und schnüren mir den Hals zu, bereiten mir körperliche Schmerzen, aber ich schaffe es nicht, sie fließen zu lassen.

Ines schlendert kaugummikauend herein. »Stress?«, fragt sie mitfühlend.

»Mein Großvater ist gestorben. Ich muss heimfahren, meine Mutter schafft das nicht alleine. Kommt ihr ein paar Tage ohne uns klar?« Ich bin stellvertretende Filialleiterin in diesem Supermarkt, der von meiner Tante Verena geführt wird.

»Aber hallo«, sagt Ines. Sicher kommen wir klar, wir werden eine Zigarette nach der anderen qualmen und Pause machen bis zum Abwinken.

Aber ich weiß, dass sie darauf achten, dass zumindest eine der Kassen immer besetzt ist, und die neu angelieferte Ware ordentlich in die Regale geräumt wird. Sie schaffen es, den Laden am Laufen zu halten. Ich kenne die Frauen seit Jahren und vertraue ihnen.

Ich gebe Ines die Ladenschlüssel und ein paar Anweisungen. »Null Problem«, sagt sie. »Verlass dich auf uns.« Sie wird mir fehlen. Genau wie die anderen Frauen, die Mitarbeiterinnen aus dem Supermarkt. Ich habe nicht viel außer ihnen.

»Alles in Ordnung mit dir?«, fragt Ines forschend.

»Ja, ja, alles klar.« Ich nicke und umarme sie kurz. Wir hätten Freundinnen werden können, waren aber nur gute Bekannte. Feste Beziehungen sind nicht meine Stärke.

*

Die Fensterhöhlen des Wohnbunkers, in dem ich in den letzten Jahren gelebt habe, glotzen mich abweisend an wie die Eingänge eines verlassenen Bienenstocks. Meine Wohnung befindet sich im zweiten Stock dieses Bunkers, der am Stadtrand von Heilbronn neben einer ganzen Reihe dieser hässlicher Kästen steht. Einer sieht aus wie der andere. Unterschiede gibt es nur an den Gardinen sowie bei den Blumenkübeln auf den winzigen Balkonen. Hier habe ich mich versteckt. Hier fragt mich keiner, warum ich, eine scheinbar ganz normale Frau Mitte Zwanzig, nur selten Besuch bekomme und am liebsten alleine bin. Niemand schert sich um seine Nachbarn. Dennoch ist die Gegend sicher. Die Wohnblocks werden von einem Hausmeister in Schuss gehalten, und die

Hausverwaltung wählt die Mieter sorgfältig aus. Der Hausflur ist frisch getüncht, die Briefkästen leuchten in hübschem Rot. In meinem befinden sich heute nur Werbeprospekte. Wie so oft.

Von den Zimmerpflanzen abgesehen, ist meine Wohnung eher zweckmäßig als gemütlich eingerichtet. Weder gibt es Bilder an den Wänden, noch steht unnützer Nippes herum. Vom hypermodernen Fernsehapparat abgesehen, für den ich eine ordentliche Stange Geld ausgegeben habe, erinnert die Wohnung an eine geräumige Mönchszelle.

Mit Hilfe meiner Urlaubspackliste, die ich letztes Jahr für eine Geschäftsreise erstellt habe, packe ich alles in meinen Koffer, was ich für ein paar Tage brauche. Anschließend stopfe ich wahllos Zeug in die Sporttasche, die die Frauen aus dem Supermarkt mir zum Geburtstag geschenkt haben, und die ich bis jetzt kein einziges Mal benutzt habe. Dann sind die Plastiktüten dran, die ich unter der Spüle meiner winzigen Küchenzeile aufbewahre. Den Rest werde ich später holen.

Zuletzt gehe ich von Pflanze zu Pflanze, streichele ihre Blätter und spreche mit jeder von ihnen. Ich gieße sie alle nochmal, weil ich nicht weiß, wann ich wieder dazu komme. Sie sehen traurig aus, aber das bilde ich mir bestimmt nur ein.

»Bald komme ich euch holen«, sage ich. »Im Sommer stelle ich euch in den Garten. Das wird euch gefallen. In Philippsburg ist es viel schöner als hier.« Lügnerin, flüstert eine Stimme in meinem Kopf.

Ich rufe Verena an und informiere sie, was passiert ist. Dann fahre ich nach Hause.

*

In Philippsburg angekommen, nehme ich mir die Zeit für eine kurze Rundfahrt durch meine Heimatstadt. Viel hat sich nicht verändert. Am Kreisel zur Abfahrt auf die Rheinschanzinsel steht ein Storch in seinem Nest auf einem Strommast. Die Kühltürme des Kernkraftwerks ragen plump über der Stadt auf, einer dampfend wie ein riesenhafter Drache, der andere grau und tot. Hie und da steht ein neues Haus auf einem zuvor unbebauten Grundstück. Die kleinen Geschäfte an der Söternstraße sind überwiegend dieselben wie vor zehn Jahren. Ich spähe bei Fußgängern und Passanten nach einem bekannten Gesicht, entdecke aber niemanden, den ich kenne. Ich sehe nur Fremde, obwohl ich mir einbilde, dass alle meinem roten Golf hinterherstarren, was natürlich Unsinn ist.

Villa Grün wirkt kleiner auf mich als damals. Es scheint, als wäre das Haus ein Stück von der Straße weggekrochen und hätte sich ein, zwei Meter nach hinten verschoben, als versuchte es sich zu verstecken. Vermutlich liegt das an dem Apfelbaum im Vorgarten, der wesentlich größer geworden ist, und die alte Villa kleiner aussehen lässt. Früher hat ihn Opa Klaus jedes Frühjahr zurückgeschnitten, damit er den Sonnenstrahlen nicht im Weg steht. Vermutlich hat ihm das in letzter Zeit zu viel Mühe bereitet. Bei den wenigen Telefonaten hat er nicht erwähnt, dass es ihm nicht gut geht. Er hat überhaupt nicht viel gesagt, und wenn, dann habe ich ausweichend geantwortet.

»Die Oleander sind voller Blattläuse«, sage ich, als Mama die Tür öffnet. Ich bin befangen, vermeide den Augenkontakt und widme meine Aufmerksamkeit den kümmerlichen Sträuchern. Es ist ein unbeholfener Versuch, meine Verlegenheit zu überspielen, weil ich ihr zum ersten Mal seit zehn Jahren gegenüberstehe. Zum ersten Mal, seit sie mich weggeschickt hat, als fünfzehnjähriges, verstörtes und unglückliches Mädchen.

»Ach ja, die Oleander. Ich werde Frau Kreuzer bitten, sie mit Schädlingsbekämpfungsmittel zu spritzen.«

»Um den Garten werde ich mich kümmern.«

Auch der Flur wirkt enger auf mich als früher. Die Luft ist miefig und regelrecht schwer, als wäre sie immer noch mit Trauer geschwängert. Ich trete ein.

Wir schauen uns an, Mama und ich.

»Gut siehst du aus«, sage ich.

Sie lacht. »Das ist ja wohl ein Witz. Ich sehe schaurig aus. Mein Körper geht vor die Hunde«, sie tippt sich an die Stirn, als wollte sie mir den Vogel zeigen, »aber hier oben bin ich in Ordnung, also versuch erst gar nicht, mich auf den Arm zu nehmen.«

»Ich meine nur … ich hab's mir schlimmer vorgestellt.«

»Jetzt hör aber auf.« Sie winkt unwirsch ab.

Mamas Haar ist immer noch lang und dunkel. Der Farbton unterscheidet sich leicht von dem, an den ich mich erinnere, er ist gleichmäßiger, künstlicher. Gefärbt. Das kräftige Dunkelbraun steht im Kontrast zu ihrer fahlen, ungesund aussehenden Haut. Mama steht leicht gebückt. Ich sehe Falten in ihrem Gesicht, keine Altersfältchen oder Krähenfüße, sondern Falten der Bitterkeit und des Schmerzes. Ihre Kleidung ist labberig, ausgewaschen und billig, und sie ist dünn wie ein Spargel.

Umständlich dreht sie sich um und humpelt in die Küche, wobei sie sich an den Wänden abstützt. Für ihre Gehhilfe ist es in der Villa Grün zu eng. Ich folge ihr und nehme meinen alten Lieblingsplatz am Fenster ein.

»Papa hat sich nach der Frühschicht hingelegt«, beginnt sie zu erzählen, während sie Kaffee macht. »Das war ungewöhnlich für ihn, aber ich habe mir nichts dabei gedacht. Nach einer Weile ist er aufgestanden, um zu duschen. Ich habe ihn ganz vergessen, weil der Henssler gerade auf ZDF gekocht hat.« Sie holt meine alte Lieblingstasse – rot mit weißen Punkten – aus dem Küchenschrank und stellt die Zuckerdose vor mir ab. Gerührt registriere ich, dass sie sich daran erinnert, wie ich meinen Kaffee gerne trinke: schwarz und sehr süß. Ihre Finger sind verkrümmt. Das Halten der vollen Tasse bereitet ihr sichtlich Mühe.

»Erst am Ende der Sendung ist mir aufgefallen, dass es ganz still war im Bad. Die Dusche hat nicht gerauscht. Ich bin hin und hab an die Tür geklopft; keine Antwort, auch nicht auf mein Rufen. Also hab ich die Tür aufgemacht, und da lag er auf den Fliesen. Sein Gesicht war ganz blau.« Sie beginnt zu weinen. »Gottseidank hatte er nicht abgeschlossen.«

Ich warte geduldig, bis sie sich wieder ein wenig beruhigt hat.

»In der Aufregung bin ich auch noch gestürzt, als ich zum Telefon eilen wollte, um den Notarzt zu rufen«, sagt sie kopfschüttelnd, als wäre sie deswegen wütend auf sich. »Ich habe es alleine auf die Beine geschafft, aber das hat ein paar Minuten gedauert. Diese Krankheit ist der allerletzte Mist.« Sie nimmt einen Schluck Kaffee.

»Im Krankenhaus ist Papa nicht wieder zu sich gekommen. Sein Gehirn hat zu wenig Sauerstoff abgekriegt, weil er nicht geatmet hat, als ich ihn gefunden habe. Wäre ich nicht gestürzt …«

»Das ist doch nicht deine Schuld. Wer weiß, wie lange er schon so dagelegen hat.«

»Er ist heute früh gegen fünf gestorben. Die Ärzte konnten nichts mehr für ihn tun«, sagt sie.

Ich erinnere mich, wie ich vor zehn Jahren hier an diesem Küchentisch Verena gegenübersaß und zu begreifen versuchte, dass meine Schwester nie wieder zurückkommen würde. Auf dem Tisch liegt immer noch eine rotkarierte Wachstuchtischdecke, vermutlich in der fünften Tischdecken-Generation.

»Wie lange bleibst du hier?«, fragt Mama.

»Ich ziehe bei dir ein«, sage ich. »Du kannst doch nicht alleine leben, mit deinen schlimmen Beinen und Händen.«

Wenige Wochen nach Stellas Tod begann Mama über schlimme Schmerzen in den Gelenken zu klagen. Die Ärzte diagnostizierten rheumatoide Arthritis. Ihr Zustand hat sich in den letzten Jahren rapide verschlechtert. Mama kann nur noch mit Mühe laufen.

»Mit dem Silberpfeil – den hast du bestimmt draußen stehen sehen - schaffe ich es mindestens bis zur nächsten Straßenkreuzung. An einem guten Tag jedenfalls.« Sie seufzt. »Die Treppe ins Obergeschoss bin ich seit Ewigkeiten nicht hochgestiegen. Du wirst in deinem Zimmer erst mal abstauben müssen.«

Nicht nur mein Zimmer, denke ich. Villa Grün hat einen Hausputz bitter nötig.

»Und was ist mit deiner Arbeit?«, fragt sie.

»Verena muss meine Stelle neu besetzen. Sie ist übrigens auf dem Weg von Italien hierher. Ich habe sie angerufen. Sie kommt am späten Abend an.«

Mama nickt. »Ich bin froh, dass du gekommen bist. Es gibt so viel, um das ich mich kümmern muss. Versicherungen müssen gekündigt werden. Eine Menge Papierkram. Papas Auto müssen wir abmelden oder verkaufen. Dann die ganze Kondolenz, die Beerdigung, seine Sachen … Das ist alles so schwierig ohne Auto, ich kann nicht fahren mit meinen Beinen, und das Internet ist einfach nicht mein Ding.«

»Du klingst wie eine alte Frau.« Ich muss schmunzeln. »Dabei bist du noch keine Fünfzig.«

»Ich fühle mich wie eine alte Frau. Wenn du hättest, was ich habe, würdest du es verstehen.«

»Gerade für dich wäre ein Austausch in sozialen Netzwerken ideal.« Das sagt die richtige, denke ich im Stillen.

»Du meinst so etwas wie eine Online-Selbsthilfegruppe für Verkrüppelte? Bleib mir damit fort.«

Mama verliert kein Wort darüber, warum sie mich weggeschickt hat. Sie fragt auch nicht, wie es mir in den letzten Jahren ergangen ist, geschweige denn entschuldigt sie sich bei mir. Sie nimmt einfach hin, dass ich mein bisheriges Leben aufgeben werde, um mich um sie zu kümmern. Mir ist das recht. Wenn sie begänne, mit dem Fingernagel die kärglich verschorfte Wunde aufzukratzen, würde ich vermutlich sofort abreisen.

*

Am Fuß der Treppe ins Obergeschoss befindet sich eine Nische. Im Winter oder bei schlechtem Wetter stellt Mama ihre Gehhilfe, den »Silberpfeil«, dort ab, um sie vor der Witterung zu schützen. Mit dem dunkelbraunen Teppichboden wirkt die Nische düster, obwohl sich an der Wand ein Fenster befindet. Ein schwerer Vorhang dämpft das hereinfallende Tageslicht.

Damals stand noch eine kleine, altmodische Kommode an der Wand. Das Geweih eines jungen Hirsches lag darauf. Klaus wollte es an einer Halterung befestigen und als Wandhaken über der Kommode anbringen, wie er es im Haus eines Arbeitskollegen gesehen hatte. Ich muss an den fürchterlichen Unfall denken, der wenige Wochen nach Stellas Tod geschah. Ein Junge aus meiner Schule war die Treppe hinuntergestürzt und auf der Kommode gelandet. War sie zu Bruch gegangen, als er mit seinem vollen Gewicht dagegen krachte? Ich weiß es nicht mehr. An das entsetzte, weit aufgerissene Auge des Jungen erinnere ich mich in allen Details. Es war das linke Auge. Im rechten steckte die Spitze des Geweihs, weit genug, um in sein Gehirn einzudringen und den Jungen zu töten. Wild strampelnd lag er auf dem Boden neben der

Kommode, mit den Beinen halb auf der Treppe. Man hat mir später versucht einzureden, es seien Reflexe gewesen, aber ich bin sicher, er hat da noch gelebt, vielleicht hat er mit dem gesunden Auge sogar das Geweih aus seinem Schädel herausragen sehen.

Ich habe geschrien und nicht mehr damit aufgehört. Kurz darauf hat Verena mich zu sich geholt.

Um in mein Zimmer zu gelangen, muss ich diese Nische passieren. Ich werde mich daran gewöhnen müssen. Beklommen steige ich die Treppe hoch ins Obergeschoss. Langsam, als würde oben ein Gespenst auf mich warten. Als würde dort das Wesen hausen, das Mama krank gemacht und Opa Klaus getötet hat. Das Wesen, das die Luft zum Stinken bringt, das Staub auf die Möbel legt und Schwermut auf die Seele. Außer einem kleinen Bad befinden sich neben meinem nur noch Stellas Zimmer und das Schlafzimmer von Opa Klaus hier oben.

Mein Zimmer sieht aus, wie ich es vor zehn Jahren verlassen habe. Irgendwann hat jemand aufgeräumt, hat herumliegende Stifte und Kugelschreiber ordentlich in einen Becher und meine Bücher ins Regal gestellt. Meine Plüschtiere wirken zerknautscht und geknickt, einsam und vergessen. Traurig schauen mich angestaubte Knopfaugen an.

Ich hole Bettwäsche aus dem Schrank und beziehe das Bett neu. Die Bezüge riechen gruselig nach Mottenkugeln, aber für die erste Nacht wird es gehen. Dann gehe ich wieder zu Mama ins Erdgeschoss. Sie sitzt am Küchentisch und starrt aus dem Fenster. Ein Sonnenstrahl, der den Weg durch die Wolken gefunden hat, scheint ihr direkt ins Gesicht und lässt sie uralt und verbittert aussehen.

*

Nach dem Abendessen zieht es mich nach draußen.
Ich ziehe die Kapuze meines Hoodies über den Kopf, vorgeblich wegen der steifen Brise, aber in Wirklichkeit möchte ich nicht erkannt werden. Ich bilde mir ein, die Leute würden sich mit morbider Begeisterung auf mich und die Geschichte mit Stella stürzen, wie damals, obwohl es schon zehn Jahre her ist. Oder mich nach Details über Opa Klaus' Tod ausfragen. Ich bin nicht in der Stimmung, darüber zu reden.
In einem Vorgarten am Ende der Altrheinstraße werkelt ein Mann herum. Er sieht mich schon von weitem kommen, hält aber erst inne, als ich vor seinem Gartentor stehe. Seine gespielte Gleichgültigkeit erinnert mich an früher und amüsiert mich. Er hebt den Kopf, und als er bemerkt, dass ich ihn beobachte, kommt er auf den Gehsteig heraus.

»Lang ist's her«, sagt Hanjo. »Schön, dich wiederzusehen.« Seine Wangen glühen. Er scheint sich riesig zu freuen.

»Fett biste geworden.« Freundschaftlich kneife ich in Hanjos Schmerbäuchlein, das sich fröhlich über seiner Jeans wölbt.

»Low waiste ist total in.« Er grinst. Dann wird er ernst. »Mein Beileid, Annie.«

Fast erwarte ich, dass Hanjo sagen wird: *Dein Opa war ein total klasse alter Knacker.* Aber das tut er nicht.

»Danke dir.« Ich nicke. »Ich werde für immer hier bleiben, Hanjo.«

»Es geht nicht ohne Philippsburg, was?« Er lässt seinen Blick über die Häuser in der Altrheinstraße schweifen, als wären sie der Grund für meine Rückkehr. »Ich hab's gewusst. Du gehörst hierher. Willst du reinkommen auf ein Bier?« Hanjos Eltern sind vor ein paar Jahren weggezogen und haben ihm das Haus überlassen.

»Ich will Mama nicht so lange alleine lassen«, lüge ich. Sie würde sich bestimmt nicht beschweren, wenn ich länger weg bliebe, aber ich will noch ein wenig alleine sein. Nicht, dass ich das in den letzten Jahren selten gewesen war. Aber ab sofort wird es nichts Selbstverständliches mehr sein.

»Wir sehen uns, Hanjo. Darf ich auf dich zukommen, wenn wir Hilfe im Garten oder am Haus benötigen?«

»Allzeit bereit.« Er salutiert. Ein Feldwebel hätte ihn wegen seiner Wampe kritisiert. Ich versuche, ihn nicht allzu direkt anzustarren. Hanjo ist alles andere als hässlich. Aber er hat wenig Gespür dafür, sich zu präsentieren, anderen zu gefallen. Er liebt mich, das weiß ich. Dennoch hat er meine Vorschläge in Sachen Stilberatung früher geflissentlich ignoriert.

»Ich sitze den ganzen Tag auf dem Hintern und verkaufe Kredite. Gegen ein bisschen Bewegung habe ich nichts einzuwenden, schon gar nicht, wenn ich dir dabei helfen kann.«

»Super«, sage ich. »Bis bald.«

Ich winke Hanjo noch einmal zu und spaziere weiter. Als ich die Abzweigung zur Insel erreiche, kommt mir eine unangenehme Vorstellung: Hanjo und ich, wie wir in dreißig, vierzig Jahren immer noch unsere Stellung in der Altrheinstraße halten, ich alleine in der Villa Grün und er am anderen Ende der Straße in seinem Elternhaus, einsam in seinem Vorgarten werkelnd, um nur ja nichts zu verpassen.

Es fühlt sich an wie im Gefängnis.

Ich weiß, dass es dazu nicht kommen wird. Ich wurde nicht geboren, um alt zu werden.

4
Sommer 2003: Annie

»Annie … bitte, wach endlich auf!«

Vor meinen Augen wurde eine Art Bühnenvorhang aufgezogen. Ich blinzelte ins Sonnenlicht. Ich lag in meinem Bett; meine Tante Verena saß im schicken schwarzen Hosenanzug daneben auf einem Stuhl und hielt eine Tasse in der Hand, die sie mir an die Lippen führte. Das ist die falsche Tasse, dachte ich, ich trinke immer aus der roten mit den weißen Punkten.

»Du musst etwas essen und trinken, Kindchen.«

Kindchen! Ich setzte mich auf. Einen Moment lang hatte ich das Gefühl, in einen anderen Körper geschlüpft zu sein. Statt meinem gewohnten Pyjama trug ich ein fremdes Nachthemd, aus dem meine Arme und Beine dünn und zerbrechlich wie Streichhölzer herausragten. Vorsichtig bewegte ich alle viere. Ja, sie gehörten zu mir, das war ich, und ich war schrecklich abgemagert, irgendwie über Nacht.

»Bist du wach? Gottseidank!«, rief sie. Dann nahm sie mich überschwänglich in die Arme und verkleckerte meine Bettdecke mit Kakao.

»Du warst tagelang weg, wie in Trance. Hast kaum reagiert und nur sehr wenig gesprochen. Du hast nichts zu dir genommen, außer hin und wieder einem Schluck Wasser. Wir wollten dich heute ins

Krankenhaus bringen und an den Tropf hängen lassen.«

Auf meinem Nachttisch stand ein Teller mit kleingeschnittenen Marmeladebrotstückchen. Energisch schob mir Verena ein Stück in den Mund und füllte warmen Kakao hinterher. Ich schluckte brav, um nichts zu verschütten, kaute mechanisch. Reiterchen fürs Kindchen, dachte ich und fühlte mich, als wäre ich drei Jahre alt.

»Bin ich krank oder so?«

Verena seufzte. »Irgendwie schon …«

»Was ist das für ein Nachthemd?«

»Eins von mir. Ich hab mich nicht zurechtgefunden in deinem Schrank. Den werden wir mal gründlich aufräumen müssen.«

»Wo ist Mama?«

»Unten«, sagte Verena. »Es geht ihr nicht gut.«

»Wieso?« Ich ließ meinen Blick durchs Zimmer schweifen. Meine Plüschtiere, längst nicht mehr in Gebrauch, saßen in einer Reihe auf dem Bücherregal und starrten mich an. Was ist los? fragten ihre Knopfaugen. Was ist geschehen?

»Annie, kannst du dich an irgendwas erinnern?«

»An was denn?«

»Es ist etwas Schreckliches passiert.« Verena begann zu weinen. Ich habe sie nie zuvor weinen sehen.

Verena fing sich schnell wieder. »He, kommt ihr mal hoch?«, rief sie Richtung Zimmertür. »Annie ist aufgewacht!«

Es polterte auf der Treppe. Opa Klaus stürmte herein. »Ist sie aufgewacht?«, fragte er.

»Ja«, sagte Verena, »das siehst du doch.«

»Wie lange habe ich denn geschlafen?«, fragte ich und schaute auf meinen Wecker. Halb zehn. »Ist doch gar nicht spät.«

»Ganz schön lange.« Opa Klaus umarmte mich linkisch. »Kannst du aufstehen?«

»Ich glaub schon, wenn mir jemand hilft. Aber ich will mir was anziehen.«

»Ich warte draußen«, sagte Opa.

Ich war total wackelig auf den Beinen. Verena bugsierte mich in meine Klamotten. Sie zog und zerrte dabei an mir herum, als würde ein ungeduldiges Kleinkind seine Puppe anziehen.

»Autsch!«

»Tut mir leid. Ich habe dich zwei Tage lang gewaschen und umgezogen.« Sie musterte mich prüfend. »Jetzt kannst du es wieder alleine.«

Auf dem Flur nahmen mich Opa Klaus und Verena in die Mitte. Sie mussten mich stützen, weil ich echt geschwächt war. Stellas Zimmertür war geschlossen. »Ist Stella nicht zuhause?«, fragte ich.

»Vorsicht an der Treppe«, sagte Verena statt einer Antwort. Ich ließ Opa Klaus los und klammerte mich stattdessen am Geländer fest. Es war so still im Haus, ganz ungewohnt. Sonst hörte man immer was. Mamas Radio, Stellas Lachen, oder irgendein Sägen oder Schleifen in Opa Klaus' Werkstatt.

Heute war Totenstille.

»Guten Morgen, Annie.«

Mama saß auf der Wohnzimmercouch. Kerzengerade und irgendwie steif, wie eine Schaufensterpuppe, die man dort hingesetzt hat, und die jeden Moment umkippen kann. Sie war käsebleich im Gesicht und sah auch sonst irgendwie komisch aus.

»Warum bist du nicht in der Schule?«, fragte Mama.

»Sie nimmt Medikamente«, sagte Verena zu mir. »Setz dich hin, Kindchen.« Sie drückte mich in einen Sessel, postierte sich rechts von mir und Opa Klaus links, Mama saß mir gegenüber, und dann erzählten sie mir, was geschehen war.

Opa Klaus begann mit brüchiger Stimme zu reden.

»Letzten Samstag seid ihr losgezogen – Stella, du und der Hund. Spätabends bist du mit Pebbles heimgekommen«, sagte er. »Wir haben die Polizei verständigt, weil du uns nicht sagen konntest, wo Stella steckt. Am nächsten Morgen haben sie angefangen, nach ihr zu suchen. Sie hatten einen Suchhund dabei, der schließlich Witterung aufnahm…«

»Es war eine Hündin«, sagte Verena schniefend. »Sie hieß Pauline. Ein lustiger Name für einen belgischen Schäferhund, findest du nicht auch? Noch dazu für einen Spürhund?«

»Bitte unterbrich mich nicht. Dort, wo der Pfad in die Auenlandschaft hineinführt, ganz am Ende der Insel, haben sie eure Fahrräder gefunden. Sie standen ordentlich abgestellt nebeneinander auf dem Weg.« Er rieb sich die Augen. »Die Polizisten haben das Gebiet abgesucht und schließlich Stella gefunden. Sie ist tot, Annie.«

»Nein, ist sie nicht«, sagte Mama. »Die haben nur ein paar Knochen gefunden.«

»Es war Stellas Leichnam«, sagte Verena.

»Stella ist nicht tot, sie macht nächstes Jahr ihren Schulabschluss«, sagte Mama.

»Emily …«

»Seid still, seid doch still!«, schrie ich und sprang auf. In diesem Moment kehrte die Erinnerung zurück: Stella, wie sie den Kauknochen warf. Stella, die in den Hexenwald ging und vom Unterholz verschluckt wurde. Vor meinen Augen wurde es schwarz. Meine Beine knickten ein. Ich ging zu Boden.

*

In der Villa Grün ging es zu wie in einem Taubenschlag. Nachbarn, Bekannte und eine Menge fremde Leute gaben sich die Türklinke in die Hand. Wir hatten den ganzen Tag Besuch. Jede freie Fläche im Haus war überhäuft mit Beileidskarten und Geschenken. Alle möglichen Sachen; Blumen, Bücher, Weinflaschen und noch mehr Blumen. Außerdem gab es Unmengen zu Essen. In der Küche und im Esszimmer häuften sich Töpfe mit Suppe, Teller mit Kuchen, selbstgebackenem Brot und allen möglichen anderen Leckereien. Die Leute schienen zu glauben, wir müssten uns vor lauter Trauer über Stellas Verlust eine Fettschicht anfressen.

Verena hatte alle Hände voll zu tun. Sie nahm den Besuchern die Blumen ab und stellte sie in Vasen. Sie kümmerte sich um das Essen, das ansonsten vergammelt wäre. Einen Teil fror sie ein oder bot es den Kondolierenden an. Einige nahmen das Angebot dankbar an und mampften mit vollen Backen, während sie zwischen zwei Bissen fade Parolen wie »Alles wird gut« von sich gaben, oder von der Aufstellung einer Bürgerwehr schwadronierten, die den Täter ausfindig machen, aufknüpfen und Gott weiß was mit ihm anstellen sollte. Mit einer Selbstverständlichkeit wühlten sie in unserem Schmerz herum, glaubten zu wissen, was wir empfinden und erdulden mussten.

Die meisten Besucher waren mir völlig gleich, egal, ob ich sie kannte oder nicht. Ich schaute weg, wenn mich jemand ansah, und nickte stumm, wenn mir irgendeiner die Hand drückte. Alle redeten wohlwollend auf mich ein. Ich hörte nicht hin. So ging es den ganzen Nachmittag. Ich wünschte, ich hätte die Möglichkeit, in den halbkomatösen Zustand der letzten Tage zurückzukehren, für den Rest meines Lebens.

Ein winziger Lichtblick in diesen grauenhaften Stunden war meine Freundin Mona, die mittlerweile aus Mallorca zurückgekehrt war.

»Annie, oh my God!«, schluchzte sie immer wieder. Klug und patent stand sie den Besuchern Rede und Antwort, forderte mich dazu auf, mein Haar zu kämmen und die Zähne zu putzen – Dinge, die mir angesichts der Tatsache, dass meine geliebte Schwester nie wieder zurückkommen würde, unsagbar banal erschienen. Stündlich zwang sie mir ein Glas Wasser ein, das sie mir mütterlich-energisch an die Lippen hielt, bis ich brav ausgetrunken hatte. Ich hätte das Trinken schlichtweg vergessen.

*

Später am Abend, als wir unter uns waren, saß ich mit Verena in der Küche. Das Licht war gedämpft, die Uhr an der Wand tickte leise. Mama lag in ihrem Bett. Verena hatte ihr ein Beruhigungsmittel gegeben, weil sie den Besuchern von Stella erzählt hatte, als wäre diese noch am Leben.

»Sie hat gesagt, dass sie morgen mit Stella einkaufen gehen würde, und dass Stella nächste Woche vorhat, mit ein paar Freundinnen am Freyersee zu zelten. Sie hat ohne Punkt und Komma wirres Zeugs geredet, den ganzen Nachmittag. Ich hab's einfach nicht mehr ausgehalten.«

Ich saß vor einem Teller Champignoncremesuppe. Sie wärmte mich von innen; ich fror, obwohl Verena beteuerte, dass die Sommerhitze kaum auszuhalten sei. Trotzdem bekam ich nur wenig runter. In der rechten Hand hielt ich den Löffel, in der linken eine Scheibe Brot. So hatte ich es als Kind immer gemacht. Ich fing an, mit dem Brot herumzuspielen.

»Papa will nicht recht, dass ich es dir erzähle, aber ich finde, du bist alt genug, um alles zu wissen.« Sie sprach, während ich gedankenverloren die Tischdecke vollkrümelte und eine Spur aus Brotkrumen um den Teller legte.

Pauline hatte die Polizisten zu einem halb ausgetrockneten Tümpel auf der Rheinschanzinsel geführt. Dort bargen die Beamten ein menschliches Skelett. Es lehnte am Rande der sumpfigen Mulde im brackigen Wasser an einem umgestürzten Baumstamm im Hexenwald. Am Rande des Tümpels lagen eine rosa karierte, ärmellose Bluse, helle ausgewaschene Denims und Sandalen sowie Unterwäsche und eine Uhr von Swatch: Stellas Sachen.

»Dann kommt Stella also nie wieder?«, fragte ich zaghaft, obwohl ich die Antwort wusste.

»Nein, Annie, deine Schwester kommt nicht mehr zurück.« Sie legte mir die Hand auf die Schulter. »Du musst jetzt stark sein. Deiner Mutter geht's überhaupt nicht gut. Sie gehört ins Krankenhaus, aber sie will nicht. Sie ist nicht in der Lage, dir eine Mutter zu sein momentan, und ich weiß nicht, wie lange das so geht, psychologische Betreuung hin oder her. Und Papa kennst du ja.«

Verena hat sich mit Opa Klaus nie besonders gut verstanden. Sie war der Meinung, dass er sich zu wenig um die Erziehung seiner Enkeltöchter, beziehungsweise früher seiner Töchter, kümmerte, und alles den Frauen überließ.

»Bleibst du bei uns in Philippsburg?«, fragte ich.

»Noch ein, zwei Wochen, länger ist es mir nicht möglich. Ich habe ein Geschäft, um das ich mich kümmern muss.«

»Wir schaffen das nicht ohne dich.«

»Natürlich schafft ihr das«, sagte Verena, aber sie klang wenig überzeugt.

*

Nach einer nicht enden wollenden, schlaflosen Nacht beobachtete ich am nächsten Morgen durch das Fenster am Fuß der Treppe im Flur eine Frau, die aus einem dunkelblauen Wagen stieg. Ich saß auf einer Stufe, wo ich die Beine gegen die Wand und den Rücken gegen das Treppengeländer drückte. So waren Stella und ich manchmal dagesessen, jede auf einer eigenen Stufe, hatten aus dem Fenster geschaut und gekichert, über die Schule geschimpft und über Bekannte gesprochen.

Die Frau visierte unser Haus an. Sie war mittelgroß und trug einen schicken blonden Kurzhaarschnitt. Sie kam mir vage bekannt vor. Energisch strich sie sich den Pony aus der Stirn und marschierte durch den Garten auf die Villa Grün zu, wobei ich sie aus dem Blickfeld verlor. Es klingelte.

Pebbles lief winselnd zur Tür und kratzte daran. Stufe für Stufe rutschte ich die Treppe hoch, wo sie mich nicht sehen konnte, falls sie einen Blick durchs Fenster warf.

Jemand hatte vergessen, den Türschnapper zu sperren. Die Tür wurde aufgedrückt. Die Frau kraulte Pebbles am Hals. Pebbles wandte sich von ihr ab und trottete mit hängendem Kopf davon. Die Hündin hatte jemand anderes erwartet. Vielleicht hatte sie gehofft, dass Stella zurückkäme.

»Ist jemand zu Hause?«, rief die Blonde.

Schritte polterten heran: Opa Klaus. »Wir haben gerade meine Tochter ins Bett gebracht. Sie schläft sehr viel.«

Keiner von ihnen schaute zu mir hoch. Sie schüttelten einander die Hand und verschwanden in der Küche. Opa Klaus zog die Tür hinter sich zu, was ungewöhnlich war. Das konnte nur eines bedeuten: was besprochen wurde, war nicht für meine Ohren bestimmt. Ich wollte aber mitbekommen, worüber sie redeten. Blitzschnell und so leise wie möglich schlich ich auf Zehenspitzen die Treppe hinunter und legte mein Ohr an die Tür, um zu lauschen. Ich hörte Opa Klaus hantieren, danach ertönte das Rauschen der Kaffeemaschine.

»Gibt es etwas Neues?«, fragte er.
»Wie geht es Frau Friedrich?«, fragte die Frau zurück.
»Es geht ihr sehr schlecht«, antwortete Opa Klaus. »Der Hausarzt meint, sie hätte eine schwere Depression. Er hat Kontakt zu einem Therapeuten in Bruchsal aufgenommen. Morgen hat sie den ersten Termin bei ihm.«
»Dann lassen wir sie besser schlafen«, sagte die Frau. »Ihre andere Tochter, ich meine Verena Friedrich, hat mich angerufen, weil sie glaubt, dass Annie jetzt vernehmungsfähig wäre?«
Pebbles strich um meine Beine und winselte leise. Ich kraulte die Hündin hinter den Ohren, sagte »Pssst« und kitzelte sie am Bauch, aber sie blieb unruhig. Vermutlich musste sie raus. Ich fürchtete, Opa Klaus und die Besucherin könnten die Tür klappen hören, wenn ich Pebbles in den Garten ließ; außerdem hatten wir sie trainiert, dort nicht ihr Geschäft hinzumachen. Ich bedeutete Pebbles mit der Hand, zu warten, aber die Ärmste verstand

meine Geste natürlich nicht. Ihr Schwanz klopfte beim Wedeln auf den Boden, und sie versuchte mir das Gesicht abzulecken. Unwirsch schob ich sie weg.

»Ich weiß nicht … Annie ist erst seit gestern wieder sie selbst.«

»Na gut, aber es gilt einen Mordfall aufzuklären, in dem sie eine wichtige Zeugenaussage zu machen hat.«

»Wenn es nach mir ginge – ich hätte Sie noch nicht angerufen. Verena hat das über meinen Kopf hinweg entschieden.«

Eine Weile Schweigen. Dann sprach die Frau erneut. »Uns liegt mittlerweile die DNA-Analyse vor. Ich muss Ihnen leider mitteilen, dass es sich bei der Verstorbenen zweifelsfrei um Ihre Enkeltochter Stella Friedrich handelt.«

Es war einen Moment still. Die Tränen schossen wie kleine Wasserfälle aus meinen Augen.

Nach einer Weile sprach Opa Klaus wieder. Seine Stimme klang brüchig. »Anfangs hatten wir uns an die unsinnige Hoffnung geklammert, das Skelett müsste von einer anderen Person stammen. Schließlich kann ein Mensch nicht innerhalb weniger Stunden sein ganzes Fleisch, seine Muskeln und Sehnen verlieren. Aber als der Zahnarzt ihr Gebiss identifiziert hat, habe ich alle Zuversicht verloren. Jetzt haben wir Gewissheit.«

»Auch der Obduktionsbericht liegt uns vor.«

»Obduktionsbericht? Was kann man an Knochen schon feststellen?«, fragte Opa Klaus.

»Herr Friedrich, wir haben Spuren an den Knochen gefunden. Spuren von Zähnen. Bissspuren …«

»Dann haben die Ratten ihr Fleisch abgenagt«, sagte Opa leise. »Es wimmelt von Ratten auf der Insel.«

Ich drückte das Ohr fester gegen die Tür. Pebbles' drängendes Winseln machte es nicht einfacher, etwas zu verstehen.

»Das ist es nicht«, sagte die Frau. »Unsere Experten sind der Meinung, dass die Spuren von menschlichen Zähnen stammen.«

Ich presste beide Hände auf den Mund, um nicht zu schreien. Pebbles jaulte auf, meine jähe Bewegung musste sie erschreckt haben.

»Verstehe«, murmelte Opa Klaus. »Verstehe.«

»Verstehe?«, fragte die Frau verunsichert. »Herr Friedrich … bitte setzen Sie sich wieder. Geht es Ihnen gut? Wir ermitteln natürlich intensiv in diese Richtung. Die Anzeichen sprechen für einen Ritualmord. Wir werden herausfinden, wer das getan hat, das verspreche ich Ihnen. Der Leichnam Ihrer Enkelin wurde übrigens zur Beerdigung freigegeben.«

Einen Moment Stille. Die Tür wurde aufgerissen. Ich zuckte erschrocken zusammen. Opa Klaus erschrak noch mehr, als er mich auf dem Boden kauern sah.

»Annie, was machst du denn da?« Er schien geschockt. Die Frau sprang auf und kam auf mich zu.

»Ich wollte Bescheid sagen, dass ich mit Pebbles rausgehe …«, stammelte ich. »Irgendwie bin ich gestolpert …«

Opa Klaus wirkte besorgt. Die Frau ließ mich nicht aus den Augen. In diesem Moment kam Verena aus Mamas Schlafzimmer. Sie hatte knallroten Lippenstift aufgetragen und verbreitete einen blumigen Parfümduft.

»Warum haben Sie nicht auf mich gewartet? Ich wollte zuhören.«

Ich hatte den Eindruck, dass der Polizistin diese Unterbrechung nicht recht behagte. Sie ignorierte Verena und hatte nur Augen für mich.

»Mein Name ist Petra Höllinger«, sagte sie zu mir. »Wir haben uns vor wenigen Tagen bereits kennengelernt, aber da ging es dir sehr schlecht. Erinnerst du dich an mich?«

»Ich weiß nicht … ich glaube nicht.«

»Wie geht es dir heute, Annegret?«

»Bitte, nennen Sie mich Annie«, sagte ich. »Ich hasse meinen richtigen Namen.« Die Antwort kam automatisch über meine Lippen. In meinem Kopf blitzten Zähne auf. Zähne, die an Stellas Knochen nagten.

»Natürlich, Annie. Ich möchte mich gerne mit dir unterhalten. Wäre dir das recht?«

»Von mir aus.«

»Ich bleibe dabei«, sagte Verena.

»Musst du nicht«, sagte ich. »Ich schaff das schon.«

Opa Klaus sagte leise etwas zu Verena. Nach einigem Hin und Her entschieden sich die beiden, mich mit Frau Höllinger alleine zu lassen. Sie wollten mit Pebbles spazieren gehen. Ich wusste, was Opa Klaus Verena erzählen würde. Er würde von Zähnen erzählen.

Ich setzte mich Frau Höllinger gegenüber auf einen Küchenstuhl. Die Füße zog ich an und legte das Kinn auf die Knie.

»Möchtest du etwas trinken?«, fragte Frau Höllinger.

»Orangensaft.«

Sie bediente sich an unserem Kühlschrank und schenkte mir ein Glas ein. Ich hatte den Eindruck, dass sie sich in unserer Küche recht gut auskannte. Vermutlich war sie während meiner seelischen Auszeit öfter hier gewesen.

»Ich untersuche den Fall mit deiner Schwester«, sagte sie. »Ich bin Kriminalkommissarin bei der Kripo Bruchsal. Meine Tochter ist übrigens in deinem Alter.«

Der letzte Satz war eindeutig dazu gedacht, mein Vertrauen zu gewinnen.

Frau Höllinger plapperte munter drauflos. Redete von ihrer Tochter, die aufs Gymnasium ging, und in ihrer Freizeit tanzte.

»Tanzt du auch?«

»Nein.«

Frau Höllingers Tochter ging schon in die Disco, erzählte sie weiter, samstagabends, was der Mama ein Dorn im Auge war. Damit nichts passierte, holte sie ihre Tochter um 22.00 Uhr ab. Ich stellte mir vor, wie sie an der Kasse ihren Dienstausweis zückte, um sich aufzuspielen, und ihre Tochter von der Tanzfläche abkommandierte.

»Warst du schon mal in der Disco, Annie?«

»Nein.«

Sie hatte sich die Sache mit meinem Namen gemerkt. Ein Pluspunkt für Frau Höllinger.

»Ich möchte mit dir über den letzten Samstag reden.«

Ich nickte und umklammerte mein Glas Orangensaft mit beiden Händen. Ich vermied es, Frau Höllinger in die Augen zu sehen. Gleich erzählt sie dir von den Zähnen, dachte ich, gleich fängt sie davon an, und dann falle ich vor Grauen tot um.

»Wir verfolgen jede Spur in diesem Fall, arbeiten Tag und Nacht daran. Du warst nach unserem Wissensstand der letzte Mensch, der Stella gesehen hat. Möchtest du mir vom Samstag erzählen? Alles, was dir einfällt, kann wichtig sein. Was Stella gesagt hat, worüber ihr gesprochen habt. Was ihr vorhattet. Schaffst du das?«

»Ich denke schon.« Ich redete drauflos. Ziemlich konfus, aber das schien die Kommissarin nicht zu stören. Ich erzählte von Pebbles, die Gassi gehen musste, und meinem neuen Buch, in dem ich an diesem Nachmittag lesen wollte. Und dass sich Stella zu mir gesellt hätte. Alles ganz normal.

»Und dann ist sie in den Wald gegangen. Ich wollte nicht mitkommen. Danach weiß ich nichts mehr.«

»Du bist nach Hause gegangen«, sagte sie. »Ich habe am nächsten Tag versucht, mit dir zu sprechen. In deinem Zimmer. Du hast kaum etwas gesagt. Nur, dass Stella weggelaufen sei.«

»Ehrlich? Ich weiß nicht … ich habe bestimmt gemeint, dass sie in den Wald gelaufen ist. Weg von mir halt. Ich weiß nicht mehr, dass ich das gesagt haben soll.«

»Du kannst dich wirklich an nichts erinnern?«

»Ich weiß noch, wie wir mit dem Fahrrad über die Insel gefahren sind«, sagte ich. »Aber das ist mir auch erst gestern wieder eingefallen. Danach dreht sich alles in meinem Kopf. Ich weiß noch, wie Stella sagte, sie würde jetzt in den Wald gehen. Ich hätte sie aufhalten sollen, nicht wahr? Hätte sie festhalten müssen oder Opa Klaus holen, nicht wahr?«

»Aber nein, Annie! Du darfst dir keine Vorwürfe machen! Woher hättest du denn wissen sollen, was geschieht?« Sie beugte sich über den Tisch zu mir. Ihre Worte klangen für mich wie auswendig gelernt. Sie konnte sich nicht in mich hineinfühlen. Niemand konnte das.

»Hast du irgendjemanden gesehen? War noch jemand auf der Insel außer euch? Ist euch jemand gefolgt?«

»Ich habe niemanden gesehen.«

»Ein Auto, das irgendwo geparkt war?«

»Nein, das ist verboten, der Weg ist für Autos gesperrt.«

»Das spielt doch keine Rolle«, sagte sie ungeduldig. Ich vermutete, ihre Tochter hatte es mit ihr nicht leicht.

»Weißt du, ob Stella einen Freund hatte?«

»Ich weiß es nicht genau. Ich glaube, sie hatte einen Freund, aber sie hat mir nichts erzählt. Sie tat ein bisschen geheimnisvoll.«

»Weißt du eventuell, ob es jemanden gibt, der sie nicht mochte?«

»Keine Ahnung. Vielleicht sollten Sie ihre Freundinnen in der Schule fragen.«

»Das werde ich tun. Ich danke dir.« Sie lehnte sich zurück.

»Wir sind bei unserer Arbeit darauf angewiesen, dass man uns hilft. Und du bist im Moment unsere einzige Zeugin. Wenn dir irgendetwas einfällt …«

Ich verstand den Wink mit dem Zaunpfahl. Nein, ich musste mir natürlich keine Vorwürfe machen, dass ich Stella nicht aufgehalten hatte. Aber den versteckten Tadel, ich würde mich gegenüber Frau Höllinger verschließen, konnte ich durchaus heraushören.

»War da wirklich niemand? Bitte, sag es mir. Auch, wenn es jemand war, den du gut kennst, oder jemand, den du magst, und den du nicht verraten willst.«

»Ja, dort ist jemand«, stieß ich hervor. »Stella ist zur Hexe gegangen. Sie sind nicht aus Philippsburg, stimmt's? Sonst würden Sie nicht so verständnislos tun. Sonst wüssten Sie, dass der Wald dort hinten verflucht ist! Stella hat die Sumpfhexe getroffen!«

»Aber Annie! Du glaubst doch nicht wirklich an diese alte Geschichte? Ich habe im Laufe dieser Ermittlung davon gehört. Geschichten gibt es in jeder kleinen Stadt. Ich wohne in Huttenheim. Bei uns …«

»Die Sumpfhexe lebt nicht in Huttenheim, sondern im Hexenwald auf der Rheinschanzinsel«, sagte ich.

Die Haustür ging auf. Verena und Opa Klaus kamen mit Pebbles herein. Frau Höllinger schaute sich hilfesuchend nach ihnen um. Sie wirkten beide sehr bedrückt. Auch Pebbles ließ traurig den Kopf hängen.

»Du stehst nicht unter Verdacht, Annie, das sollst du wissen«, sagte die Kommissarin. »Nicht zum ersten Mal wurde eine verstorbene Person in diesem Waldstück gefunden. Vor genau zwanzig Jahren ist etwas Ähnliches passiert. Herr Friedrich weiß vermutlich davon.«

Opa Klaus nickte, ohne aufzusehen, während er seinen Mantel auszog.

»Es ist für den Moment okay, Annie«, sagte Frau Höllinger. »Du kannst mich jederzeit anrufen, wenn dir etwas einfällt. Dein Großvater hat meine Nummer.«

»Ist gut«, sagte ich und ging hoch in mein Zimmer. Ich legte mich ins Bett und zog die Decke über den Kopf. Ich wusste, dass Frau Höllinger sich bei Opa Klaus über mich beklagen würde. Sie dachte, ich hätte nicht alle Tassen im Schrank, weil ich an die Sumpfhexe glaubte.

5
Frühjahr 2013: Annie

O Tod,
ich will Dein Tod sein.
Hölle!
Ich werde Dein Biss sein.
Ose.XIII.XIV

Die Worte auf dem Denkmal am Eingang des Philippsburger Friedhofes brennen sich in mein Inneres, berühren mein Herz, obwohl ich weder ihren tieferen Sinn noch ihre wahre Bedeutung verstehe, geschweige denn ihre Herkunft kenne. Die Worte klingen so passend zur Verabschiedung eines Menschen sowie zu meiner düsteren Stimmung. Das Wetter passt ebenso gut. Dicke, graue Wolken hängen am Himmel, als wollten sie jeden Moment auf uns herabstürzen und uns unter sich begraben. Der Wind weht meine Haare ins Gesicht. Wie dicke Spinnenfäden kitzeln sie auf meiner Nase und in den Augen, während ich versuche, die Briefumschläge, die mir die Trauergäste in die Hand drücken, knitterfrei zu halten. Mama klammert sich mit beiden Händen an ihrem Rollator, dem Silberpfeil, fest. Die ersten Regentropfen platschen vom Himmel, dick und schwer wie Taubenkot. Die Trauergemeinde strömt zügig in die kleine Kapelle, in der die Trauerfeier stattfinden wird. Opa Klaus soll verbrannt werden.

Die Briefumschläge unter meinen Arm geklemmt, eile ich hinterher. Heute Morgen sind Mama und ich zum ersten Mal zusammengerasselt.

»Das ist nicht dein Ernst«, hatte sie mit einem abschätzenden Blick auf meine Jeans und das dunkelblaue Sweatshirt gesagt.

»Was passt dir an mir nicht?«

»Ich muss dir nicht extra erklären, dass man auf Beerdigungen schwarz trägt, insbesondere beim Tod des eigenen Großvaters.«

»Es ist eine Trauerfeier, keine Beerdigung.«

Mama verdrehte genervt die Augen.

»Ich habe nichts Schwarzes. Damit sähe ich noch toter aus als Opa Klaus.«

Sie schnaubte empört. »Aber so kannst du nicht auf deines Großvaters …«

»Meinen Großvater hat es zehn Jahre lang nicht gejuckt, wie ich angezogen bin!«, herrschte ich sie wütend an.

Verena griff schlichtend ein. »Hier«, sagte sie und wühlte in ihrem gigantischen Koffer, dessen Inhalt eine Filmdiva zufriedenstellend ausstaffieren könnte. Sie reichte mir einen schwarzen, tailliert geschnittenen Blazer. Es hat mir noch nie etwas ausgemacht, mich von Verena bevormunden zu lassen, während es mich bei Mama stets störte. Ich zog den Blazer über mein blaues Sweatshirt, und Mama war zufrieden.

Als enge Angehörige sitzen Mama, Verena und ich in der ersten Reihe. Der Ansprache des Pfarrers höre ich kaum zu, die Worte plätschern an mir vorbei wie Fische in einem Fluss. Vorne am Altar steht Opa Klaus' Sarg, den ich aufmerksam im Auge behalte. Ich bilde mir ein, der Deckel könnte jeden Moment aufspringen und nicht Opa, sondern Stella würde herausschnellen wie ein hinterlistiger Kastenteufel. Stella, das Skelett, das Knochengerüst. Wirklich trauern kann ich nicht. Nach jenem Sommer und in den darauffolgenden Jahren habe ich den Bezug zu Opa Klaus verloren.

Verena schnieft hörbar in ihr Taschentuch. Es ist aus kostbar aussehendem Stoff und trägt ihre aufgestickten Initialen: V.F. Zu schade, um die Körperflüssigkeiten der Trauer, Rotz und Tränen, aufzusaugen. Sie quält sich ein Lächeln ab und nickt mir aufmunternd zu. Mama starrt resigniert vor sich hin. Seit Stellas Tod habe ich sie nicht mehr weinen sehen. Ich vermute, ihre Tränen sind gemeinsam mit ihrer ältesten Tochter gestorben.

Nach der Trauerfeier scharen sich die Trauergäste um mich wie Hühner auf einem Hühnerhof um den einzigen Gockel. Einige von ihnen sind mir von früher bekannt.

»Du bist nicht oft zu Besuch gekommen, nicht wahr? Emily hat dich sehr vermisst.«

»Deine Mutter hat erzählt, dass sie nicht viel von dir gehört hat in all den Jahren. Wie ist es dir ergangen?«

Die versteckten Vorwürfe sind deutlich aus den Fragen herauszuhören. Es sind Nachbarn und Bekannte von uns, die Klaus die letzte Ehre erweisen. Alle sind wesentlich älter geworden. Die Welt dreht sich unbarmherzig weiter.

»Deine Mutter hat täglich auf eine Nachricht von dir gewartet.«

»Bleibst du jetzt für immer? Deine Mutter braucht jemanden …« Es ist ein Spießrutenlaufen ohne Aussicht auf baldiges Ende, weil Mama im Café Linzer noch einen Leichenschmaus veranstalten will.

»Ich gehe schon vor«, sage ich, »ich möchte noch zu Stellas Grab.«

Es wird respektiert, dass ich alleine sein möchte. Niemand folgt mir, als ich durch die Grabreihen schreite, mein Gesicht dem Wind zugewandt. Eichenblätter tanzen um meine Schuhe, die ein knirschendes Geräusch auf dem Kiesboden verursachen.

An Stellas Grab steht jemand. Jeanshose, schwarzer Hoody. Als ich näher komme, schaut der Jemand kurz zu mir auf und geht dann eilig weiter. Wegen des Windes muss ich blinzeln und kann das Gesicht nicht erkennen. Auf dem Grab liegt eine langstielige weiße Rose. Vermutlich handelte es sich bei dem Besucher um einen Freund oder eine

Freundin, die sich an ihre frühere Klassenkameradin erinnert hat. Der Grabstein scheint mich vorwurfsvoll anzuschreien. Warum warst du so lange nicht da. Ich habe nichts für Stella. Keine Blumen, keinen Grabschmuck.

»Ich komme wieder«, flüstere ich und streichle mit meinen Fingern die schwarze Erde und die samtigen Blütenblätter der Rose. »Dann pflanze ich ein Blumenmeer für dich, Stella.«

Im Café Linzer lasse ich mir Zeit auf der Toilette, betrete erst den Gastraum, als alle schon an den Tischen sitzen. Schnell checke ich die Lage. Verena und Mama sitzen nebeneinander. Fast alle der reservierten Tische sind belegt; an einem von ihnen sitzen ein paar einfach gekleidete Männer in Opa Klaus' Alter. Sie wirken etwas verloren. Ich geselle mich zu ihnen. Es sind ehemalige Arbeitskollegen von Opa Klaus, der bei Daimler kurz vor der Rente gestanden hat. Sie sind sehr freundlich und wirken ehrlich über seinen Tod betroffen. Klaus muss beliebt bei ihnen gewesen sein. Ich nage lustlos an einem Käsebrötchen und höre mir Anekdoten über Opa Klaus an.

»Wisst ihr noch, wie er dem neuen Abteilungsleiter damals die Meinung gegeigt hat, das war wirklich mutig. Dem arroganten Schnösel hat es glatt die Sprache verschlagen …«

»Haben Sie sich wohl gefühlt an dieser Schule in Heilbronn?«, fragt Hubert, ein schmächtiger, ruhiger Mann mit schütterem Haar.

»Welche Schule?«, frage ich.

»Naja, Klaus hat erzählt, Sie gingen in Heilbronn auf eine spezielle Schule.«

»Ja, ich habe mich wohl gefühlt«, sage ich. Natürlich hat Klaus nicht erzählt, dass ich ihm und Mama zu unbequem geworden war. Er hat den Kollegen irgendeine ausgedachte Geschichte präsentiert, um nur ja keinen schlechten Eindruck zu erwecken.

Eine halbe Stunde später brechen die ersten Gäste auf. Ich verabschiede mich von Klaus' Kollegen, die mir alles Gute wünschen und mich für meine Entscheidung, zu Mama zurückzukehren, loben.

»Und wenn Sie einmal eine Tochter haben, die so hübsch ist wie Sie«, sagt Hubert zum Abschied, »schicken Sie sie bitte nicht weg. Es ist nicht so wichtig, auf eine besonders gute Schule zu gehen. Kinder sollten bei ihrer Mutter aufwachsen.«

»Ich gehe zu Fuß«, sage ich zu Verena, als sie Mama ins Auto hilft. »Ich möchte noch ein wenig frische Luft schnappen.«

Der Regen hat nachgelassen, die Sonne bricht durch. Die kühle, saubere Luft tut gut, sie reinigt mein Gehirn. Die Beerdigung ist vorbei. Erst jetzt habe ich das Gefühl, dass ein neuer Lebensabschnitt beginnt.

*

Zuhause macht Mama eine Flasche Wein auf. Es ist billiger Fusel, und lieblich noch dazu. Wahrscheinlich ist das der Grund, warum Verena sich nur ganz wenige Schlückchen genehmigt. Ich habe sie mehr als einmal mit zwei oder drei Viertel Wein intus am Steuer ihres Wagens erlebt. Sie fährt dann wie eine gesengte Sau, macht sich aber wenig Gedanken wegen einer möglichen Polizeikontrolle.

»Lass stehen«, sage ich zu ihr, als ich ihren hilfesuchenden Blick bemerke. Sie will nicht unhöflich sein. »Ich trinke dein Glas aus.«

»Du trinkst Wein?«, fragt Mama entrüstet.

»Deine Tochter ist eine erwachsene Frau«, sagt Verena. »Denk du lieber an deine Tabletten, bevor du die halbe Flasche hinunterkippst. Das verträgt sich nicht miteinander.«

»Auf meine Tabletten scheiße ich heute«, sagt Mama.

Eine solche Ausdrucksweise bin ich von ihr von früher nicht gewohnt. Verena auch nicht. Wie auf Kommando prusten wir los und kichern herum wie drei Teenager.

Verena nimmt mich ganz fest in den Arm. Das hat sie erst zweimal gemacht, seit ich kein kleines Kind mehr bin: einmal, als ich zu ihr ziehen musste und sie mich abholen kam, und beim zweiten Mal an meinem achtzehnten Geburtstag. Wieder weint sie, und das kostbare Taschentuch kommt erneut zum Vorschein, mittlerweile arg mitgenommen.

»Macht es gut, ihr beiden.« Geschickt wendet sie ihren Wagen in der engen Straße und fährt winkend davon. Wehmütig schaue ich ihr hinterher.

*

Während wir den Fusel trinken – inzwischen sind wir bei der zweiten Flasche angekommen –, lesen wir die Beileidskarten, von denen ein ganzer Stapel auf dem Tisch liegt. Wunderschöne Gedichte stehen darin geschrieben. Und jede Menge Geld steckt in den Umschlägen. Wir zählen mehr als genug, um die Rechnung des Bestattungsinstituts zu bezahlen.

»Ich hatte solche Angst«, gesteht Mama. »Wie es finanziell weitergeht, wie ich das Begräbnis bezahlen soll. Aber mit dem Geld aus der Lebensversicherung und diesem hübschen Stapel hier kommen wir ein gutes Stück weiter.« Sie rülpst verhalten. »Das Dach müsste in Ordnung gebracht werden, es ist an zwei Stellen undicht …«

»Ich finde bestimmt bald Arbeit, Mama«, sage ich. »Die Versicherungssumme reicht locker für die notwendigen Reparaturen. Wir werden schon zurechtkommen. Mach dir keine Sorgen.«

Sie reibt sich die Augen wie ein müdes Kind. »Ich möchte nicht selbstmitleidig klingen … aber ich habe schon so viele Menschen verloren, die mir wichtig gewesen sind. Nur noch du und Verena sind übrig.«

Mamas Ehemann verunglückte tödlich bei einem Autounfall kurz vor Stellas Geburt. Trost fand sie bei einem Gelegenheitsarbeiter, der in jenem Jahr auf dem Spargelhof der Ammanns beim Spargelstechen aushalf.

Es hieß, er stamme aus Philippsburg, aber niemand kannte ihn näher. Die Ammanns schickten ihn ein paarmal mit einem Korb voll Erdbeeren und frischen Spargelstangen vorbei, und Mama verliebte sich in ihn. Als sie mit mir schwanger ging, verschwand er von der Bildfläche, und bald saß sie mit zwei kleinen Kindern alleine da. Schließlich zog Opa Klaus zu ihr. Sie hat nie herausgefunden, was aus meinem Vater geworden ist.

Ich will aufstehen, um aufs Klo zu gehen. »Ups.« Alles dreht sich. »Ich glaube, ich gehe schlafen.« Es ist gerade mal einundzwanzig Uhr. Ich bin todmüde und mehr als angesäuselt und gehe zu Bett.

Einige Zeit später erwache ich mit mächtigem Schädelbrummen. Ein Poltern hat mich geweckt.

Es ist Viertel vor elf. Lange habe ich nicht geschlafen.

Das Poltern kam von draußen. Da bin ich mir sicher. Natürlich kann es alles Mögliche sein. Das Knallen einer Autotür, die zugeschlagen wird. Ein nächtlicher Passant, ein Betrunkener. Mein Gefühl sagt mir, dass es nichts so Harmloses ist.

Ich öffne das Fenster, aber draußen ist alles still. Ich warte eine Weile, bis sich meine Augen an die Dunkelheit gewöhnt haben. Dann inspiziere ich den Garten. Und ich bin sicher: Am Stamm des Apfelbaums steht eine Gestalt. Presst sich gegen das Holz, um sich unsichtbar zu machen. Früher lag in meiner Schreibtischschublade immer eine kleine Taschenlampe. Sie ist noch da, aber die Batterien sind ausgelaufen.

Während ich fröstelnd im dünnen Sleepshirt am offenen Fenster stehe, meldet sich meine Blase. Der Wein will hinaus. Schließlich halte ich es nicht mehr aus und gehe pinkeln. Anschließend hole ich eine funktionierende Taschenlampe von unten und auch das dauert seine Zeit, weil ich Mama nicht wecken will und erst mal suchen muss, wo eine ist. Am Baum ist niemand zu sehen.

Ich überlege, ob es sich lohnen könnte, nach draußen zu gehen und den Garten abzusuchen, aber dieser Jemand ist höchstwahrscheinlich verschwunden.

Wenn da überhaupt jemand war.

Es dauert lange, bis ich wieder einschlafen kann.

*

Der Wecker auf meinem Nachttisch zeigt halb zehn, als ich die Augen aufschlage.

Mama sitzt am Frühstückstisch und umklammert grimmig ihre Kaffeetasse. Vor ihr liegt ein aufgeschlagenes Sudoku-Rätselheft. Sofort bekomme ich ein schlechtes Gewissen, als wäre ich wieder fünfzehn oder jünger und hätte etwas ausgefressen.

»Du brauchst nicht auf mich zu warten morgens«, sage ich. »Hin und wieder möchte ich ausschlafen.«

»Darum geht's nicht«, sagt sie. »Das Ding hier nervt.« Mein Handy liegt neben ihrem Rätselheft und gibt einen Ton von sich wie das Sonar eines U-Bootes. PING.

»Das geht schon die ganze Zeit so. Das nervt mehr als ein tropfender Wasserhahn.«

»Du hättest es ausschalten oder ins Wohnzimmer legen können.«

»Gestern, das war alles zu viel für mich. Ich bin froh, dass ich es heute Morgen in die Küche geschafft habe. Ich steh nicht wieder auf, nur wegen diesem dummen Telefon.« PING.

Auf der Anrichte stehen ein Toaster und eine Packung Toastbrot. Ich stecke zwei Scheiben in die Schlitze. Während das Brot bräunt, lasse ich mir eine Tasse Kaffee heraus.

»Du hast einen Verehrer«, sagt Mama.

Was sollte denn das jetzt wieder. »So?«

Mit einem lauten Geräusch löst sich die Verriegelung am Toaster, die Scheiben springen heraus. Ich fahre erschrocken zusammen. Der Kaffee schwappt über den Tassenrand und verbrüht meine Hand.

Mama ignoriert es. »Na, weil der so hartnäckig ist.«

»Ist doch nur eine SMS«, sage ich und puste auf meinen Handrücken, während ich ungeschickt mit der Linken Butter und Marmelade auf die Scheiben streiche.

»Mir egal. Es nervt.«

Ich checke mein Handy. Der Absender der SMS hat seine Rufnummer unterdrückt. Der Text lässt mich zusammenschrecken. Ich werfe Mama einen Blick zu, aber sie achtet nicht auf mich, löst eines der Logikrätsel, während sie weitsichtig über ihren Brillenrand spickt.

Ich habe auf dich gewartet. Ich wusste, dass Du zurückkommst.
Wie lange wird es dauern, bis das nächste Opfer gefunden wird? Und wer wird es sein? Was glaubst du, Annie?
Glaub mir, ich werde dich kriegen.

»Und, war's der Fettmops dort vorne?« Mama deutet in Richtung Brückenstraße.

»Die SMS stammt nicht von Hanjo.«

»Der hat schon immer ein Auge auf dich geworfen. Außerdem hockt er den ganzen Tag im Garten oder am Fenster, schlimmer wie eine alte Oma. Der hat mit Sicherheit mitgekriegt, dass du wieder hier bist.«

Ich lasse Mama in dem Glauben, dass die SMS von einem Verehrer stammt. Sie muss nicht wissen, was es tatsächlich ist: Eine Drohung. Und sie hat etwas mit dem zu tun, was vor zehn Jahren im Hexenwald geschehen ist.

6
Sommer 2003: Annie

Ich habe einmal gehört, dass Haare nach einem schweren Schicksalsschlag über Nacht grau werden können. Ob das stimmt, weiß ich nicht, aber ich habe bei meiner Mama gesehen, dass man alle Farbe aus einem Menschen heraussaugen kann. Mama war in den letzten Tagen stumpf geworden, farblos. Auch der Mama-Geruch war verschwunden. Selbst wenn Verena sie zum Duschen ins Bad nötigte, roch sie hinterher nur nach ihrem Pfirsichduschgel, aber nicht mehr nach Mama.

Jeden Morgen zerrte Verena Mama aus dem Bett, um sie anzuziehen. Mama ließ es über sich ergehen wie eine Schaufensterpuppe. Dann platzierte Verena sie auf der Wohnzimmercouch, damit sie weich fiel, wenn sie seitlich wegkippte, was mehrmals am Tag passierte. Ich saß neben ihr und fühlte mich schrecklich hilflos.

»Möchtest du etwas essen, Mama? Soll ich dir was bringen?«

»Lass uns warten, bis Stella heimkommt, damit wir alle zusammen essen können.«

»Stella kommt nicht wieder, Emily«, sagte Opa Klaus dann.

»Oh ...«

Ich ertrug es kaum zu sehen, wie Mama den Bezug zur Realität verlor. Sie zog sich in eine Scheinwelt zurück, in der Stella noch am Leben war, und an der hielt sie eisern fest. Unser Hausarzt wollte Mama stationär einweisen, aber sie weigerte sich.

»Nein, ich will hier sein, wenn Stella wiederkommt.«

Die Sommerferien dauerten noch eine Woche an. Einerseits sehnte ich mich nach der Schule, den Klassenkameraden und der Ablenkung von meinem Kummer. Andererseits fürchtete ich die Fragen, die versteckten Vorwürfe, das Herumbohren in meiner Seele, in meinem Schmerz, das Menschen in meinem Alter so hervorragend verstanden.

Die Tage schienen ewig zu dauern, wollten nicht enden. Ich unterstützte Verena und Opa Klaus bei der Hausarbeit, so gut ich konnte, aber die meiste Zeit hatte ich das Bedürfnis, Mama beizustehen. Ich wich kaum von ihrer Seite, erduldete ihre tonlose Stimme, mit der sie mir antwortete. Zweimal die Woche fuhr Verena mit ihr nach Bruchsal zum Psychologen.

Ich weiß nicht, was in dieser Zeit ohne Verenas patente und selbstlose Hilfe aus uns geworden wäre. Opa Klaus war kein Mensch, mit dem ich gut reden konnte. Er verteilte jede Menge gut gemeinte, aber völlig nutzlose Tipps.

»Ich kann nicht schlafen, Opa«, sagte ich, als er mitkriegte, dass ich die halbe Nacht in der Villa Grün herumgeisterte.

»Du musst Schäfchen zählen«, sagte er. »Hast du das schon mal probiert? Das hilft immer.«

Seine geschwollenen Augen sagten etwas anderes. Ich sparte mir die Erklärung, dass sich Schäfchen einen Scheißdreck um Zahlen oder Schlaflosigkeit oder tote Schwestern scherten. Das wusste Opa Klaus genauso gut wie ich.

Verena und meine Freundin Mona waren die einzigen Menschen, mit denen ich reden, bei denen ich mich ausweinen, meinen Kummer loswerden konnte.

»Deine Mutter tut mir so leid«, sagte Mona. Sie kam täglich bei uns vorbei, meistens mit einem Korb mit Essen und Zeitschriften, die ihre Mutter für uns eingepackt hatte. Monas Nähe tat mir gut. Verena hatte ihre baldige Abreise angekündigt; sie wurde auf der Arbeit gebraucht.

»Ich meine, du tust mir natürlich auch leid, aber ich glaube, für deine Mutter ist alles noch schrecklicher.«

»Ja, du hast recht«, sagte ich. »Ich fühle mich so hilflos, Mona. Ich hole morgens ihre Lieblingsbrötchen, ich pflücke ihre Lieblingsblumen und stelle sie in eine Vase, und sie sagt Danke, aber sie meint es nicht so, verstehst du? Sie sagt Danke, weil es sich gehört, und nicht, weil sie sich tatsächlich freut. Wenn ich nur wüsste, wie lange das noch dauert. Ich halte es nicht mehr aus!«

»Sie braucht Zeit. Stella ist doch erst seit zehn Tagen ...« Sie wand sich, brachte es nicht über sich, »tot« zu sagen, »weg!«

»Mir kommt es vor wie eine Ewigkeit«, sagte ich. »Verena will morgen abreisen. Sie wird auf der Arbeit gebraucht. Ich weiß gar nicht, was aus uns werden soll.«

»Meine Mutter möchte euch gerne helfen, ihr müsst nur Bescheid sagen.«

»Ach, Mona«, seufzte ich. »Ich wünsche mir so sehr, dass meine Mutter bald sagen wird: ‚Meine Tochter ist gestorben. Sie wurde ermordet. Aber ich habe noch eine andere Tochter, und für sie lohnt sich das Weiterleben. Für sie will ich stark sein!'«

»Das wird sie, Annie, das wird sie schon noch sagen«, sagte Mona und nahm mich in den Arm. Wir hielten uns lange ganz, ganz fest.

Mona hat sich geirrt. Mama hat so etwas nie gesagt, und sie hat sich nie richtig erholt.

*

Monas Tante hatte früher in unserer Straße gewohnt, und da Mona oft bei ihr zu Besuch gewesen war, kennen wir uns, seit ich denken kann. Als kleine Mädchen spielten wir gemeinsam

Himmel und Hölle, führten unsere Puppen und Plüschtiere auf Vorgartenmauern spazieren, kneteten, bastelten und malten miteinander. Mona war der einzige Mensch außerhalb meiner Familie, zu dem ich jemals eine enge Beziehung aufgebaut hatte. Sie war meine einzige Freundin. In der Schule saßen wir selbstverständlich nebeneinander.

Dennoch unterschieden wir uns stark voneinander. Mona war die bessere Schülerin, sie schrieb meistens Einsen, war ehrgeizig und lernte gerne. Sie war die Erwachsene, Besonnene von uns beiden. Allein der Umstand, dass sie Mama Blumen mitgebracht, und ihr Beileid ausgesprochen hatte, war nicht typisch für Leute unseres Alters. Sie beschämte mich ein bisschen mit ihrem vorbildlichen Verhalten. Obwohl ich mich in Monas Elternhaus wie zuhause fühlte, wäre ich nie auf die Idee gekommen, ihrer Mutter Blumen mitzubringen, wenn die Familie einen Schicksalsschlag erlitten hätte.

Es war ein brütend heißer Freitagnachmittag. Stella war beerdigt worden, und Mama ging es etwas besser. Sie war nicht mehr so abhängig von Verenas Fürsorge, sondern holte sich selbst etwas zu trinken aus dem Kühlschrank, goss die Blumen und nahm langsam am Alltagsleben teil. Sie begann zu akzeptieren, dass ihre ältere Tochter gestorben war. Trotzdem empfand ich eine riesige Kluft zwischen uns. Mama ließ mich nicht an ihren Schmerz heran.

Mona riss mich aus meinen Gedanken. »Magst du ein bisschen raus gehen?«, fragte sie.

»Unbedingt.« Ich war froh, die Villa Grün für eine Weile hinter mir zu lassen. Die Wände schienen mehr und mehr zusammenzurücken und mich zu zerquetschen.

»Ich lade dich auf ein Eis ein, wenn du möchtest«, sagte Mona. Ich mochte.

Die Luft war warm und roch angenehm. Ich saugte sie gierig ein, genoss, wie sie meine Wangen streichelte. Prompt konnte ich nicht mehr verstehen, wie ich es die ganze Zeit in der düsteren Villa Grün ausgehalten hatte. Es war allerhöchste Eisenbahn, dass Mona mich dort herausholte. Mir wurde bewusst, dass ich über meinen Schatten springen und mein schlechtes Gewissen bekämpfen musste, wenn das Leben für mich weitergehen sollte. Ich musste Mama für ein paar Stunden alleine lassen. Es würde ihr nicht besser gehen, wenn ich solidarisch mit ihr mitlitt und mich im Haus vergrub, während sie Löcher in die Wände starrte, und Opa Klaus sich mit Verena stritt, weil sie sich seiner Meinung nach zu dominant aufführte.

Gemächlich spazierten wir am Freyersee entlang. Viele Philippsburger waren der Meinung, Stellas Mörder könnte nur einer der Campinggäste sein, die ihre Zelte und Wohnwägen um den kleinen Badesee herum aufgestellt hatten. Ihrer Meinung nach gab es im Ort niemanden, der zu einem Mord fähig war, geschweige denn zu einer so grausamen Metzelei, wie Stella sie hatte erleiden müssen. »Das muss ein Auswärtiger gewesen sein!«, hörte ich immer wieder. Ich ließ meinen Blick durch den Maschendrahtzaun über die Anlage schweifen. Die Leute saßen Zeitung lesend in ihren Klappstühlen, legten Würstchen auf den Grill oder schliefen in ihren Liegestühlen. Keiner machte den Eindruck, sich verstecken, oder etwas verbergen zu wollen. Sie benahmen sich, als ginge sie nicht an, was vor einer Woche geschehen war. Ob sie überhaupt davon wussten? Bestimmt hatten alle es mitgekriegt, es war durch die Medien gegangen, die Zeitungen hatten ausführlich darüber berichtet.

Der Hexenwald lag etwa zwei, höchstens drei Kilometer vom Freyersee entfernt. Natürlich war der Begriff »Hexenwald« in keiner Zeitung aufgetaucht. Auch dass es dort spuken sollte, hatte kein Nachrichtensprecher erwähnt. Was würden die Leute denken, wenn sie wüssten, dass in diesem Moment die Schwester eines ermordeten Mädchens an ihnen vorbeispazierte, und sie bei ihren Urlaubsaktivitäten beobachtete? Würde es sie überhaupt kümmern? Würden sie an den Zaun gerannt kommen und mich mit Fragen bombardieren?

Ich fürchtete mich davor, Gleichaltrigen zu begegnen. Ein paar Klassenkameraden hatten mich mit ihren Eltern zusammen besucht, sich aber in Anwesenheit von Tante Verena und Opa Klaus nicht viel zu reden getraut. Sie alle hatten mich ein bisschen ängstlich angeschaut, als hätten sie Angst vor mir. Als hätte das schreckliche Ereignis, die emotionale Nähe zu einem Mordopfer, einen gefährlichen Menschen aus mir gemacht.

»Ich weiß nicht recht, was ich sagen soll«, hörte ich ständig. Trotzdem: niemand ist grausamer als ein Teenager – das wusste ich, ich war ja selber einer -, und ich fürchtete mich vor der Sensationslust, den neugierigen Fragen, dem Blutdurst, der früher oder später durch die aufgesetzt taktvolle Miene dringen würde. Früher oder später würden sie anfangen, mich nach Einzelheiten auszufragen. Davor graute es mir.

Und mir graute vor der Frage: »Und, gibt es etwas Neues?« Genauso gut hätten die Leute fragen können: Gibt es Neuigkeiten über den Mörder deiner Schwester, die wir im Dorf verbreiten können, frisch aus erster Hand, noch bevor sie die Titelseite der nächsten BILD-Ausgabe schmücken?

Der erste Bekannte, dem ich seit dem letzten Samstag außerhalb meines Elternhauses begegnete, war ausgerechnet Hanjo, der Junge, der mir zum ersten Mal von der Sumpfhexe erzählt hatte. Obwohl er mir mit dieser Geschichte ganz viel

Angst eingejagt hatte, mochte ich Hanjo. Er wohnte am Ende der Straße, wo die Altrheinstraße in die Brückenstraße mündete, in einem Eckhaus. Hanjo rupfte Unkraut, oder das, was er für Unkraut hielt, im Vorgarten. Er tat so, als würde er uns nicht bemerken, aber seine rupfenden Bewegungen näherten sich mit zügiger Geschwindigkeit dem Gehsteig. Hanjo war so alt wie Mona und ich, ging aber aufs Gymnasium.

»Hi«, sagte ich.

»Hi«, sagte er und stand schnell auf. Er kriegte einen feuerroten Kopf.

»Ähm – ich möchte dir sagen, dass es mir leid tut, okay?«, stammelte er. »Stella war eine klasse Tussi.«

»Ja«, sagte ich, »das war sie.«

Alle hatten Stella gemocht. Ich war immer in ihrem Schatten gestanden. Jetzt plagte mich das schlechte Gewissen, weil ich deswegen oft einen Groll gegen sie gehegt hatte.

Hanjo hätte sich eindeutig gerne mit uns unterhalten, er schaute uns ganz sehnsüchtig an, aber Mona beschleunigte ihre Schritte und zog mich am Arm mit. Sie konnte Hanjo nicht leiden.

»Er hat Stella eine Tussi genannt. Ich hätte ihm an deiner Stelle eine geknallt!«, empörte sie sich.

»Ich glaube, er hat das als Kompliment gemeint. Er hat sich halt ein bisschen unglücklich ausgedrückt«, sagte ich.

Mona schnaubte verächtlich. »Jetzt verteidigst du den auch noch. Hast du mitbekommen, dass Hanjo schon öfter erwischt wurde, wie er in die Ecke des Schulhofes pinkelt, anstatt aufs Klo zu gehen?« Das Copernicus-Gymnasium liegt direkt neben unserer Konrad-Adenauer-Realschule.

»Klar, ich hab's gehört. Damit tut er keinem weh, oder?«

Mona schüttelte verständnislos den Kopf.

Wir schlugen den Weg Richtung Innenstadt ein. Alle Leute schienen mich anzustarren. Wie lange würde es dauern, bis mein Leben wieder in normalen Bahnen verlief? Würde das nie der Fall sein? Obwohl es erst eine Woche her war, dass alles sich verändert hatte, hatte ich das Gefühl, es ginge schon ewig so.

In Albis Eisdiele war nicht viel los. Zwei Fünftklässler mit Schirmmützen saßen am vorderen Tisch und erzählten laut und wichtigtuerisch miteinander. Ich kannte sie vom Sehen. Mona bestellte einen Joghurtbecher und ich ein Spaghettieis. Das Eis tat gut, es kühlte meine erhitzte Seele. Aber ich schaffte nur wenige Löffel voll, bis mein Appetit nachließ. Die Erdbeersoße, die das kunstvoll in Nudelform drapierte Vanilleeis toppte, erinnerte mich an einen dicken, glibberigen Blutstropfen. Ich dachte daran, was Stella zugestoßen war. Ich würde wohl nie wieder etwas essen können, ohne daran zu denken.

»Erzähl mir von Mallorca«, sagte ich.

Mona schwadronierte vom Meer, von endlosen Stränden, Palmen und Bettenburgen. Sie war schön gleichmäßig gebräunt. Mit Sicherheit hatte sie sich täglich gründlich mit Sonnenmilch eingecremt, dreißig Minuten bevor sie das Hotelzimmer verließ, genau wie es auf der Verpackung vorgeschrieben war. Trotz Mamas Warnung zierte meine Schultern immer ein leichter Sonnenbrand, beidseitig durch einen schmalen weißen Streifen wegen den Trägertops, die ich im Sommer so gerne trug, unterbrochen. Braun wurde ich überhaupt nicht: das Los der Rothaarigen.

»Ich weiß gar nicht, ob dich das interessiert. Du hast bestimmt ganz andere Dinge im Kopf, Annie«, sagte sie.

»Doch, es interessiert mich. Ich würde auch gerne mal ans Meer. Oder in einem Flugzeug sitzen.« Weder Mama noch Opa Klaus waren besonders reiselustig.

»Was ist mit deinem Eis, schmeckt es dir nicht?«, fragte Mona.

»Weißt du, dass Stella aufgefressen worden ist?«, entgegnete ich.

Monas Gesicht fror ein. »Was hast du da gesagt?«

»An ihrem Skelett hat man Bissspuren gefunden. Sie stammen von menschlichen Zähnen, meinte die Kommissarin. Etwas hat Stella aufgefressen. Die Polizisten haben alles abgesucht, sogar mit Tauchern. Sie haben nichts gefunden, keine

Innereien, keine Organe. Alles weg, außer dem Knochengerüst und den Haaren.«

Fünftklässler Nummer eins warf seinem Gegenüber einen Eislöffel an den Kopf.

»Ich glaube, du bist ein bisschen durcheinander. Ich verstehe nicht, wie du so etwas sagen kannst. Sie war deine Schwester!« Fassungslos schüttelte Mona den Kopf. Ihr adretter Pagenschnitt flog hin und her und landete wieder genau an der richtigen Stelle.

»Annie, das ist widerlich! Ich habe keinen Appetit mehr.« Sie schob den Joghurtbecher angewidert von sich, als hätte jemand reingespuckt.

»Ja, ich finde es auch widerlich. Ich habe mir das nicht ausgedacht, Mona.«

»Selbst wenn das stimmen würde, die würden dir doch so etwas nicht erzählen!«

»Haben sie auch nicht. Ich sage doch, ich habe an der Tür gelauscht.«

Mona trug ein neues Armband, das mit winzigen kleinen Muscheln bestückt war. Bestimmt ein Urlaubsmitbringsel. Ich dachte, dass es ein guter Zeitpunkt wäre, das Thema zu wechseln, und griff nach dem Armband. »Das ist hübsch. Zeig mal her.«

»Fass mich nicht an!«

»Was hast du nur? Mona, wir sind Freundinnen, ich dachte, ich könnte dir alles erzählen!«

»Das ist einfach nur grässlich! Ich will das nicht hören, verstehst du?«, schrie sie mich an. Ich schielte verstohlen zu den Fünftklässlern hin. Die kümmerten sich nicht um uns, sie machten selber genug Radau.

Wir schwiegen uns eine Zeitlang an. Monas Reaktion kränkte mich.

»Tut mir leid, wenn mein Kummer nicht in dein sauberes, perfektes Leben passt«, sagte ich. »So, und jetzt wechseln wir das Thema, okay? Montag fängt die Schule wieder an.«

»Darauf wollte ich sowieso zu sprechen kommen«, sagte Mona. »Bevor du es von jemand anders erfährst, will ich dir sagen, dass ich nach den Sommerferien aufs Gymi wechseln werde.«

Ungläubig starrte ich sie an. Der Löffel fiel aus meiner Hand und landete klimpernd auf dem Boden, wo das Eis nach allen Seiten wegspritzte. Monas Wangen röteten sich. Energisch zog sie ihren Joghurtbecher wieder an sich und löffelte drauflos, mit eckigen, abgehackten Bewegungen, die ihre Kampfbereitschaft verrieten.

»Das glaube ich einfach nicht«, sagte ich. »Wieso erfahre ich erst jetzt davon?«

»Wann hätte ich es dir erzählen sollen? Ich war zwei Wochen weg«, sagte sie. »Und als ich zurückkam, ging bei euch alles drunter und drüber.«

»Du weißt das doch bestimmt schon länger. Mona, einen Schulwechsel unternimmt man nicht von heute auf morgen.«

»Wir haben lange darüber nachgedacht. Papa hat vor den Ferien alles Nötige veranlasst. Ich habe mich nicht getraut, es dir zu sagen.«

Ich hob den Löffel auf, wischte ihn an meiner Jeans ab und aß weiter mein Spaghettieis. Ich wusste, das Mona so etwas nicht ausstehen konnte, aber ich ärgerte mich mächtig über sie hatte keine Lust, auf ihre Empfindlichkeiten Rücksicht zu nehmen.

»Ich hab dich in den letzten Jahren hundertmal gefragt, warum du nicht das Abitur machen willst«, sagte ich. »Nicht nur ich. Alle haben das gefragt. Mona, unsere Streberin mit den vielen Einsen. Immer hast Du ‚Nein, ich will in der Realschule bleiben' gesagt. Warum hast du mich angelogen?«

»Ich habe nicht gelogen. Damals war es eben ‚Nein'. Aber dann hat mich der Kimmel zur Seite genommen und mit mir geredet. Er hat auch mit meinen Eltern gesprochen.«

Ich schaute zur Seite. Die Fünftklässler bewarfen sich gegenseitig mit Eiskarten. Albi wuchtete seinen dicken Bauch hinter der Theke vor und schickte sich an, einzuschreiten.

»Schön«, sagte ich. »Du machst dein Abitur bestimmt mit links, Mona. Du warst immer die Klügere und Bessere von uns beiden.«

Demonstrativ schaute ich auf meine Armbanduhr. »Oh, Shit! Total vergessen. Ich muss mit Pebbles raus.«

Ich holte einen Fünfer aus der Jeanstasche und legte ihn auf den Tisch. Ich hatte keine Lust mehr, mich von Mona einladen zu lassen. Sie saß da wie bedröppelt, als ich aufstand und sie einfach sitzen ließ. Ich lief alleine nach Hause.

*

In der Villa Grün war alles still. Verena und Mama waren noch nicht aus Bruchsal zurück. Opa Klaus hielt sich anscheinend in seiner Werkstatt auf. Momentan drückte er sich ständig dort herum, die Werkstatt war schon immer sein persönlicher Zufluchtsort gewesen. Ich ließ Pebbles in den Garten. Sie machte Pipi und legte sich danach faul in den Flur.

»Später drehen wir noch eine Runde, Süße«, sagte ich und tätschelte ihren Rücken.

Neben meinem Zimmer im Obergeschoss befand sich auch ein Badezimmer, das ich mir bis vor kurzem mit Stella geteilt hatte, und das mir nach Verenas Abreise ganz alleine gehören würde. Verstohlen klaubte ich zwei Badeperlen aus einem kleinen Glasbehälter. Verena hatte bestimmt nichts dagegen; sie erlaubte mir auch, ihre teure Gesichtscreme zu benutzen, mit der mein Gesicht glänzte wie mit einer Speckschwarte eingerieben, und sich stundenlang fettig anfühlte. Ich ließ die Badeperlen in die Wanne gleiten und füllte heißes Wasser ein. Es färbte sich grün und schäumte wie verrückt. Ich stieg in die Wanne und tauchte unter. Die Welt wurde smaragdfarben; ich öffnete die Augen und betrachtete den Schaum von unten. Es war, als hätte er mich von der Außenwelt abgeschnitten und in einer feuchtwarmen Höhle zurückgelassen. Die traurige Stille in unserem Haus wich einem sanften Dröhnen, als lauschte man an einer Muschel aus dem Souvenirladen. Hin und wieder tauchte ich mit geschlossenen Augen auf, um Luft zu holen.

Bevor du es von jemand anders erfährst. Genau darum ging's.

Natürlich gönnte ich Mona ihr Gymnasium. Ich hatte sie schließlich oft genug gefragt, warum sie sich mit ihren hervorragenden Noten auf der Realschule langweilte. Aber sie hätte es mir sagen müssen. Ich konnte verstehen, dass sie mir das nicht in den letzten Tagen sagen wollte, als alles noch ganz frisch war mit Stella. Aber sie hätte es früher schon sagen können. Dass sie mich gerade jetzt im Stich ließ, empfand ich als Verrat. Stella war aus meinem Leben verschwunden, Tante Verena würde in wenigen Tagen abreisen, meine Mutter war kaum ansprechbar, und Opa Klaus fraß den Kummer in sich hinein. Mona war die einzige Vertraute in meinem Leben, und sie zeigte mir in dieser Scheißsituation den Stinkfinger.

Mir war klar, welchen Sitzplatz ich nach den Ferien in der Schule einnehmen würde. Den Platz neben Kerstin Mohr.

Es würde mir im Prinzip nichts ausmachen, alleine zu sitzen. Aber alleine saßen nur Loser und Menschen ohne Freunde. Und zu denen wollte ich auf keinen Fall gehören, auch wenn ich außer Mona keine richtigen festen Freundinnen hatte und genaugenommen ein Mensch ohne Freunde war. Dann lieber neben Kerstin sitzen. Oder tot sein. Wie es Stella jetzt wohl ging, so tot wie sie war? Wenn es so etwas wie ein Leben nach dem Tod gab – und davon war ich überzeugt -, dann würde sie mich vermutlich in diesem Moment beobachten. Ja, es stimmte, ich wurde beobachtet: ich spürte es instinktiv, aber ganz sicher. Prustend fuhr ich hoch und beeilte mich, den Schaum aus den Augen zu wischen. Opa Klaus stand neben der Wanne, mit ausgestreckter Hand, und zuckte verstört zurück.

»Was soll das?«, rief ich aufgebracht. »Was willst du hier?«

»Entschuldige, Annie! Ich habe gerufen, aber du hast nicht geantwortet. Ich wollte nur Bescheid sagen, dass Verena auf dem Rückweg halbe Hähnchen mitbringt. Soll ich dir was anderes kochen?«

»Du kannst doch überhaupt nicht kochen, Opa.« Ich starrte auf seine Hand, die er wie einen Handtuchhalter ausgestreckt nach vorne hielt. Er ließ die Hand langsam sinken. Sie war direkt über der Wasseroberfläche gewesen, ich hatte sie beim Auftauchen berührt.

Er wollte dich betatschen, flüsterte eine hässliche Stimme in meinem Kopf.

Nein, nicht, nicht Opa Klaus, doch nicht Opa, ganz sicher nicht, er war nicht so.

Was wollte er dann? Deinen Kopf unter Wasser drücken? Dich ersäufen?

Die Stimme war erschreckend hässlich und machte mir Angst. Ich versuchte sie zu überhören. Vor der Tür bellte Pebbles wie eine Verrückte.

»Bringen sie Pommes mit?« Meine Stimme klang schrill und zittrig.

»Ja«, sagte Opa Klaus. »Und Krautsalat.«

»Das reicht doch.« Ich verschränkte die Arme vor den Knien. Opa Klaus kam normalerweise nie nach oben. Das war unser Reich, Stellas und meines, und vorübergehend Verenas. Aber nicht Opas. Er hatte stets tunlichst vermieden, sich vor uns Mädchen nackt zu zeigen, geschweige denn in die Nähe zu kommen, wenn eine von uns im Bad war. Das hatte es bei uns nie gegeben.

Opa Klaus schlich aus dem Badezimmer und murmelte eine Entschuldigung in seinen Bart. Ich lauschte seinen Schritten auf der Treppe und wartete, bis er im Erdgeschoss angekommen war. Dann stieg ich aus der Wanne. An einem Haken hing Stellas Bademantel. Verena hatte alle Kleidungsstücke und Gegenstände, die Stella gehört hatten, weggeräumt, aber sie hatte wohl gedacht, der Bademantel sei mir. Ich schlüpfte hinein und verschnürte den Gürtel mit einem Doppelknoten. Dann drehte ich den Schlüssel im Schloss. Pebbles winselte empört und kratzte an der Tür.

»Geh nach unten, Süße«, murmelte ich.

Ich verzichtete darauf, mich abzuspülen. Meine Haare shampoonierte ich mühsam am viel zu kleinen Waschbecken. Anschließend zog ich meine gebrauchten Sachen aus dem Wäschekorb nochmals an. Normalerweise wäre ich nackt über den Flur in mein Zimmer gelaufen. Aber heute war mir das nicht geheuer.

7
Sommer 2003: Verena

»Ich will auf der Stelle wissen, was du da oben zu suchen hattest.« Verenas Stimme bebte vor Zorn.

»Nichts, das dich etwas angeht.« Opa Klaus stemmte die Hände in die Hüften. »Was bildest du dir eigentlich ein? In alles steckst du deine Nase, weißt alles besser, und was du dir jetzt gerade zusammenspinnst, ist unter aller Kanone.«

Sie standen sich im Wohnzimmer der Villa Grün gegenüber. Emily saß auf der Couch und zupfte nervös an den Fransen des Überwurfs.

»Du schnüffelst im Badezimmer bei deiner vierzehnjährigen Enkelin herum. Das geht mich sehr wohl etwas an.«

»Fünfzehn«, sagte Opa Klaus.

»Herrgott!« Verena warf die Arme nach oben. »Das ist doch ganz egal!«

»Was willst du eigentlich?«, sagte Opa Klaus. »Was wirfst du mir vor? Pebbles saß schwanzwedelnd vor der Badezimmertür und kratzte winselnd daran. Ich habe die Tür aufgemacht und sah Annie mit dem Kopf unter Wasser liegen, regungslos. Ich habe sie angefasst, um zu schauen, ob alles in Ordnung ist! Wo ist das Problem?«

»Dass ich dir nicht glaube.«

»Wenn du damit andeuten willst, ich hätte irgendwelche Absichten«, Klaus' Stimme klang drohend, was Verena noch nie bei ihm gehört hatte, »schmeiß ich dich auf der Stelle raus. Ich hab dich und Emily nie angerührt, und jetzt kommst du mir so. Du wohnst unter unserem Dach, machst dich breit und erhebst unhaltbare Vorwürfe …?«

»Ich mache mich breit?«, fragte Verena fassungslos. »Ich bin hier, weil ihr mich darum gebeten habt. Weil ich euch helfen will, und ihr das auch dringend nötig habt. Ihr kommt momentan doch gar nicht klar …«

»Meine Enkelin wurde brutal ermordet, und du wirfst uns vor, wir kämen nicht klar?«

»Das war kein Vorwurf. Ich habe vollstes Verständnis für eure Situation.«

»Nein, du verstehst gar nichts, weil du keine eigenen Kinder hast.«

»Lenk nicht vom Thema ab. Ich bin hergekommen – auf deine Bitte hin, übrigens, aber für mich war es eine Selbstverständlichkeit -, weil ich euch in dieser schweren Zeit unterstützen möchte. Ist dir eigentlich aufgefallen, dass ich diejenige bin, die den ganzen organisatorischen Kram erledigt? ‚Verena, wir müssen uns einen Text für die Todesanzeige ausdenken. – Verena, hilfst du bitte Emily ins Bad? – Verena, tu dies, tu das!' Davon abgesehen, dass ich den ganzen Haushalt schmeiße, putze, koche und aufräume, kümmere ich mich eben auch um eure andere Tochter, die das dringend nötig hat!«

»War ja klar, dass du uns das früher oder später aufs Brot schmierst«, sagte Opa Klaus.

»Annie ist vier … fünfzehn Jahre alt und hat einen der wichtigsten Menschen in ihrem Leben verloren. Sie braucht eure Hilfe, sie braucht jemanden, der ihr beisteht, bei dem sie sich ausweinen kann!«

»Emily ist fix und fertig, sie kann das im Moment nicht leisten«, sagte Opa Klaus.

»Und was ist mit dir?«, fragte Verena. »Ach ja, ich vergaß: Du bist ein Mann. Und nur der Opa, nicht ihr Vater. Erziehung ist Frauensache, nicht wahr? Schon für Annie müsst ihr euch zusammennehmen! Aber nein. Statt mit dem Mädchen zu reden, ihr zu helfen, ihr Trauma zu überwinden, lässt du sie vollkommen im Stich. Dafür glotzt du ihr beim Baden zu. Emily, sag du endlich mal was!«

»Ich?« Emily hob den Kopf. »Was soll ich dazu sagen? Ich verstehe nicht, warum ihr streitet. Papa sagt doch, dass er nur nach Annie schauen wollte.«

»Und das findest du normal? Wenn sie in der Badewanne liegt?«

Opa Klaus sagte: »Normal ist es jedenfalls nicht, wenn eine Frau in deinem Alter mutterseelenalleine in einem Haushalt lebt. Wenn du Kinder hättest, wüsstest du, dass es kein Verbrechen ist, wenn man versehentlich ein Bad betritt, wo einer drin ist.«

»Fang nicht schon wieder damit an«, sagte Verena. »Mein Familienstand tut nichts zur Sache.«

»Papa sagt doch nur, dass er nach Annie schauen wollte, weil es oben so still war«, sagte Emily noch einmal.

»Er widerspricht sich aber. Eben hat er »versehentlich« gesagt. Im nächsten Moment war's ihm zu still im Bad. Das passt nicht zusammen«, sagte Verena.

»Es wird Zeit, dass du nach Heilbronn zurückgehst«, sagte Opa Klaus eisig und verließ das Wohnzimmer.

»Und wer macht Annie was zu essen? Wer fährt Emily zum Therapeuten?«, rief Verena hinter ihm her. »Du, der Ober-Pascha? Ja, geh nur in deine Werkstatt! Bestimmt gibt es irgendwelche Scheiß-Bretter zum Zusammenschrauben, irgendwas Unnützes …«

Verena bekam keine Antwort. Wütend versetzte sie der Wohnzimmertür einen Tritt, dass sie ins Schloss krachte.

»Papa sagt doch, dass er nur nach Annie schauen wollte, weil es oben so still war«, erklärte Emily beharrlich.

»Ja, klar, deswegen hat Pebbles gebellt wie eine Verrückte, sie ist ja regelrecht ausgeflippt, als wir zur Haustür reinkamen. So habe ich den Hund noch nie erlebt. Und Annie ist kurz darauf in ihr Zimmer gestürmt. Irgendwas ist da oben vorgefallen.«

»Papa tut so etwas nicht«, sagte Emily. »Du kennst ihn doch. Bist mit ihm aufgewachsen. Wie kannst du dir nur so etwas ausdenken?«

»Das ist es ja gerade«, sagte Verena. »Ich weiß, dass er Annie nicht berühren wollte oder so. Aber was wollte er dann von ihr? In der Badewanne?«

»Ich will nicht, dass ihr streitet«, sagte Emily. »Es ist doch so schon schwer genug für uns alle.«

»Du hast recht …« Verena rieb sich die Stirn. »Willst du nicht mal zu Annie hoch?«

»Warum?«

»Um zu sehen, wie es ihr geht? Um herauszufinden, ob sie – Gott bewahre – dieses Gespräch mitbekommen hat?« Ich hätte nicht so laut schreien sollen, dachte Verena.

»Ich schaffe die Treppe nicht hoch. Ich hab's heute Morgen probiert, Verena. Meine Knie tun furchtbar weh. Ich kann keine Stufen laufen.«

»Das ist, weil du dich kaum bewegst und nur im Bett liegst.«

Emily schwieg gekränkt.

Verena seufzte. »Na gut, dann gehe ich zu ihr.«

Annie saß auf ihrem Bett und gab vor, ein Buch zu lesen. Verena schloss die Zimmertür hinter sich und lauschte. Es war mucksmäuschenstill im Haus. Konnte man hören, was unten im Wohnzimmer gesprochen wurde? Wahrscheinlich nicht, aber wenn laut gestritten oder geschrien wurde?

»Was liest du da?«, fragte Verena und setzte sich zu Annie aufs Bett.

»'nen Krimi.«

»Fräulein Smillas Gespür für Schnee«, sagte Verena. »Eine spannende Geschichte. Kennst du den Film mit Julia Ormond?«

Annie nickte.

»Ich werde bald abreisen«, sagte Verena.

»Wann?«

»Ich weiß nicht. Dein Großvater – du weißt, dass wir uns nicht so gut verstehen. Noch nie.«

Annie nickte.

Stella war wesentlich redseliger und offener gewesen, dachte Verena, aber von Freundinnen wusste sie, dass deren Teenagertöchter und -söhne ähnlich verstockt und einsilbig antworteten wie Annie. Aber die hatten auch nicht miterleben müssen, wie ein Familienmitglied ums Leben kam, noch dazu auf diese tragische und unerklärliche Art und Weise. Verena fand es schwierig, Annie zu helfen und ihr in ihrem Kummer beizustehen, wenn sie nicht an das Mädchen herankam.

Emily schien den Draht zu Annie verloren zu haben. Ihr Verhältnis zu ihren Töchtern war gut gewesen, aber es hatte bisher auch nie irgendwelche nennenswerten Probleme gegeben. Im Gegensatz zu Verena war Emily keine starke Persönlichkeit. Sie war vollkommen überfordert mit der Situation, Opa Klaus war keine große Hilfe; er war schon immer ein wortkarger Einzelgänger gewesen, der zwischenmenschlichen Problemen gerne aus dem Weg ging und sich am liebsten in seiner Werkstatt verdrückte. Er konnte es einfach nicht besser. Das waren keine guten Voraussetzungen für ein schwer traumatisiertes Mädchen in diesem schwierigen Alter.

»Papa war vorhin bei dir oben, ja?«

Annie nickte und betrachtete ihre nackten Zehen. Verena wartete, aber Annie machte keine Anstalten, weiterzusprechen.

»Er sagt, er hätte sich um dich gesorgt.«

»Kann sein.«

»Du bist jederzeit eingeladen, eine Zeitlang bei mir zu wohnen, Annie. Bis es deiner Mutter wieder besser geht. Was hältst du davon?«

Annie schaute auf. »Die Schule. Ich kann nicht einfach weg.«

»Schulen gibt es auch in Heilbronn.«

»Ich kann hier nicht weg«, sagte Annie.

»Ich finde es wunderbar, dass du deine Mutter und deinen Großvater nicht im Stich lassen willst. Aber ich glaube, für dich wäre es das Beste, wenn du ein bisschen Abstand bekommst. Du weißt, dass Emily momentan nicht in der Lage ist, dir eine gute Mutter zu sein, nicht wahr?«

»Ja.«

»Es ist ein Angebot«, sagte Verena. »Es gilt auch für die Zukunft.«

»Ich kann nicht aus Philippsburg weg«, sagte Annie. »Ich gehöre hierher.«

Verena fiel auf, dass Annie Augenkontakt vermied. Sie hat ein Geheimnis, dachte Verena, das sie mir nicht verraten will.

Das Mädchen rutschte vom Bett und verließ ihr Jugendzimmer. Schweigend schaute Verena ihr hinterher.

8
Frühjahr 2013: Annie

Herr Meyer am anderen Ende der Leitung klingt abweisend, aber unsicher. Das bewegt mich noch mehr dazu, meine Stimme laut werden zu lassen. Ein Vollidiot hätte gemerkt, dass er mich anlügt. Mich regt auf, dass er sich noch nicht mal Mühe gibt, das zu verbergen.

»Ich verlange auf der Stelle von Ihnen, dieses Schild abzuhängen!«, keife ich in den Hörer. »Ich werde das überprüfen. Ich komme heute noch vorbei, aber nur, um es in tausend kleine Fetzchen zu zerreißen, wenn es noch da hängt. Einkaufen werde ich nämlich nie wieder bei Ihnen, und ich werde jeden, den ich kenne, davon überzeugen, das ebenfalls nicht zu tun!«

Leg auf, sagt eine innere Stimme zu mir. Leg auf und lass es gut sein. Er wird dir die Stelle nicht geben, und damit basta. Was ist daran so schlimm? Aber ich bin derart in Rage, dass ich dazu nicht in der Lage bin.

An der Eingangstür des Supermarktes am Ortseingang hängt ein Schild mit folgender Aufschrift:

»Verkäufer/innen in Voll– oder Teilzeit gesucht«

Laut Mama hängt dieses Schild erst seit einer oder zwei Wochen dort. Darunter steht eine

Telefonnummer. Als ich sie wähle, bekomme ich diesen Herrn Meyer an den Apparat, der mir erklärt, die Stelle – er beharrt darauf, dass es sich entgegen dem Plural nur um eine einzige handelt – sei »längst« besetzt. Dieser Umstand ist ihm allerdings erst eingefallen, als ich meinen Namen erwähnt habe.

»Mein Name ist Annegret Friedrich. Ich bin gerade erst wieder hergezogen, ich wohne in der Altrheinstraße …«

»Friedrich? Aus der Altrheinstraße? Das kommt mir bekannt vor. Sind Sie nicht verwandt mit …«

»Stella Friedrich war meine Schwester.«

Und da machte der Herr Meyer, der zuvor sehr freundlich und interessiert geklungen hatte, einen Rückzieher und erklärte mir, das Schild würde nur versehentlich noch dort hängen, man hätte versäumt, es zu entfernen.

»Ich sag Ihnen was.« Es ist ein Wunder, dass Herr Meyer den Hörer seinerseits noch nicht auf die Gabel geknallt hat. »Wenn ich herausfinde, dass Sie mich angelogen haben, zeige ich Sie an. Es ist verboten, einen Bewerber wegen seiner Herkunft zu benachteiligen, anscheinend ist Ihnen das nicht bekannt. Und noch etwas. Ich weiß, dass es überaus schwierig ist, zuverlässige und kompetente Mitarbeiterinnen zu finden. Ihnen wurde gerade eine angeboten, und Sie haben's versiebt.« Endlich drücke ich die Aus-Taste.

Was ist nur in mich gefahren? Ich habe den Filialleiter des hiesigen Supermarktes angeschrien, womöglich im Eifer des Gefechts beleidigt. So etwas spricht sich schnell herum, es sei denn, er verkneift es sich, jemandem zu erzählen, dass er die Schwester eines Mordopfers vor den Kopf gestoßen hat.

Ein Ruf eilt mir voraus, auf den ich liebend gerne verzichten würde. Auch heute, zehn Jahre danach, brandaktuell, nicht nur für Mama und mich.

Wisst ihr noch, wie dieses tote Mädchen auf der Insel gefunden wurde? Keiner hat irgendwas gesehen. Nur ihre Schwester, und die behauptet, nichts zu wissen. Aber irgendwas muss sie doch mitgekriegt haben, wenn die beiden zusammen unterwegs waren, oder nicht? Da stimmt doch was nicht, findest du nicht auch?

Ich sitze am Küchentisch und kann es mir gerade noch verkneifen, den Hörer gegen die Wand zu schmettern.

Ich bin kein aggressiver Mensch. Überhaupt nicht. Aber diese Ungerechtigkeit schmerzt so sehr. Es war fürchterlich für mich, Stella zu verlieren, es war grausam, mitzuerleben, wie meine Familie auseinanderbrach, Mama sich veränderte und mich am Ende weggab, als es mir so schlecht ging und ich litt wie ein Straßenköter. Anstatt Mitgefühl erlebe ich in meiner Heimatstadt Ablehnung: *die Schwester der Ermordeten. Lass sie lieber nicht in deine Nähe, wer weiß, welches schlechte Karma sie verströmt.* Als wäre Unglück ansteckend.

Mama kommt aus dem Schlafzimmer. »Mit wem hast du gesprochen? Hat jemand angerufen?«

»Falsche Verbindung«, fertige ich sie ab. Ich will ihr nicht erzählen, was der Meyer gemeint hat. Ich bin stinksauer und will nicht darüber reden. Außerdem würde es sie unnötig verletzen.

Es ist mein drittes Telefonat. Bei den anderen habe ich auf gut Glück angerufen. Alle Stellen besetzt. Da kann man nichts machen, die Zeiten sind nicht einfach. Bis ich eine neue Filialleiterstelle oder etwas Entsprechendes gefunden habe, arbeite ich gerne als Verkäuferin irgendwo, das macht mir nichts aus. Aber ich muss hier raus. Die Decke fällt mir auf den Kopf. Obwohl sich Mama wirklich selbstständig verhält und mich in Ruhe lässt, sehne ich mich nach Abstand. Ich bin es nicht gewöhnt, mit jemandem zusammenzuleben. Villa Grün ist so ganz anders als meine Wohnung in Heilbronn, die zwar leer, aber hell und übersichtlich gewesen ist. Alle Türen standen dort offen, außer der Haustür. In Villa Grün scheint in jeder dunklen Ecke ein Kobold zu sitzen und mich anzugrinsen.

Mittlerweile bin ich zwei seit Wochen hier. Villa Grün hat einen gründlichen Frühjahrsputz erfahren. Zum ersten Mal seit längerer Zeit. Jetzt ist alles blitzblank sauber, aber natürlich immer noch trostlos. Ich frage mich, ob die Villa Grün, die diesen hübschen und freundlichen Namen nicht mehr verdient hat, genau so grau-beige, genauso betrüblich gewesen ist, als ich mit fünfzehn wegging. Ich habe damals nur einen Koffer mitgenommen – derselbe, mit dem ich gestern wieder angereist bin -, alles andere habe ich hier gelassen. Ich erinnere mich, dass nach Stellas Tod sowieso alles total unerträglich war hier im Haus, aber jetzt ist es noch viel schlimmer.

In Heilbronn hattest du es nicht viel besser, flüstert eine leise Stimme in meinem Ohr.

Das ist richtig, aber in Heilbronn war es etwas anderes. Heilbronn habe ich stets als eine Art Hotelzimmer betrachtet. Etwas Vorübergehendes. Ich hatte vermeiden wollen, mich dort häuslich niederzulassen. Ich gehöre hierher, nach Philippsburg, in die Villa Grün.

Die Fotos, die die Wand neben der Treppe ins Erdgeschoss zieren, wurden vor langer Zeit von Klaus aufgehängt und zeigen neben den Kinderfotos von Stella, Mama und mir noch welche von unseren Urgroßeltern und Ururgroßeltern. Teilweise in Schwarz-Weiß, mit vergilbten Passepartouts. Auch wenn es respektlos scheint: ich werde sie abhängen, wenn Mama einverstanden ist. Die braunen Blumentöpfe mit den traurigen Zimmerpflanzen sind genauso altbacken. Ob Mama das aufgefallen wäre, wenn Stella weitergelebt hätte? Sie hat das immer Opa Klaus überlassen. Es hat sie nie weiter geschert. Sie hat sich wohl gefühlt, wie es war. Und Opa Klaus war seine Werkstatt wichtiger. Ich will es hier nicht so belassen. Ich will in einem hübschen Haus wohnen, das seinen Namen verdient hat: Villa Grün.

Habe ich die Energie, alles neu einzurichten? Das komplette Haus umzugestalten, zu verschönern? Mit ein paar neuen Bildern an den Wänden oder freundlichen Accessoires ist es nicht getan. Es wäre unpassend, in dieser Düsternis fröhliche Tapeten, bunte Lampen anzubringen. Mama würde es wahrscheinlich nichts ausmachen. Ihr scheint das egal zu sein. Als ich sie auf die Einrichtung angesprochen habe, hat sie nur mit den Schultern gezuckt. Aber Farbtupfen in der jetzigen Villa Grün würden falsch wirken, wie das Lachen eines Clowns, dem Tränenrinnsale übers Gesicht fließen.

Vielleicht werde ich mich darum kümmern, wenn einmal Kinder hier wohnen. Der Gedanke bringt mich zum Lächeln. Dann werde ich dafür sorgen, dass die Villa Grün ein Haus voller Licht und Liebe ist.

»Möchtest du nicht einmal nach Heilbronn fahren?« Mamas Stimme reißt mich aus meinen trübseligen Gedanken.

»Übernächste Woche ist Schlüsselübergabe, dann hole ich meine restlichen Sachen aus der Wohnung. Das Organisatorische – Telefon abmelden und so - habe ich online schon erledigt.«

»Aber du willst doch bestimmt einmal deine Freunde besuchen. Du musst nicht ständig hier sein, das verlange ich doch gar nicht!«

Mama weiß gar nichts über mich. Es gibt keine Freunde in meinem Leben. Okay, ich habe nie viel mit ihr geredet am Telefon, aber warum hat sie nie Verena danach gefragt?

Das Leben plätschert vor sich hin, spielt sich ein in der Villa Grün. An den Vormittagen kümmern wir uns um Klaus' Nachlass und Mamas Arzttermine. Nachmittags muss sich Mama hinlegen. Sie ist alles andere als belastbar. In dieser Zeit räume ich auf und erledige den Haushalt. Wir kochen gemütlich und ausgiebig; obwohl wir ausgemacht haben, uns abzuwechseln, machen wir es meistens zusammen.

Die Abende sind lang, aber gemütlich. Wir schauen fern. Wir haben beschlossen, uns den neuen Fernseher mit 3D-Technologie, den ich mir wünsche, gemeinsam zu Weihnachten zu schenken. Wenn in der Kiste nichts läuft, lesen wir.

Vor dem Schlafengehen surfe ich durchs Internet, suche Unterhaltung auf Youtube bei den neuesten Videos und Filmtrailern. Mit sozialen Netzwerken habe ich nichts am Hut. Ich gehe abends nicht aus. Ich versuche auch nicht, Kontakt zu meinen Schulkameraden von damals aufzunehmen. Mona ist schon lange weggezogen. Ich habe ihre neue Adresse durch eine SMS erfahren, unpersönlich an jeden Eintrag im Telefonbuch ihres Handys verschickt. Möglicherweise wohnt sie schon gar nicht mehr dort. Es war der einzige Kontakt zu ihr in den letzten Jahren.

Häufig schläft Mama auf dem Sofa ein. Wenn sie eine oder zwei Stunden später aufwacht, hat sie Schmerzen und humpelt umständlich ins Bett. Ich wache morgens vor ihr auf, hole Brötchen beim Bäcker, richte den Frühstückstisch und lese in Ruhe die Zeitung mit den Stellenanzeigen.

Es ist langweilig. Momentan genieße ich das, aber auf Dauer? Ich lebe mit meiner kranken Mutter zusammen und habe keine Kontakte, geschweige denn einen Freund. Wie schräg ist das denn?

So kann es nicht weitergehen.

*

»Wir müssen einkaufen, Annie. Der Kühlschrank ist leer.«

Ich muss schmunzeln. Der Vorratsschrank im Keller ist gut gefüllt. »Na gut.«

»Wollen wir zu Globus?«, fragt sie hoffnungsvoll. »Ich habe heute einen guten Tag und könnte vielleicht sogar die Rolltreppe hoch in die Textilabteilung …«

Mama liebt dieses Einkaufszentrum im benachbarten Wiesental. Klaus ist einmal die Woche in seiner Freischicht mit ihr dorthin gefahren. Aus ihren Erzählungen habe ich herausgehört, dass es eines der wenigen Highlights in ihrem Leben zu sein scheint, und ich habe ihr versprochen, diese Tradition weiterzuführen.

Die Gänge zwischen den Regalen sind breit, sie muss sich nicht hindurchzwängen, sondern kann ihren Silberpfeil mühelos manövrieren. Misstrauisch schaut sie in meinen Einkaufskorb.
»Was sind denn das für komische Sachen?«
»Heute bin ich dran mit kochen. Es gibt Süßkartoffelcurry.«
»Was, süße Kartoffeln?« Sie verzieht das Gesicht.
»Und übermorgen gibt es mit Schafkäse und Bulgur gefüllte Paprika.«
Mama rümpft über meine vegetarische Küche die Nase, obwohl sie ihr sichtlich schmeckt. Wenn ich koche, haut sie rein, als hätte sie tagelang nichts bekommen. Man sieht ihrer abgehärmten Gestalt nicht an, was diese Frau alles verdrücken kann.
Demonstrativ legt Mama zwei Päckchen Salami und Truthahnschinken in den Einkaufskorb. Beim Anblick des faden, blass aussehenden Truthahnfleisches scheint sich mein Magen zu verknoten. Ich kann das kaum anschauen.

Immer wieder schaue ich mich verstohlen um, ob mich jemand beobachtet. Ob jemand seinen Einkaufskorb möglichst unauffällig hinter uns her schiebt. Ob jemand schnell seinen Blick senkt, sobald ich ihn anschaue. Aber niemand scheint auf die beiden Frauen, die liebevoll wegen des Abendessens miteinander zanken, zu achten.

Es ist ein paar Tage her, seit mir ein Unbekannter diese SMS geschickt hat, und seitdem ist nichts passiert, aber ich weiß, dass mich jemand im Auge behält.

»Ich brauche neue Klamotten. Ich habe nichts anzuziehen, falls ich zu einem Vorstellungsgespräch eingeladen werde«, sage ich, als wir unsere Einkäufe im Kofferraum des Golfs verstaut haben. »Wollen wir nach Bruchsal fahren?«

»Ja, ja!« Mama klatscht begeistert in die Hände wie ein kleines Mädchen.

Statt dem heruntergekommenen Kaufhaus Schneider gibt es ein schickes neues Bekleidungsgeschäft über mehrere Ebenen.

»Weißt du, wie lange ich nicht shoppen war?«, sage ich.

»Frag mal mich«, sagt Mama. Sie schaut die Kleiderständer an, als wären es exotische Tiere in einem Zoo.

»In Heilbronn habe ich abends immer lange gearbeitet, da waren die Geschäfte schon zu. Und samstags hatte ich keine Lust.«

»Du kannst doch was bestellen.«

Ich halte die Augen auf nach einem Blazer, wie Verena ihn mir auf der Beerdigung geliehen hat. Er hat total schick ausgesehen; in ihm habe ich mir richtig gut gefallen. Schließlich finde ich einen in violett. Er sieht toll an mir aus.

»Steht dir gut«, sagt Mama. »Der junge Mann da vorne hat sich schon nach dir umgedreht.«

Mama schleicht schon die ganze Zeit um ein Sommerkleid herum. Es ist ärmellos und pinkfarben, wobei das Pink zum Saum hin in kräftiges Grün übergeht.

»Das kann ich nicht anziehen, ich trage noch Schwarz.«

»Das ist ein Sommerkleid. Wir haben erst April. Bis es richtig warm wird, erwartet kein Mensch mehr von Dir, schwarz zu tragen.«

Sie zögert. Kurzerhand kaufe ich Mama das Kleid. Sie stammelt an der Kasse die ganze Zeit herum, »Das muss doch nicht sein« und »Danke, so ein hübsches Kleid hatte ich noch nie« und dann fängt sie an zu weinen. Ich weine ein bisschen mit ihr, und die Verkäuferin schaut uns an, als seien wir aus der Klapsmühle ausgebrochen.

Mama hat recht. Von dem Telefongespräch mit dem Meyer abgesehen, ist ein guter Tag heute.

Es ist schon spät, als wir zurück nach Philippsburg kommen, und wir beschließen, das Kochen auf morgen zu verschieben und Pizza zu bestellen. Ich will nur noch schnell die Getränkekisten in die Garage räumen. Klaus hatte sie immer im Keller stehen, aber ich mag den Keller nicht. Vor allem die Kellertreppe hat es in sich. Wer eine

Sprudelkiste da runterschleppt, kann sich auch gleich selber das Genick brechen. Das Garagentor quietscht fürchterlich; ich bin zum ersten Mal dort drinnen, seit ich wieder hier wohne. Es ist staubig wie auf der Mondoberfläche. Der Gegenstand, der mir sofort ins Auge springt, ist von Spinnweben überzogen und total eingedreckt. Aber er weckt so viele Erinnerungen. Ich stelle die Sprudelkiste ab und nähere mich meinem alten Fahrrad. Die Erinnerungen stürmen auf mich ein, überspülen mich wie Wellen während der Flut.

9
Sommer 2003: Annie

Der erste Schultag nach den großen Ferien war immer etwas Besonderes. Mama hatte stets ein ausgiebiges Frühstück gerichtet, mit Rührei und Pfannkuchen. Stella raste aufgeregter als an Heiligabend durchs Haus und zog sich zehnmal an und wieder aus, bis sie endlich zufrieden mit ihren ausgewählten Klamotten war. Ein neues Schuljahr bringt fast mehr Aufregung mit sich als ein neues Lebensjahr. Würde es Neue in der Klasse geben? Vielleicht sogar einen gutaussehender Typen, der sitzengeblieben war, oder vom Gymi auf die Realschule wechseln musste? So wie der Tom vor mehreren Monaten, der alle Mädchen in Stellas Klasse in Aufruhr versetzt hatte?

Meine Aufregung diesbezüglich hielt sich dieses Jahr natürlich in Grenzen. Aber die gähnende Leere in der Küche, der Tisch, auf dem nichts als ein Salz- und ein Pfefferstreuer standen, war doch weniger, als ich erwartet hatte. Frustriert feuerte ich meinen Schulranzen in die Ecke und brüllte los.

»Bin ich niemand?«, rief ich. »Habt ihr das etwa jedes Jahr nur für Stella veranstaltet? Was ist mit mir? Hallo, ich komme heute in die neunte Klasse!«

Opa Klaus kam herein, angelockt durch mein Geschrei. »Was ist denn los?«, fragte er.

»Was los ist? Ich sag's dir. Heute fängt die Schule wieder an«, erklärte ich, mühsam meinen Zorn unterdrückend. »Ich habe erwartet – oder zumindest gehofft -, dass wir alle zusammen frühstücken, so wie früher. Ihr macht gerade so, als wäre ich nicht mehr da!« Ich riss die Kühlschranktür auf und inspizierte den Inhalt. Viel gab es nicht zu sehen.

Klaus stellte eilig zwei Teller auf den Tisch. Etwas lieblos und ungeschickt, wie er das immer machte: die Messer lagen nicht gerade und ordentlich daneben, sondern lässig hingeworfen.

»Ein Pausenbrot hat Mama mir auch nicht gerichtet«, beschwerte ich mich weiter.

»Bist du dafür nicht alt genug?« Er bemerkte meinen giftigen Blick und beeilte sich, zu sagen: »Warte, ich richte dir eins. Was möchtest du gerne essen? Salami?«

»Ich esse neuerdings keine Wurst mehr, schon vergessen? Ich mach das schon selbst.« Natürlich konnte ich es alleine, aber das gerichtete Pausenbrot war für mich immer ein Ausdruck von Fürsorge gewesen. Mit einem trockenen, kantigen Brotrest aus der Brotdose richtete ich mir ein Marmeladenbrot. Ich hasste süßes Pausenbrot, aber der Käse war alle.

»Mama und ich gehen heute zu Globus einkaufen«, sagte Klaus. »Ich hab Freischicht.« Das schlechte Gewissen war ihm deutlich anzusehen. »Mama ist übrigens beim Bäcker und holt Brötchen. Wenn du ein paar Minuten wartest …«

»Weißt du, wie spät es ist? Ich muss los, sonst komme ich zu spät zur Schule.«

»Deine Mutter geht heute zum ersten Mal wieder alleine zum Bäcker«, sagte er. »Ich finde, das ist ein großer Fortschritt. Bitte, mach es nicht kaputt, indem du sie gleich anschreist, wenn sie zur Tür hereinkommt. Sie hat bestimmt vergessen, dass heute der erste Schultag ist. Sie hat das nicht böse gemeint.«

»Toll«, sagte ich. »Einfach toll. Mama geht Brötchen holen! Bewundernswert! In der Zwischenzeit kümmere ich mich mittlerweile alleine um meine Ernährung. Und um alles andere auch. Für dich und Mama bin ich anscheinend nur noch Luft. Hat einer von euch mich in den letzten Tagen und Wochen mal gefragt, wie es mir geht?«

»Uns geht es allen nicht gut, Annie, wir sollten zusammenhalten …«

»Dann fang mal damit an«, sagte ich, schnappte meinen Ranzen und stürmte aus dem Haus. Mama kam die Einfahrt hoch, als ich mein Fahrrad aus der Garage holte. Wortlos fuhr ich an ihr vorbei. Ein Auto bremste scharf, der Fahrer hupte, als ich auf die Straße hinausschoss, ohne auf den Verkehr zu achten.

*

Mein Klassenlehrer Herr Kimmel sowie die Schulleitung waren über Stellas Tod informiert worden. Der Kimmel hatte letzte Woche bei uns zu Hause angerufen. Ich hatte ihn gebeten, ganz normal mit mir umzugehen, keine Sonderbehandlung, bitte. Ich drückte mich bis auf den letzten Drücker am Fahrradständer herum und betrat die Klasse nach dem letzten Läuten. Der Kimmel saß schon am Lehrerpult. Dreißig Augenpaare glotzten mich an, als wäre ich eine Außerirdische. Dreißig Augenpaare glotzten ungläubig, verstört, fassungslos, fasziniert – meistens eine Mischung aus alledem. Als Vertrauensschülerin war Stella allen zumindest vom Sehen bekannt gewesen.

»Annie!« Der Kimmel stand auf und breitete beide Arme aus. Bevor er auf die Idee kam, mich zu umarmen, strebte ich zielsicher meinen neuen Platz an: den einzigen freien, neben Kerstin in der letzten Reihe. Kerstin schenkte mir ein leicht entrücktes Lächeln. Zweifellos war sie glücklich, endlich jemanden neben sich sitzen zu haben. Ich tauchte in meinen Ranzen ein, so tief wie möglich, und kramte umständlich mein Mäppchen und einen Schreibblock heraus, damit ich niemanden ansehen musste.

Der Kimmel entsann sich unseres Telefongesprächs. Er hielt eine kurze Ansprache, in der er mir und meiner Familie sein Mitgefühl ausdrückte, dann ging der Unterricht los. Mathe gleich in der ersten Stunde. Ich dachte kurz an

Mona. Wie es ihr in der neuen Klasse wohl erging? Dann konzentrierte ich mich auf den Unterricht.

Die Ablenkung von zuhause tat richtig gut. Der Ärger von heute Morgen war zumindest teilweise verflogen. Ich legte mich richtig ins Zeug, schrieb und rechnete feste mit.

Dann kam sie, die große Pause, vor der ich mich so fürchtete. Ich wusste, meine Mitschüler würden mich mit Fragen bedrängen, würden in den klaffenden Wunden bohren. Zunächst schien es, als hätten sie mich in der hintersten Reihe vergessen. Wieder wühlte ich in meinem Schulranzen, versuchte mich so klein und unauffällig wie möglich zu machen. Als letzte betrat ich den Pausenhof. Schnell suchte ich mir ein ruhiges Fleckchen, an dem ich mein Marmeladenbrot verzehren und mich bis zum Läuten herumdrücken konnte. Anfangs schien es zu funktionieren. Ich erntete jede Menge unsichere Blicke.

Ich war die Gezeichnete. »Sieh mal, das ist das Mädchen, deren Schwester getötet wurde …«

Ich würde nie mehr Annie sein, sondern die Schwester des Mordopfers.

Alice baute sich breitbeinig vor mir auf, ihre Freundinnen hinter sich geschart wie Jesus seine Jünger.

Jede Klasse hat ihren eigenen Tyrannen. Bei uns in der 9C ist das Alice mit ihren Freundinnen Julia, Emma und Nathalie, genannt »Nattie«. Die drei standen hinter ihr und warteten auf Alices Kommando, versteckten sich in ihrem Schatten. Alice stemmte die Fäuste in die Hüften wie General Custer.

»Warum ist Mona nicht mehr bei uns?«

Darum ging es also. Ich atmete erleichtert auf.

»Mona ist aufs Gymi gewechselt.«

»Warum hat sie das nie gesagt?«

»Ich weiß es selbst erst seit ein paar Tagen.«

»Aber Mona weiß das bestimmt schon länger, oder?«

Ich nickte und zuckte die Achseln.

»Sie hat dich belogen«, stellte Alice fest. »Obwohl sie deine beste Freundin ist.«

Mona hatte Alice hin und wieder bei den Aufgaben geholfen, mehr oder weniger freiwillig. Ich hoffte, dass Alice ihre Wut über den Verlust ihrer kostenlosen Nachhilfelehrerin nicht an mir ausließ. Wieder zuckte ich die Achseln.

»Bist du dir zu fein, um mit mir zu reden, Alte?«

Alice schnaubte. Dann wechselte sie das Thema.

»Hat die Polizei schon den Killer geschnappt?«

Jetzt wurde es richtig gefährlich. Ich wollte nicht mit Alice über Stella reden. Sie besaß null Feingefühl, und ich traute ihr durchaus zu, dass sie sich über meinen Kummer lustig machte. Auf Schulhöfen herrscht das Gesetz der Prärie: nur der Starke überlebt. Die Schwachen haben keine Chance. Und wer behauptet, so schlimm sei es nicht, hat verdrängt, dass es an seiner Schule genau so war, oder er war wie Alice gewesen.

Und ich war nun mal schwach. Eine Außenseiterin, noch dazu allein. Schwächer konnte man in den Augen einer Alice gar nicht sein.

»Nein, noch nicht. Sie ermitteln noch.«

»Die sollen sich gefälligst mehr anstrengen«, sagte sie. »Ich hoffe, dein Opa tritt denen mal anständig in den Arsch.«

Beifall heischend drehte sie sich zu ihren Jüngerinnen um. »Kommt«, kommandierte sie und zog von dannen, ihr Haupt mit dem wippenden blonden Pferdeschwanz, der von hinten so unschuldig aussah, stolz erhoben, mit wackelndem Hintern. Alice steuerte ein neues Objekt an, das ihre Aufmerksamkeit errungen hatte: Kerstin Mohr, die einsam am anderen Ende des Schulhofes stand. Nattie schlug ihr den Apfel aus der Hand. Als Kerstin sich danach bücken wollte, kassierte sie einen kräftigen Tritt in den Hintern von Alice und fiel vornüber.

Wir kriegten eine Menge Hausaufgaben aufgedrückt, was für den ersten Schultag ungewöhnlich war. Mir machte es nichts aus. Ich würde sie gewissenhaft und ordentlich erledigen. Ich wollte in Stellas Fußstapfen treten.

Nach dem letzten Läuten scharte sich ein Grüppchen Mitschüler um mich. Ich wurde wieder gefragt, ob man mittlerweile wusste, wer Stella auf dem Gewissen hatte – obwohl die Buschtrommeln das längst verkündet hätten, wenn es der Fall gewesen wäre –, musste mir anhören, wie ineffizient die Polizei doch arbeitete. Das sagten alle, auch die Erwachsenen. Als würde die Polizei Hellseher beschäftigen, die immer sofort wussten, was passiert war.

Wie es mir ging, wurde ich dauernd gefragt. Wie wohl?

Ich antwortete knapp und ausweichend und beeilte mich, zu den Fahrradständern zu kommen. Du musst diesen einen Tag überstehen, Annie, sagte ich mir. Ab morgen wird es für deine Mitschüler Gewohnheit sein, mit der Schwester eines Mordopfers gemeinsam eine Schulklasse zu besuchen. Dann werden sie dich in Ruhe lassen mit ihren Fragen, die wehtun.

Als ich mich an meinem Fahrradschloss zu schaffen machte, merkte ich, dass jemand neben mir stand. Ich hob den Kopf. Ein pickeliger Typ starrte mich aufdringlich an. Er war in der Zehnten. Ich kannte ihn vom Sehen.

»Was willst du?«, sagte ich unfreundlich.

»Ich leide genauso wie du wegen Stella«, sagte er.

»Du hast doch keine Ahnung, wie sehr ich leide«, sagte ich bitter. »Was bildest du dir eigentlich ein?«

Er fuhr fort: »Ich werde das Dreckschwein finden, das Stella ermordet hat.«

»Viel Glück beim Suchen«, sagte ich.

»Warum wurde sie umgebracht? Was glaubst du?« Er trat nervös von einem Fuß auf den anderen. Ich schwieg.

»Sollte dich eigentlich auch interessieren, oder? Du bist schließlich ihre Schwester. Ich dachte, du könntest mir helfen.«

Entschlossen zog ich mein Fahrrad aus dem Ständer. Ich hatte vergessen, das Schloss zu öffnen. Das Vorderrad blieb im Ständer hängen; ich verlor das Gleichgewicht und ging zu Boden.

Pickelgesicht streckte mir hilfreich seine Hand entgegen.

»Hau ab!« Bemüht würdevoll stand ich auf und schwang mein Bein über den Fahrradsattel.

»Ich habe Stella geliebt«, sagte er.

»Alle haben Stella geliebt. Ich wüsste nicht, was ich für dich tun kann. Wenn du in meine Schwester verknallt warst, musst du selbst zusehen, wie du drüber wegkommst.« Ich schob mein Rad auf die Straße. Ich hätte fahren können, aber irgendwas hielt mich zurück.

»Ich heiße David.«

»Annie.«

»Weiß ich. Stella hat's mir gesagt. In echt Annegret, nicht wahr?«

Man hat mir mal erklärt, man solle nicht schlecht über Tote denken, aber in jenem Moment hätte ich am liebsten gegen Stellas Grabstein getreten. Ich hatte immer gedacht, dass ich für ihre Freunde und Bekannten einfach Stellas kleine Schwester war.

Aber dass sie meinen verhassten richtigen Namen herumerzählt hatte, setzte allem die Krone auf.

»Ich habe *Annie* gesagt. Hörst du schlecht oder was?«

»Okay, Annie.«

»Nicht Ernie. Annie! Du bist nicht in Stellas Clique. Das wüsste ich.« Ich kannte alle ihre Freunde und Freundinnen beim Namen, wusste sogar, wo sie wohnten. Aber das war mein kleines Geheimnis.

»Ich bin in der 10B. Stella kannte ich sehr gut. Du willst ihren Mörder doch auch finden, oder täusche ich mich da?«

»Ich weiß nicht, ob ich ihm oder ihr begegnen möchte.«

»Wir sollten uns zusammentun.«

»Die Polizei wird beeindruckt sein.«

»Die Polizei hat keinen blassen Schimmer. Sie haben nicht wirklich eine Spur. Selinas Vater ist doch bei der Kripo. Sie hat es mir erzählt.«

Selina war eine Freundin von Stella. Ihr Vater arbeitete an dem Fall und war ein-, zweimal bei uns zuhause gewesen.

»Klar, bestimmt hat er dir alles erzählt, was er weiß.«

»Quatsch nicht. Selina hat was aufgeschnappt, als er mit einem Kollegen telefonierte. Sie suchen eine Person, höchstwahrscheinlich männlich.«

»Da bin ich mir nicht ganz sicher«, antwortete ich.

»Aber in einem Punkt sind wir uns einig: wir finden es heraus. Das sind wir Stella schuldig. Oder? Wir werden Stella rächen«, stieß David wütend hervor. Ich schaute ihn zweifelnd an.

»Ich verstehe nicht ganz, was du von mir willst.«

»Hilf mir einfach«, sagte er. »Bitte.«

Nun fing er auch noch an zu heulen. Sein Gefühlsausbruch stieß mich ab, und doch musste ich selbst die Tränen niederkämpfen. Ich drehte mich von David weg und ließ meinen Blick über den Schulhof schweifen, als fände ich dort eine Antwort auf die Frage.

»Ich überlege es mir.«

»Bitte.«

Ich stieg auf mein Rad, ohne noch etwas zu sagen, und fuhr nach Hause.

10
Frühjahr 2013: Annie

»Dafür hätte ich mir ein neues Fahrrad kaufen können.«

Der Händler schüttelt lächelnd den Kopf. Er wirkt vertrauenswürdig, obwohl mir die Rechnung, die er mir unter die Nase hält, bald die Augen aus dem Kopf quellen lässt. Das Fahrrad ist beileibe nicht mit allen Schikanen ausgestattet, aber es war damals gerade mal einen Sommer alt, und es ist zu schade zum Verrotten. Jetzt hat es neue Reifen und eine neue Kette und neue Bremsen. Der Rost ist auch weg. Auf meinem Kopf sitzt ein Helm, der ist brandneu und war ebenfalls alles andere als billig.

Nachdem Mama mein Fahrrad gebührend bewundert hat, fahre ich ein bisschen durch Philippsburgs Straßen, dann zieht es mich in die Natur. Die Wiesen leuchten in sattem Grün vom Regen der letzten Tage. Die Feldwege sind matschig; anfangs versuche ich, die größten Pfützen zu umfahren, aber der Schmutz spritzt an meinen Hosenbeinen hoch, es spielt keine Rolle mehr, also fahre ich lachend hindurch wie ein kleines Kind, biege ab Richtung Wiesental, fahre einen Bogen und lande am Ende auf der Rheinschanzinsel, wo ich die asphaltierte Straße Richtung Kernkraftwerk radle. Schließlich fasse ich mir ein Herz und steuere den Deich an, um auf seiner Oberkante entlang zu fahren. Beklemmung ergreift mich. Etwa hundert Meter vor dem Hexenwald mache ich Halt. Und da sehe ich das Wohnmobil.

Ich kenne mich nicht aus mit Campingfahrzeugen. Aber von den Schlammspritzern abgesehen, die den Wagen an der Unterseite zieren, und die unweigerlich bei der Fahrt über die nicht befestigten Wege der Insel entstanden sein müssen, wirkt der lackierte Aufsatz funkelnagelneu und arschteuer, glänzend und blitzblank weiß wie er ist. Keiner von der Sorte, den man in seinem Schrebergarten abstellt und vergisst, und sich nicht darum schert, dass Marder den Lack zerkratzen und Kabel zerfressen, und der Rost das Übrige tut. Eine Markise ist ausgefahren. Darunter stehen ein Campingtisch und ein Campingstuhl. Definitiv macht hier jemand Urlaub. Und weil nur ein Stuhl draußen steht, kann man davon ausgehen, dass der Urlauber alleine ist.

Mein Fahrrad stelle ich hinter einem Baum ab. Mit gebührendem Abstand umrunde ich das Wohnmobil. Ich weiß, dass ich beobachtet werde, obwohl die Vorhänge an den Fenstern zugezogen sind.
 Ich nehme meinen Mut zusammen und klopfe an die Tür an der Wagenseite.

Ich habe mit allem möglichen gerechnet, aber nicht damit, dass der Mann, der kurz darauf die Tür öffnet, genau mein Typ ist. Er ist groß und schlank und wirkt durchtrainiert. Braunes, leicht lockiges Haar, feine Adlernase. Und diese ausdrucksvollen Augen, groß und braun, oh Mann, diese Augen. Er strahlt mich an, als hätte er seit Tagen auf meinen Besuch gewartet.

»Hallo. Willst du einen Kaffee?«

Ich schüttele den Kopf wie eine Idiotin. Es ist noch nicht oft vorgekommen, dass mich der Anblick eines männlichen Wesens derart aus der Fassung gebracht hat. Und wenn das der Fall war, habe ich stets die Flucht ergriffen. Hier ist das unmöglich. Die Insel breitet sich nach allen Seiten aus, und wir sind alleine miteinander. Ich kann schlecht behaupten, ich hätte mich in der Tür geirrt.

Der Typ kommt aus dem Wohnmobil heraus. Meine Absage scheint ihn nicht weiter zu beeindrucken. Er öffnet eine Klappe an der Unterseite des Wagens und zerrt zwischen Sprudelkisten und allerlei Gerümpel einen zweiten Klappstuhl hervor. »Setz dich«, sagt er.

Also nehme ich Platz. Der Stuhl steht schief auf dem aufgeweichten Ackerboden; an einer Seite ist der Boden steinig, auf der anderen sinke ich ein. Ich rutschte ein bisschen hin und her, bis ich eine ungefährliche Position eingenommen habe, in der ich nicht jeden Moment zu kippen drohe. Der Typ stellt mir ein Mineralwasser hin.

»Ich bin der Jan«, sagt er.

»Warum steht dein Fahrzeug nicht drüben auf dem Campingplatz? Es ist mit Sicherheit nicht erlaubt, hier in der freien Wildnis zu stehen. Und ganz ungefährlich ist es auch nicht.«

Er lächelt. »Wie eine Polizistin siehst du gar nicht aus.«

»Ich bin auch keine.« Aber ich weiß, was in dem Wald ist.

»Ich wollte alleine sein und meine Ruhe haben«, sagt Jan. »Einen Tag lang stand ich auf dem Campingplatz am Freyersee. Abends fand dort eine Party statt, die Musik ging bis morgens um fünf. Also bin ich abgehauen und habe mir ein ruhiges Plätzchen gesucht. Hier bin ich fündig geworden. Hier ist es total ruhig.«

»Dafür, dass du deine Ruhe haben willst, bist du gerade ziemlich gastfreundlich.«

»Das ist etwas anderes.« Er nippt an seinem Mineralwasser. »Ich wohne normalerweise in einer WG. Dort ist ständig was los, es ist immer laut, rund um die Uhr. Ich bereite mich auf meine Prüfungen vor, und da konnte ich überhaupt nicht lernen. Also bin ich vorübergehend ausgezogen.« Er zuckt die Achseln. »Und da es auf dem Campingplatz genauso zuging ...«

»Wie kommst du ausgerechnet hierher? Es gibt hübschere Flecken in der Gegend.«

»So?« Interessiert beugt er sich vor. »Mir gefällt es hier. Ich habe mir genau diesen Ort ausgesucht.«

»Ich glaube, ich nehme doch einen Kaffee, wenn es dir nichts ausmacht.«

»Möchtest du mit reinkommen und dir das Wohnmobil ansehen?«

Ich will.

Während Jan in der Kochnische herumfuhrwerkt, erzählt er von sich. Er stammt aus Mannheim und kennt die Gegend, weil er als Kind mit seinen Eltern am nahegelegenen Erlichsee öfter Campingurlaub gemacht hat. In Mannheim wohnt er in einer Wohngemeinschaft, und er macht eine Ausbildung zum Heilpraktiker.

»Ich möchte so bald wie möglich den Abschluss in der Tasche haben«, sagt er, während er den Kaffee serviert. »Ich bin der Älteste in unserer WG. Die anderen stecken noch mitten im Studium und genießen das Leben. Ich habe die Möglichkeit, nächstes Jahr in einer renommierten Naturheilpraxis in der Mannheimer Innenstadt einzusteigen, in der ich jetzt schon assistiere. Das geht aber nur mit einer Zulassung, und wenn jede Nacht Action bei uns ist, gelingt mir das nie.«

»Heilpraktiker«, sage ich nachdenklich. »Cool. Du heilst mit Pflanzen und so?«

»Da steckt viel mehr dahinter. Ich absolviere mehrere Lehrgänge über verschiedene

Heilverfahren, möchte mich aber auf Kinesiologie spezialisieren, vielleicht auch Schamanismus.«

»Ein Hexer«, sage ich. Ausgerechnet.

Jan lacht. »Wenn du es so nennen willst.«

Ich schaue mich in dem Wohnmobil um. Ich bin zum ersten Mal in einem, und es gefällt mir. Es ist alles vorhanden, was man braucht, sogar eine richtige Duschkabine mit WC, und man wohnt trotzdem mitten in der Natur.

Wenn er nur woanders stünde, nicht so nahe an diesem schrecklichen, verfluchten Ort.

»Wieso hast du dir diesen Stellplatz ausgesucht? So direkt am H …« Im letzten Moment verkneife ich mir dieses Wort. Zweimal hintereinander Hexen zu erwähnen, würde sicher keinen guten Eindruck hinterlassen, auch nicht bei jemandem, der sich beruflich mit den Geistern der Natur befasst.

»Es ist ein Kraftort«, sagt Jan. »Ein Ort voller magischer Energie. Ich habe ihn durch Zufall entdeckt.«

»Und wenn es sich um negative Energie handelt?«, frage ich.

»Zunächst einmal ist es Energie. Und es ist erstaunlich, dass sie von dem hässlichen Klotz da drüben nicht gestört wird.« Er zeigt in Richtung Kernkraftwerk.

»Als es mir in der Wohngemeinschaft zu viel wurde, habe ich mich vorübergehend in meinem alten Zimmer bei meinen Eltern einquartiert. Sie haben mir angeboten, ihr Wohnmobil zu benutzen.

Sie haben es im Frühjahr erst gekauft und wollten damit nach Südfrankreich fahren, aber dann hat sich mein Vater das Bein gebrochen.« Er trinkt einen Schluck Kaffee.

»Meine Ausbildung kann ich per Fernstudium abschließen. Ein Kraftort wie dieser hier wird mich dabei unterstützen.« Jan ist ein Spinner, aber ein liebenswerter.

»Seit wann steht ihr hier, du und das Wohnmobil?«

»Seit über einer Woche.«

Mich überläuft es eiskalt bei der Vorstellung, was alles hätte passieren können.

Jan erzählt von seinem Studium. Über der Gemeinschaftspraxis, in die er anschließend einsteigen wird, befindet sich eine Wohnung. Sie gehört seinem Vorgänger in der Praxis, der im Frühjahr in den Ruhestand geht und diesen in Spanien verbringen möchte. Jan wird diese Wohnung dann anmieten. Er kommt mir gar nicht vor wie ein Aussteiger, wie einer, der wochenlang mutterseelenallein in einem rollenden Wohncontainer haust, und andere Menschen meidet.

»In der Mannheimer Innenstadt wimmelt es von Menschen. Für gewöhnlich habe ich damit kein Problem, ich gehe gerne unter die Leute. Aber ich will mich aufs Lernen konzentrieren, deswegen dachte ich, ich geb mir mal so richtig die Kante in Sachen Einsamkeit, nur ich und meine Bücher.«

Dass er Geselligkeit vermisst, ist deutlich an dem Eifer spürbar, mit dem er sich um mich bemüht.

»Entschuldige, ich rede die ganze Zeit nur von mir. Was machst du so?«

Ich erzähle von Mama und ihrer rheumatoiden Arthritis, von Opa Klaus' Tod und meinem Umzug. »Ich bin noch gar nicht dazu gekommen, neue Kontakte zu knüpfen«, sage ich. Als er nach Heilbronn fragt, schmücke ich meine Erzählung mit ausgedachten Bekannten und Aktivitäten aus, die es gar nicht gegeben hat. Ich will nicht wirken wie ein Einsiedlerkrebs. Heute will ich einen guten Eindruck hinterlassen.

»Wenn deine Mutter möchte, schaue ich sie mir mal an. So lange ich keinen offiziellen Abschluss habe, untersuche ich sie natürlich umsonst«, bietet Jan mir an.

»Danke, aber Mama hält nicht allzu viel von deiner beruflichen Sparte«, sage ich, obwohl das nicht ganz stimmt: Ich habe in Opas Leitz-Ordnern einige Rechnungen und Belege von allen möglichen Heilern und Therapeuten gefunden, die er bezahlt hat. Im Rahmen ihrer bescheidenen finanziellen Möglichkeiten sind sie zu allen möglichen Quacksalbern gerannt, von denen Mama sich Hilfe erhofft hat. Helfen konnte ihr anscheinend keiner.

Aber das geht mir gerade alles ein bisschen zu schnell.

»Ich muss langsam los«, sage ich. Es wird schon dunkel.

»Vielleicht können wir mal gemeinsam Fahrrad fahren«, beeilt Jan sich zu sagen. »Ich will am Wochenende sowieso nach Mannheim, meine Wäsche machen und Hallo sagen, ich könnte meines mitbringen.«

»Gerne«, sage ich.

Er merkt meine Aufbruchstimmung und stellt mir schnell ein paar Fragen über die besten Einkaufsmöglichkeiten im Ort. Ich habe das Gefühl, dass er mich nicht gehen lassen will. Ich verspreche Jan, bald wieder vorbeizukommen.

Zum Abschluss begutachtet er noch ausgiebig mein neu hergerichtetes Fahrrad. Es rührt mich, wie er Begeisterung für das olle Ding heuchelt, um mir einen Gefallen zu tun.

Die Insel erstrahlt in allen Farben, als wäre es kein kühler und bewölkter April-, sondern ein strahlender Junitag. Zum ersten Mal in meinem Leben verspüre ich einen Hauch dieses Gefühls, das alle Menschen als schönstes der Welt bezeichnen: Schmetterlinge flattern in meinem Bauch.

11
Sommer 2003: Annie

In den nächsten Tagen brachte ich es in einer neuen Disziplin zur Olympiareife: im Unsichtbar machen. Ich betrat die Schule im allerletzten Moment, wenn die meisten schon an ihrem Platz saßen und die nötigen Utensilien für die nächste Schulstunde zusammensuchten. Dann war die Chance am größten, niemandem aufzufallen und von keinem angesprochen zu werden. Die Fragen nach Stellas Tod oder meinem Wohlbefinden empfand ich als unerträglich. Aber die meisten meiner Klassenkameraden verkniffen sich das sowieso. Ich hatte den Eindruck, dass einige Schüler mich links liegen ließen, weil sie nicht wussten, wie sie mit mir, der Schwester der Ermordeten, die als Zeugin von der Polizei vernommen worden war, umgehen sollten. Mir war das gerade recht.

Aber dann war da eben Alice. In den vergangenen Schuljahren hatte sie mich mehr oder weniger ignoriert, was mir nur recht gewesen war. Jetzt plötzlich erwachte ihr Interesse an mir. Ich kam nicht drum herum, ihr alles, was ich wusste, haarklein zu erzählen. Ich weiß nicht, ob ich nach dem schrecklichen Erlebnis im Hexenwald in ihren Augen eine Art Heldin darstellte, oder ob sie die pure Sensationslust dazu trieb, mich in den Pausen oder nach Schulschluss bei den Fahrradständern aufzusuchen.

»Was meinst du, Annie: hat der Täter euch bewusst aufgelauert, oder hat er Stella zufällig erwischt?«

»Wenn ich das wüsste, dann wären die Kriminalbeamten schon weitergekommen.« Die Höllinger informierte Opa Klaus und Mama in regelmäßigen Abständen über ihren Fortschritt bei den Ermittlungen. Und der lag nahezu bei Null.

»An diesen Hexenscheiß glaubst du aber hoffentlich nicht, oder?«

Ich zuckte die Achseln. »Keine Ahnung.«

»Jetzt komm schon! Erzähl endlich! Wie war das an diesem Tag …«

»Alice, meinst du nicht, du solltest Annie in Ruhe lassen?«, fragte Alices Freundin Nattie vorsichtig.

»Halt die Klappe.« Alice winkte unwirsch ab. »Weiter, Annie.«

»Ich weiß es wirklich nicht mehr. Ich habe mit Stella das Haus verlassen, und danach ist bei mir Filmriss!« Ich patschte mit der Hand an die Stirn, um meine Worte zu unterstreichen. »Alles leer, alles weg da oben. Ich kann mich einfach nicht erinnern!«

Das war natürlich gelogen. Tatsächlich erinnerte ich mich natürlich sehr gut an Stellas und meine gemeinsame Fahrt zum Hexenwald, an die Kauknochen und unsere Versuche, Pebbles in den Wald zu scheuchen. Aber Alice hätte, wenn sie das herauskriegte, kein Ende gefunden mit ihrer Fragerei. Sie fand es total spannend, Detektivin zu spielen.

»Du musst dich hypnotisieren lassen«, sagte sie. »Dann erinnerst du dich wieder.«

»Mach ich vielleicht.«

»Nicht vielleicht. Klar machst du das.« Alice nickte wissend und wichtigtuerisch, als wäre sie ausgebildete Ermittlerin oder Psychologin und setzte in ihrem Kopf gerade ein Puzzle zusammen. Ich hatte nicht den Schneid, ihr ins Gesicht zu sagen, dass sie den Mund halten und mich einfach in Ruhe lassen solle. Man bringt eine Alice Gerber nicht gegen sich auf, wenn man wenigstens noch eine einzige Tasse im Schrank hat. Als ihr Opfer zu enden, war das letzte, was ich gebrauchen konnte.

Alice schien mich zu mögen. Ich konnte nur hoffen, dass sie nicht auf die Idee kam, mich als ein Cliquenmitglied zu rekrutieren.

»Stimmt es, dass Stella von dem Killer zu Tode gebissen worden ist?«

»Ja«, sagte ich. Was hätte ich auch sonst sagen sollen.

»Was für ein verrücktes Arschloch«, sagte sie.

Das sagt die Richtige, dachte ich, nickte aber zustimmend.

»Vielleicht war's ja auch ein Kampfhund. Hat eigentlich mal jemand an diese Möglichkeit gedacht?«

Auf dem Schulhof versteckte ich mich, so gut es ging, im Schatten der großen Platane. Wenn ich Alice irgendwo sah, tauchte ich unter und suchte mir einen anderen Platz. Es war gar nicht so einfach, und ich fühlte mich, als wäre ich ständig auf der Flucht. Auch David versuchte ich aus dem Weg zu gehen. Wenn er in meine Nähe kam, schaute ich weg, als würde ich ihn nicht kennen. Ein- oder zweimal begegneten wir uns auf dem Schulflur oder an den Fahrradständern, aber er nickte mir nur kurz zu und sagte irgendwas Unverfängliches.

Der Alltag kehrte in das neunte Schuljahr ein und ich stand bald nicht mehr im zentralen Mittelpunkt des Interesses.

*

Zuhause spielte sich das Leben auch ein, aber anders, als es wünschenswert wäre.

Wäre ich wenige Wochen zuvor gefragt worden, wie sich der Tod eines Menschen auf seine Umgebung auswirkt, hätte ich wohl geglaubt, es sei so ähnlich, als hätte man ihn mit der Schere aus dem Leben herausgeschnitten. An seiner statt wäre eine leere Stelle; alles würde weiter funktionieren wie bisher, von den vollgeweinten Taschentüchern seiner Freunde und Familienmitglieder einmal abgesehen. Mit dreizehn hatte ich noch nicht komplett begriffen, dass ein Mensch mit seiner

Umwelt fest verzahnt ist und ein Glied einer Kette darstellt. Fehlt dieser Mensch, reißt die Kette und wird auch nach dem mühsamen Kitten nie wieder so stabil ist wie zuvor.

Stella hatte beim Hinüberdriften in diese andere Welt, in die wir gehen, wenn es mit uns zu Ende ist, ihre Hand ausgestreckt und einige Dinge mitgerissen.

Es hatte den Eindruck, dass Stella das Leben selbst mitgenommen hatte. Diese Energie, die in unserem Haus existiert hatte, die einfach in der Luft gewesen war, und die ich erst nach ihrem Fehlen wahrnahm, gab es nicht mehr. Früher war unser Haus erfüllt gewesen. Jetzt war es leer, obwohl an der Einrichtung nichts geändert worden war. Unser Haus ist nicht besonders hell; an der Südseite verhindern die Pappeln der nahen Rheinauen das Hereinscheinen der Sonne, außerdem sind die Fenster klein. Wenn ich dieses Fehlen von Licht früher als gemütlich empfunden hatte, hielt ich es nun für trostlose Düsternis.

Stella hatte die Atmosphäre mitgenommen und dafür Platz geschaffen für einen neuen, üblen Mitbewohner: eine Depression hatte sich auf unser Haus gesenkt wie ein schweres, graues Leichentuch.

Ich hatte die dunklen alten Holztüren und die etwas altmodischen, aber gemütlichen Holzdecken stets gemocht. Vor allem im Winter war mir unser kleines Haus immer wie eine lauschige Höhle vorgekommen. Die Höhle war von Leben erfüllt gewesen. Von Stellas Lachen, dem Blitzen in ihren Augen – sie hatte so eine Präsenz gehabt, war immer am Reden und Gestikulieren. Sie hatte die Farbtupfer in unser Haus gebracht, die Mama bei der Einrichtung versäumt oder nicht für notwendig gehalten hatte.

Aber viel schlimmer waren die Familienfotos, die die Wände schmückten. Stella wirkte auf diesen Fotos wie ein Fremdkörper. Sie schien unecht zu sein, zu verschwimmen, unscharf zu werden, als gehörte sie da einfach nicht mehr hin. Sie war ein Geist, eine Abbildung. Und Mamas und meine Mundwinkel schienen leicht herabzuhängen wie ein müder, trauriger Smiley. Ich vermied es, die Fotos anzusehen.

Villa Grün war ein Geisterhaus geworden.

*

Mama saß am Küchentisch und lächelte, als ich hereinkam. Der Therapeut hatte ein neues Medikament verschrieben, mit dem es ihr etwas besser ging. Der erste Schultag lag zwei Wochen zurück.

»Hallo, Mama«, sagte ich und küsste sie auf die Wange. Sie fühlte sich kalt an, gummiartig. Im Kühlschrank fand ich einen Topf mit Karottengemüse und Reis.

»Du hast gekocht«, stellte ich freudig fest.

»War noch in der Tiefkühltruhe«, antwortete sie.

Enttäuscht stellte ich das Essen in die Mikrowelle. Es wäre so schön, wenn Mama wieder etwas für uns kochen würde. In den letzten Tagen hatte Opa Klaus mir häufig Geld in die Hand gedrückt, damit ich mir einen vegetarischen Döner holen konnte, oder ich hatte mir ungeschickt ein Päckchen Nudeln mit Tomatensoße aus dem Tetrapak zubereitet. Nicht, dass mir das Essen nicht recht gewesen wäre: in dieser Hinsicht war ich relativ anspruchslos, wenn man von meinem Verzicht auf Fleisch einmal absah; Hauptsache, ich wurde satt. Aber ich fühlte mich so unglaublich alleine gelassen, wenn ich mich selbstständig um mein Essen kümmern musste, ob ich nun selbst in der Küche hantierte, oder geknickt meinen Döner verspeiste, der auf dem Nachhauseweg kalt geworden war. Opa Klaus konnte mir keine Gesellschaft leisten, er aß auf der Arbeit in der Firmenkantine.

Ich löffelte also mein Gemüse, während Mama vor einer Zeitschrift saß. Sie blätterte die ganze Zeit kein einziges Mal um.

»Der Kimmel hat heute mit Kreide nach dem Paul geworfen«, begann ich zu erzählen.

»Was hat er denn angestellt?«

»Ist im Unterricht eingeschlafen.«

»Dann muss der Unterricht aber langweilig gewesen sein.«

Amüsiert schaute ich von meinem Teller auf. Mama starrte an meiner Schulter vorbei, als stünde jemand hinter mir. Als sähe sie dort Stella. Ich drehte erschrocken den Kopf, aber da war natürlich niemand.

Das Essen war zur Hälfte heiß und zur Hälfte kalt, ich hatte mal wieder vergessen, zwischendurch umzurühren, aber ich wollte nicht aufstehen, um es erneut in die Mikrowelle zu schieben. Ich hatte Angst, dass Mama dann aufstehen und weggehen würde. Also aß ich tapfer das halb aufgetaute Gemüse und genoss ihre deprimierende Nähe, so gut es ging.

»Vielleicht geht es mir bald besser. Dann backe ich dir ein schönes Schnitzel«, sagte Mama.

»Ich esse doch kein Fleisch mehr, Mama.«

»Warum denn nicht?«

Ich schwieg. Wir saßen täglich zusammen am Tisch, das müsste Mama mittlerweile hundertmal mitgekriegt haben. Ihre Teilnahmslosigkeit tat verdammt weh.

Mein Blick fiel zum Fenster. Täuschte ich mich, oder stand dort jemand am Gartenzaun?

Ich räumte mein Geschirr in die Spülmaschine und schaltete sie ein. Mama las immer noch auf derselben Seite in ihrer Zeitschrift. Ich ging nach draußen.

»Was willst du?«, fragte ich.

»Ich habe gewartet, ob du mich vielleicht am Fenster siehst und herauskommst«, sagte David.

»Ich wollte nicht klingeln, wegen deiner Alten. Hab gehört, ihr geht's nicht so gut.«

Ich dachte an Mama, wie sie niedergeschmettert am Tisch saß. »Sie ist meine Mutter, nicht meine Alte.«

David verdrehte die Augen. »Sorry.«

»Ich mag es nicht, wenn du dich vor unserem Haus herumdrückst. Du kannst mich in der Schule ansprechen.«

»Du haust ja immer gleich ab, wenn du mich siehst.«

Das stimmte natürlich. »Dann ruf an.« Nicht, dass ich mir einen Anruf von David gewünscht hätte, aber ich wollte ihm nicht das letzte Wort überlassen.

Er schaute an mir vorbei auf die Villa Grün. »Coole Hütte.« Es klang sarkastisch. »Hast du heute Nachmittag schon was vor?«

»Wieso?«

»Ich hab gedacht – wir könnten ein bisschen auf der Insel abhängen und schauen, ob wir was finden. Irgendeinen Hinweis auf Stellas Mörder.«

»Du willst doch nicht in den Hexenwald? Spinnst du?«, fragte ich.

»Doch. Kommst du mit?«

»Vergiss es. Ich gehe da nicht hin. Außerdem hat die Polizei alles abgesucht, meinst du, die lassen extra für David Knebel ein Beweismittel liegen?«

»Ich will trotzdem gucken«, sagte er. »Aber ich hätte gerne, dass du mitkommst – du musst mir zeigen, wo Stella hingegangen ist, wo sie gefunden wurde.« Er verzog das Gesicht. »Das weiß ich nämlich nicht genau.«

»Du hast dort überhaupt nichts verloren!«

»Doch, das habe ich. Und du auch.« Er zog geräuschvoll die Nase hoch, so wie alte Männer das gerne tun. Ich wappnete mich, ihm eine zu scheuern, sobald er auf den Gehsteig vor unserem Haus spuckte, aber er ließ es bleiben.

»Ich will bloß gucken«, sagte er. »Ich will mich ein bisschen umsehen. Sag bloß, du warst nicht wieder dort, seit …«

»Natürlich nicht!«

David zuckte lässig die Achseln. Er hatte seine Hände in den vorderen Taschen seiner Jeans vergraben und stand breitbeinig da wie ein armseliger Cowboy, dem das Pferd weggelaufen war. Zweifellos wollte er cool aussehen, aber meiner Meinung nach gelang ihm das nicht besonders gut. Ich fand David einfach nur nervig. Stella, was hast du nur an dem gefunden, dachte ich. Du hättest ganz andere haben können, aber du hast dich für dieses Exemplar entschieden. In der Schule hatte ich derweil erfahren, dass David nicht log: Da war tatsächlich etwas gelaufen zwischen Stella und ihm. Anscheinend hatten es wieder alle gewusst. Nur ich nicht.

»Na gut, dann gehe ich eben alleine.« Er zuckte die Achseln und machte Anstalten, sich auf sein Fahrrad zu schwingen. »Schade.«

Bei der Vorstellung, dass er dort alleine im Gestrüpp herumirrte, drehte sich mir der Magen um. »Okay, ich komme mit.«

»Super.«

Ich dachte kurz daran, Pebbles mitzunehmen, verwarf diesen Gedanken aber wieder. Mit Pebbles hatte letztens alles angefangen. Ich holte mein Rad aus der Garage, und wir fuhren los.

Es war wohl nicht besonders klug von mir, mit einem Typen, den ich nur flüchtig kannte, in einen unheimlichen Wald zu gehen, in dem wenige Wochen zuvor ein abscheulicher Mord begangen worden war. Ein Mord, der mich direkt betraf, der mein ganzes Leben und das meiner Familie auf den Kopf gestellt hatte. Aber ich wollte David nicht alleine dorthin gehen lassen. Ich wollte nicht, dass er dort herumtrampelte, wo meine Schwester um ihr Leben gekämpft hatte. Wo sie geschrien, gebettelt, gefleht und ihren letzten Tropfen Blut verloren hatte. Das war für mich heiliger Boden, irgendwie, und wenn ich dabei war, konnte ich wenigstens darauf achten, dass sich David benahm. Dass er nicht in der Nase bohrte oder gegen einen Baum pinkelte oder dieses Gelände sonst wie entweihte.

Die Höllinger hatte gesagt, dass die Polizei verstärkt Streife auf der Rheinschanzinsel fuhr, aber an diesem Tag war weit und breit kein Polizeifahrzeug zu sehen, und auf den Feldwegen abseits der asphaltierten Straße waren die wahrscheinlich sowieso nicht unterwegs.

Ich fürchtete mich davor, die Stelle zu erreichen, wo Stella mich auf dem Weg zurückgelassen hatte. Ich fürchtete ein Deja-vu, das so stark war, dass es mich zusammenbrechen oder zumindest weinen lassen ließ. Aber als wir ankamen, fühlte ich mich seltsam gleichmütig.

»Hier ist es gewesen«, sagte ich. »Hier haben wir unsere Fahrräder abgestellt. Schau hier, im Gestrüpp: Siehst du den Pfad?«

Ich weiß nicht, was ich erwartet hatte: Dass die Erinnerung auf mich einstürmte, dass ich vor Angst keinen Schritt weitergehen konnte. Aber nichts dergleichen geschah. Die Pappeln wogten sanft im Wind des nahenden Herbstes. Die Luft fühlte sich sauber an. Das Gezwitscher der Vögel verbreitete einen vermeintlichen Frieden. Die unerträgliche Hitzewelle des Jahrhundertsommers war vorüber, aber die monatelange Trockenheit hatte Spuren hinterlassen: Die verdorrten Blätter fielen verfrüht von den Bäumen, die Landschaft färbte sich gelb und rot. Der Boden war aufgesprungen und hatte ein Muster gebildet, das der Venenzeichnung auf menschlicher Haut glich.

Ich schloss die Augen. *Oh, Stella. Es tut mir so leid.*

»Bist du okay?« David schloss sein Rad ab.

»Nein, bin ich nicht«, gab ich bissig zurück. »Es ist verdammt gefährlich hier, David.«

Er zuckte die Achseln.

Beruhige dich, sagte ich mir. Die Sumpfhexe hat gefressen. Sie ist satt. Sie schläft.

»Go«, sagte David. Gemeinsam betraten wir den Hexenwald, den Todeswald, den Tatort der Ermordung meiner Schwester.

Die Stimmung schlug sofort um. Ich weiß nicht, ob es an meiner Einbildung lag, oder ob der Hexenwald diese unheimlich-düstere Atmosphäre, die uns plötzlich umgab, tatsächlich verursachte. Gespenstisch ragte das Röhricht in die Höhe. Das Dickicht schluckte die Geräusche; die Vögel schienen verstummt zu sein, das Dröhnen der Schiffsmotoren auf dem nahen Rhein war nur noch als unterschwelliges Brummen zu vernehmen, wie ein Geräusch, das aus einer anderen Dimension zu uns dringt. David ging zielsicher vor mir her. Er schien überhaupt keine Angst zu haben, während er gespannt die Umgebung inspizierte.

Meine Schuhe quatschten auf dem sumpfigen Boden. Das Wasser, aus dem das Röhricht herausragte, sah braun, trübe und seicht aus. Wir hatten das Ende des Pfades erreicht; ab hier mussten wir uns durch hohes Gestrüpp kämpfen. Dahinter befand sich die Senke, in der Stellas Leiche gefunden worden war. In wenigen Wochen würde der Herbstregen die Senke überschwemmt haben, und wenn noch irgendwo ein Hautfetzchen, ein Haar von Stella im Schmutz lag, würde es für alle Ewigkeit vom Wasser des Rheins verschluckt.

Ich zwang mich, an etwas anderes zu denken. »Wir versauen uns die Schuhe«, sagte ich.

»Ist doch scheißegal«, sagte er. »Stella ist hier gestorben, wer denkt da schon an Schuhe.«

»Lass uns umkehren.«

»Wir sind doch gerade erst gekommen.«

Ich schwieg. David drehte sich zu mir um. »Ist schon okay. Du musst nicht mitkommen. Ich gehe alleine weiter.«

»Was glaubst du eigentlich zu finden? Das Gebiet wurde durchkämmt!« Ich rang die Hände. »Herrjeh, David, wir sind doch nur zwei Teenager. Wir haben keine Ahnung, wie man einen Mordfall aufklärt, das ist nicht unsere Aufgabe. Außerdem habe ich echt Schiss!«

»Da hat sich was bewegt«, sagte David und warf einen Blick über meine Schulter.

Ich fuhr herum. »Du bist doch ein blöder Arsch, dich auch noch über mich lustig zu machen …«

»Nein, da war was, wirklich.«

Sein Blick schweifte über den Totholzhaufen zu unserer Rechten. »Wir müssen außen rum. Ich hab was gesehen. Jemand hält sich dahinter versteckt.«

»Wer?«

»Woher soll ich denn das wissen?« Er zuckte die Achseln.

»Naja … vielleicht war's nur irgendein Tier, ich habe nur eine Bewegung gesehen.«

»Du blöder Arsch«, sagte ich nochmal.

Er achtete nicht auf mich und bahnte sich vorsichtig einen Weg um das Totholz herum. Ich folgte ihm widerwillig.

David bog Zweige beiseite, um einen Weg freizumachen, und suchte den Boden nach geeigneten Trittstellen ab. Das Gelände war abschüssig und mit Laub bedeckt; man wusste nicht, ob man beim nächsten Schritt bis zu den Knien im Matsch einsank. Ich hielt mich an Davids Spuren. Zweimal lag er fluchend auf den Knien im Dreck, weil er das Gleichgewicht verloren hatte.

»Das macht doch keinen Sinn …«, sagte ich, als ich David zum zweiten Mal auf die Beine half.

»Hast du Schiss?«

»Nein – nein! Doch, ja, hab ich. Und wie. David, was suchst du eigentlich?«

»Wenn ich du wäre, wäre ich jeden Tag hier«, sagte er. »Stellas Geist ist hier. Die Geister der Toten kehren an den Ort zurück, an dem sie gestorben sind.«

»Woher hast du denn diesen Schwachsinn?«

In meinem Nacken kitzelte es. Ich schlug hektisch nach hinten. Irgendwas krabbelte in mein T-Shirt. Ich verlor meine Selbstbeherrschung. Jammernd fummelte ich unter meinem T-Shirt herum, bis ich den Missetäter in der Hand hielt. Es war ein harmloser kleiner Käfer. Wütend schleuderte ich ihn ins Gebüsch und zog mein T-Shirt zurecht.

»Nächstes Mal helfe ich dir, wenn du möchtest«, sagte David süffisant. Sein Grinsen erstarb, als wir hinter dem Totholz ein Knacksen vernahmen. Mein Herz stolperte schmerzhaft in der Brust. Mit weit aufgerissenen Augen starrten David und ich uns an.

»Hoffentlich war's kein Wildschwein«, sagte er leise.

»Hoffentlich war es ein Wildschwein«, sagte ich noch leiser.

Das Totholz sah aus wie aufgehäufte Knochen. David nahm meine Hand. Ich hatte nichts dagegen, umklammerte sie fest. Vorsichtig gingen wir weiter, langsam, setzten achtsam einen Fuß vor den anderen. Das Rascheln des Laubes konnten wir nicht verhindern. David ging vor mir und warf zuerst einen Blick um das Totholz herum.

»Oh Gott, Annie«, sagte er. »Oh Gott. Sieh dir das an.«

*

Hinter dem aufgehäuften Totholz wurde der Boden fest und eben. Dichtes, struppiges Gras wucherte an der Oberfläche. Das Unterholz lichtete sich. Vor uns lag eine kreisrunde Lichtung. Der gnadenlos heiße Sommer hatte die Vegetation ausgedörrt; vereinzelt hingen Blätter schlaff an den Bäumen wie kleine, gelbrote Selbstmörder. Die Baumstämme wirkten trostlos und kahl wie im Winter. Tot.

In der Mitte der Lichtung waren Stöcke in Kreisform in den Boden gerammt worden. Die Stöcke waren an der oberen Seite angespitzt wie Pfähle. In der Mitte des Kreises lagen Früchte auf dem Boden, Äpfel und Trauben und Kiwis. Und da lag noch etwas.

»Das ist eine Ratte«, sagte David. Langsam und vorsichtig näherte er sich dem Kreis, ich immer dicht hinter ihm.

»Abgefahren!«, sagte er.

Es war eine große Wasserratte, wie es sie zuhauf in der Auenlandschaft gab, mit struppigem Fell und langem, buschigen Schwanz. Ein Stock ragte aus ihrem Bauch heraus. Fell und Stock waren dick mit dunklem, geronnenem Blut verkrustet. Aber das war noch nicht alles. Inmitten des Kreises lagen Tierskelette auf dem Boden. Weiß und sauber und sehr traurig sahen sie aus, die Überbleibsel der kleinen Lebewesen.

»Scheiße«, flüsterte David. »Weißt du, was ich glaube? Die Dicke da hat noch gelebt, als sie aufgespießt wurde. Sonst hätte sie nicht so geblutet!«

Ich schaute mich sehnsüchtig nach dem Rückweg um. Ich wollte hier weg. Oh, Gott, ich wollte so gerne hier weg.

»Das ist eine Opferstätte«, sagte David. »Hier opfert jemand Tiere. Er spießt sie auf, und dann kommt jemand und … meinst du, mit Stella hat er es auch so gemacht?«

Er schaute zu mir hoch, seine Augen wanderten über meine Schulter und wurden riesengroß. Ich drehte mich um. Inmitten dieser unheimlichen, verdörrten, toten Landschaft stand eine Gestalt. Sie stand auf der Mitte der Lichtung, in einer zerrissenen Jeans und weißem T-Shirt wie eine altertümliche Vogelscheuche, und glotzte uns an.

David umklammerte meine Hand fest wie ein Schraubstock. Es tat weh, aber ich wollte nicht loslassen. David keuchte panisch.

»Hanjo, was tust du hier?«, sagte ich.

»Was macht ihr hier?«, sagte Hanjo.

»Nur gucken«, sagte ich.

»So?« Hanjo stand einfach nur da und schaute uns an. »Und das soll ich euch glauben?«

»Wir haben das gleiche Recht, uns hier aufzuhalten, wie du«, sagte David.

Hanjo lächelte spöttisch. Er hielt eine Hand auf dem Rücken versteckt. »Pfadfinder«, sagte Hanjo süffisant. »Ich bin Teilnehmer beim Projekt »Haltet die Insel sauber«. Manche Leute werfen ihren Müll überall hin, und du glaubst gar nicht, was die alles wegschmeißen, während sie am Rhein entlangspazieren. Das geht vom CD-Player bis hin zu alten Schuhen.«

David schaute mich fragend an. Ich nickte kurz. Ich wusste, dass Hanjo tatsächlich bei einem solchen Projekt mitmachte. Allerdings bezog sich die Aktion auf die Fahrrad- und Wanderwege entlang des Rheins und nicht auf die naturbelassene Auenlandschaft, geschweige denn den Hexenwald, wo man wohl kaum auf Touristen traf. Aber das sagte ich David nicht, um die angespannte Situation nicht noch mehr aufzuheizen.

»Und was ist das hier?«, fragte David und zeigte auf den Opferkreis.

Hanjo zuckte die Achseln. »Tja. Wer weiß. Eine Riesen-Sauerei ist es auf jeden Fall.« Während er redete, kam er langsam näher. »Was glaubst du, wer so etwas fertigbringt?« Er schaute David an.

»Was hast du da auf dem Rücken?«, fragte David.

Hanjo lächelte. Langsam holte er seine Hand hinter dem Rücken hervor. Er hielt ein Messer darin. »Fahrtenmesser«, sagte er. »Hat jeder Pfadfinder. Die Dinger sind scharf wie Sau. Damit kann ich diese armselige Kreatur zerlegen. Die Kleintiere erledigen dann den Rest. Es gibt hungrige Wesen hier, weißt du …«

»Lauf weg«, sagte David leise zu mir. »Mit dem komme ich schon klar.« Seine Stirn glänzte vor Schweiß.

»Nein, wir wollten sowieso gehen«, sagte ich. »Nicht wahr, David?«

Langsam zogen wir uns zurück; David schaute ständig über die Schulter, als ginge er davon aus,

Hanjo könnte uns mit gezücktem Messer hinterherjagen. »Der hat sie nicht mehr alle«, murmelte David. »Der ist doch nicht ganz dicht.«

Wir schafften es, das Totholz zu umrunden, ohne zu stürzen. Auf der anderen Seite war das Gestrüpp so dicht, dass ich keine Ahnung habe, wie sich ein Mensch da durchzwängen konnte. Nichtsdestotrotz sprang Hanjo uns wie ein Kastenteufel in den Weg und rief: »Buuuh!«

David quiekte vor Schreck.

»Was bist du denn für eine Pussy«, sagte Hanjo.

Wir ließen Hanjo einfach stehen und rannten los, beeilten uns, zu den Fahrrädern zu kommen. Hanjo schlich geknickt hinter uns her. »Tut mir leid«, sagte er, als wir uns auf dem Weg wiedertrafen. »Ich konnte einfach nicht widerstehen.«

»Echt cool, Mann«, sagte David heiser. »Für diesen Auftritt kannste Geld verlangen.«

Hanjo holte sein Rad hinter einem Baum hervor und stieg auf. »Fährst du mit mir, Annie?«

»Nee, ich fahre mit David«, sagte ich.

»Wie du meinst«, sagte Hanjo eisig. Er warf David einen durchdringenden Blick zu und fuhr los.

Ich schwang mich auf mein Fahrrad, stützte den Kopf auf den Lenker und heulte Rotz und Wasser.

»Reg dich wieder ab. Er ist weg.«

»Es ist nicht wegen Hanjo«, flennte ich. »Es ist wegen dem da. Wegen dem, was da drin ist.« Ich deutete auf den Hexenwald.

»Das war doch nur eine Ratte …«

»Nur eine Ratte, ja?«, schrie ich. »Nur eine Ratte. Wenn's weiter nichts ist, dann ist ja alles in Ordnung. Du hast doch das Blut gesehen! Hast selbst gesagt, dass sie noch gelebt hat, als sie gepfählt wurde!«

»He, komm wieder runter!« Er wollte mich umarmen. Ich stieß ihn grob von mir. »Behalt bloß deine Pfoten bei dir! Ich bin okay, aber fass mich nicht an!«

Er gehorchte. Eine ganze Weile sprachen wir kein Wort. Ich setzte mich auf den Fahrradsattel, einen Fuß auf dem Boden, und schob das Rad nervös vor und zurück, als wäre es ein Kinderwagen und ich das Baby, das es zu beruhigen galt. Nebenher verheulte ich ein ganzes Päckchen Tempotaschentücher. Es dauerte eine Weile, bis ich mich einigermaßen gefangen hatte.

»Meinst du, dass er die Ratte aufgespießt hat?«, fragte David.

»Hanjo? Nie im Leben. Er mag Tiere.«

»Wollen wir zur Polizei gehen?«, fragte David vorsichtig.

»Wozu?«

»Denen sagen, dass dieser Typ sich hier mit einem Messer herumtreibt.«

»Du willst ihn anzeigen, weil er etwas für die Umwelt tut?«

»Das ist doch Bullshit! Dann hätte er eine Tüte mitgehabt, in der er den Müll sammelt.«

»Wenn du meinst, Hanjo hätte Stella etwas angetan, irrst du dich«, sagte ich. »Dafür lege ich meine Hand ins Feuer.«

»Mir kam er nicht nur ein bisschen schräg, sondern total gestört vor«, sagte David.

»Vor zwanzig Jahren …«

»… gab es einen vergleichbaren Mord, ich weiß«, sagte David, »und da war Hanjo noch flüssig. Er kann's also nicht gewesen sein.«

»Es gibt keinen Mord, der vergleichbar ist mit dem an der eigenen Schwester«, sagte ich.

»Fuck«, sagte David und spuckte auf den rissigen Boden. Er überlegte.

»Warum haben die Polizisten diesen Kreis nicht gefunden, sie haben doch angeblich die ganze Rheinschanzinsel abgesucht?«

»Keine Ahnung.«

»Ich glaube nicht, dass die Ratte vor ein paar Wochen schon da lag«, sagte David. »Sie war kein bisschen verwest. Aber die Stöcke? Meinst du, der Kreis wurde auch erst vor kurzem angelegt?«

»Woher soll ich denn das wissen?«, schrie ich ihn an.

»Entschuldige! Ist ja gut. Ich bin genau so durcheinander wie du, das kannst du mir glauben.«

Er kratzte sich am Kopf. »Meinst du, wir sollen das irgendwo melden?«

»Weiß ich nicht«, sagte ich. »Mir reicht es jedenfalls. Ich fahre nach Hause. Kommst du mit, oder bleibst du hier und suchst weiter nach toten Tieren?«

»Ich komme mit! Ich habe sowieso noch was zu erledigen heute.«

Ich schnaubte abschätzend. Typisch Jungs: bloß nicht zugeben, dass er Angst hatte und genauso fertig war wie ich. Aber ich war froh, dass ich nicht alleine zurückfahren musste.

David bestand darauf, mich bis an die Haustür zu bringen. »Weißt du, was ich glaube?«, sagte er dann. »Hier befolgen irgendwelche Leute ein Ritual. Jemand hat ein Tier geopfert. Hier betreibt jemand einen Hexenkult. Satanisten vielleicht.«

Ich schwieg.

»Kennst du die Geschichte von der Sumpfhexe?«

»Ich hab davon gehört, wie alle anderen auch«, sagte ich.

»Jemand glaubt an die Hexe«, sagte er. »Er bringt ihr Opfer. Und er hat mein Mädchen auf dem Gewissen. Stella war ein Menschenopfer.«

*

»Wer war das?«, fragte Opa Klaus streng.

»Ein Typ aus der Schule«, sagte ich. »Er hat Stella gekannt. Wollte uns Beileid wünschen und hat sich nicht reingetraut.«

Er musterte mich misstrauisch. Ich bekam automatisch ein schlechtes Gewissen, warum auch immer, und bemühte mich, so unschuldig wie möglich auszusehen, während ich meine Tasche auspackte und die Hausaufgabenhefte auf den Küchentisch legte. Täglich erledige ich sie gewissenhaft. Ich war drauf und dran, ein Streber zu werden.

»Ich will nicht, dass du dich mit ihm triffst, hast du das verstanden.«

»Aber warum … ich treffe mich nicht mit ihm. Was ist denn los?«

Opa Klaus starrte mich an. Ich starrte zurück.

»Ich mag es nicht, wenn du mit Jungs herummachst.«

»Ich mache überhaupt nicht ‚rum'. Was hast du für ein Problem? Du hast dich doch nie um meine Freunde gekümmert. Was stimmt nicht mit David?«

»Keine Ahnung, ob mit ihm alles stimmt oder nicht. Ich habe einfach Angst, Annie. Es ist schon genug passiert …«

Seine Stimme brach. Opa Klaus war manchmal schrecklich altmodisch. Er dachte immer noch, dass es sich nicht gehörte, wenn ein Mädchen sich mit Jungs traf. Irgendwie hatte er das neue Jahrtausend verschlafen, schien immer noch im späten Mittelalter zu leben. Trotzdem hatte er sich bisher nie weiter darum geschert, mit wem ich mich herumtrieb.

»Klar. In Ordnung. Er ist nicht mein Freund, Opa. Nicht so, wie du denkst.«

Opa Klaus hatte seine Lesebrille abgesetzt und rieb sich die Augen.

»Wie geht's Mama?«, fragte ich.

»Schläft.«

Ich lugte ins Schlafzimmer. Mama lag ausgestreckt auf dem Bett. Im ersten Moment dachte ich, sie wäre tot, und ich regte mich so sehr auf, dass ich kaum noch Luft bekam. Dann sah ich, wie sich ihre Brust hob und senkte, sanft und gleichmäßig.

Dennoch fühlte sich das Schlafzimmer an wie ein Mausoleum, das man nicht betreten will, um die heilige Ruhe nicht zu stören. Leise zog ich die Tür ins Schloss.

Unruhig strich ich von Zimmer zu Zimmer. Schaltete den Fernseher ein, schaute irgendeine bescheuerte Talkshow, ohne viel davon mitzubekommen. Ich blätterte in einem Buch, während die Buchstaben vor meinen Augen zu tanzen begannen und mich zu verspotten schienen.

12
Sommer 2003: Emily

Mit düsterem Blick stierte Klaus Friedrich in seine Kaffeetasse.

Emily setzte sich auf den Stuhl ihm gegenüber. Die Schmerzen in der Hüfte und in den Knien hatten seit einigen Tagen zugenommen, und sie würde sich nur mit Mühe wieder von dem harten Küchenstuhl erheben können. Das kommt vom vielen Liegen, dachte sie. Sie musste unbedingt mehr laufen. Das neue Medikament half ihr, das Leben besser zu ertragen. Die Traurigkeit konnte es nicht nehmen, aber ihr Appetit war zurückgekehrt, und der Lebenswille keimte auf wie Blumensamen im Frühling. Zögerlich, verletzlich, aber er war da.

Sie spürte, dass ihren Vater etwas bedrückte. Emily rutschte auf dem Stuhl hin und her, bis sie eine einigermaßen bequeme Position gefunden hatte, und verzog das Gesicht, als ein Messer in ihre Hüfte stach.

Ihr Vater blickte nicht auf. Seine buschigen Augenbrauen türmten sich wie Gewitterwolken über den Augen.

»Annegret trifft sich mit einem Jungen aus ihrer Schule«, sagte er.

»Gottseidank hat Annie Freunde«, sagte Emily. »Sie braucht jemanden zum Reden, Papa. Einen Gleichaltrigen. Und mit Mona hatte sie anscheinend Streit. Es ist nicht mehr wie früher zwischen den beiden.«

»Ich habe gehört, dass dieser Junge mit Stella zusammen gewesen sein soll«, sagte ihr Vater. »Wusstest du, dass Stella einen Freund hatte?«

»Ich habe etwas geahnt. Aber ich wollte nicht fragen, wollte warten, bis sie von sich aus von ihm erzählt.«

Klaus blickte auf. »Und warum sucht er jetzt Kontakt zu Annegret?«

»Seit wann nennst du sie Annegret?«

Als Emily ihrem Henning von der Schwangerschaft erzählt hatte, nannte er das Ungeborene »meine kleine Annegret«. Trotz seines Verrats hatte Emily das Mädchen auf diesen Namen taufen lassen. Schon als Kind hatte Annie ihren richtigen Namen abgelehnt und wurde von allen nur Annie gerufen.

»Annegret klingt für mich fremd«, sagte sie.

»Mir ist das ganze Mädchen fremd geworden«, sagte Klaus.

»Sie wird erwachsen und verändert sich. Das ist doch ganz normal. Das kennst du doch von Verena und mir. Und von Stella …«

»Möchtest du auch einen Kaffee?«, fragte er.

»Nein.«

»Ich mache dir trotzdem einen.«

Er lenkt vom Thema ab, dachte Emily. Während er an der Kaffeemaschine hantierte, versuchte er sich zu sammeln. »Du hast es gar nicht bemerkt damals. In dieser Samstagnacht. Dir ist das gar nicht wirklich aufgefallen, was mit Annie los war, als sie nach Hause kam.«

Emily stöhnte. Sie wollte vermeiden, an diesen Abend zu denken. Es bedeutete, in ein Meer aus grenzenlosen Schmerzen abzutauchen. Wild zu strampeln und nicht zu wissen, ob sie an die Oberfläche zurückfinden oder im Schmerz ertrinken würde, der in ihre Lungen eindrang und ihr den Atem raubte. Durch einen Tränenschleier sah sie Pebbles vor der Haustür stehen und dahinter, in der Dunkelheit, Annies Gestalt. Etwas hatte nicht gestimmt mit Annie.

»Annie hat gestarrt vor Schmutz. Sie war über und über mit Schlamm verschmiert. Und mit Blut. Eine Menge Blut«, sagte Opa Klaus.

»Sie hat nach Stella gesucht ...«, warf Emily zaghaft ein. »Vielleicht hat sie sich im Gestrüpp verletzt.«

»Sie hat uns und der Polizistin erzählt, dass sie sich an nichts mehr erinnern kann, nachdem Stella in den Wald gegangen ist.«

»Sie kann doch trotzdem nach Stella gesucht haben ...«, sagte Emily.

Klaus stellte die Kaffeetasse vor ihr ab. Gedankenverloren stand sie auf, um die Milch aus dem Kühlschrank zu holen. Das Messer drehte sich in der Hüfte und ritzte an ihren Schenkeln entlang nach unten, bis es sich in den Knien bohrend zu schaffen machte. Emily verzog das Gesicht und unterdrückte ein Aufstöhnen. Nein, das war kein Schmerz, der durch ihre geschundene Seele entstand. Das war irgendwas anderes. Der Schmerz war heftig, fast unerträglich, und dennoch begrüßte sie ihn. Er lenkte sie ab von der Überlegung, die ihr Vater gerade anstellte. Von dem Bild, als Annie vor der Tür gestanden war, alleine, ohne ihre Schwester, aber blutverschmiert. Emily hatte geschrien, als sie das Blut bemerkt hatte.

»Ich habe sie saubergemacht«, sagte Opa Klaus, ohne aufzusehen. »Sie war ja ganz weggetreten, hat alles über sich ergehen lassen. Ich habe nach Wunden gesucht. Da waren keine, höchstens ein paar oberflächliche Kratzer vom Gestrüpp. Es war nicht ihr eigenes Blut.«

»Dann war es Stellas Blut! Sie muss Stella gefunden haben, bevor jemand sie aus ... ausgebeint hat ...« Emily würgte. Es bereitete ihr Übelkeit, das Wort auszusprechen. »Sie bekam einen Schock und lief nach Hause ...«

Opa Klaus schwieg.

Pebbles, die dösend vor dem Küchenschrank gelegen hatte, spürte Emilys Kummer und trottete herüber. Emily kraulte ihr Fell. »Ich gäbe alles dafür, wenn du reden könntest, du dummes Ding«, murmelte sie. »Du weißt, was geschehen ist, oder? Du hast es gesehen, nicht wahr?«

Pebbles schaute Emily an. Es machte wirklich den Eindruck, als hätte die Hündin das Bedürfnis, zu sprechen, als wollte sie etwas sagen. Aber wahrscheinlich bildete sie sich das nur ein. Emily dachte an Annie, wie sie schmutzverkrustet und blutverschmiert vor der Tür gestanden war. Das Mädchen war ihr vorgekommen wie ein Geist. Emily hatte bei ihrem Anblick geschrien.

»Dieser Junge«, sagte sie. »Wer ist das? Kennen wir ihn oder seine Familie?«

»Nein.«

»Wenn er wirklich mit Stella zusammen war, würde ich ihn gerne kennenlernen. Wir sollten ihn einladen.«

»Mir gefällt es nicht, wenn er mit Annie zusammenkommt.«

»Ich denke nicht, dass wir uns Sorgen machen müssen, wenn Annie Kontakt zu ihm hat. Frau Höllinger hat gesagt, der Täter stammt höchstwahrscheinlich nicht aus Stellas Freundeskreis. Vor zwanzig Jahren hat er schon einmal zugeschlagen. Er muss älter sein.«

»Ich mache mir keine Sorgen um Annie«, sagte Opa Klaus. »Ich mache mir Sorgen um den Jungen.«

13
Frühjahr 2013: Annie

Es regnet wie seit Jahren nicht. Die Nachrichten zeigen unschöne Bilder aus Nord – und Ostdeutschland, wo ganze Dörfer überschwemmt worden sind. Und der Himmel hört nicht auf, seine Fluten auszuschütten. Der Rhein steigt über die Ufer. Ein Heer aus Feuerwehrleuten und Einsatzkräften vom Technischen Hilfswerk bauen einen Deich aus Sandsäcken, um den Wassermassen Einhalt zu gebieten. Die Polder werden geöffnet. In der Nacht liege ich wach, lausche dem Prasseln der Wassertropfen auf dem Dach und hoffe, dass die provisorischen Deiche dicht halten.

Der Altrheinarm hinter unserem Haus ist bedrohlich angeschwollen. Wie eine graubraune Riesenschlange hat er sich in seinem Bett erhoben und schlängelt sich an der Insel entlang. Täglich inspiziere ich den Keller, aber bisher ist kein Wasser eingedrungen, obwohl die Luft hier unten sehr feucht ist und noch modriger riecht als sonst.

Die Rheinschanzinsel ist ein einziger Matschhaufen. Die Auenwälder stehen unter Wasser, dessen Pegel täglich steigt. Ich versuche zu vermeiden, mir vorzustellen, was das Wasser nach oben schwemmen, was es ans Tageslicht befördern wird.

*

Die Fahrt nach Heilbronn ist eine Katastrophe. Stellenweise muss ich im Schritttempo fahren, weil der Regen wie ein Vorhang auf der Windschutzscheibe liegt und uns die Sicht nimmt. Jan begleitet mich.

Regentropfen prasseln an die Fensterscheiben der Heilbronner Wohnung. Ines hilft mir beim Zusammenpacken, während Jan die Wände streicht. Gegen Abend will Verena mit einem Sprinter kommen, den sie von einem bekannten Lieferanten ausgeliehen hat. Dann werde ich meine Sachen in den Sprinter laden und Heilbronn für immer den Rücken kehren. Es tut mir nicht wirklich leid. In den zehn Jahren, die ich hier verbracht habe, ist für mich die Zeit stillgestanden. Irgendwie.

»Leer sieht es aus bei dir«, meint Ines, während sie Geschirr in eine Kiste räumt.

»Natürlich ist es leer. Ich bin am Ausziehen.«

»Ja, aber trotzdem.« Ines breitet die Arme aus. »Du hast doch gesagt, du hättest bisher nur eine einzige Autofuhre voll mitgenommen. Hier müsste viel mehr Kram herumliegen.« Sie stemmt die Fäuste in die Hüften.

»Als ich mit Melissa bei Sam ausgezogen bin, hatten wir jede Menge Zeug. Viel alter Ramsch, natürlich – ich hatte nicht den Nerv, in Ruhe auszumisten, es musste schnell gehen damals, das weißt du ja. Aber wir haben gefühlt hundert Umzugskisten herumgeschleppt.«

»Du hast ein Kind. Ich nicht.«

»Noch nicht.« Ines grinst mich an, das obligatorische Kaugummi im Mund. Ich habe sie nur ein einziges Mal ohne Kaugummi erlebt, da hatte sie Zahnschmerzen, und ich schickte sie von der Arbeit heim, damit sie zum Zahnarzt gehen konnte.

»Da läuft doch was zwischen euch beiden, oder nicht?«

»Nicht so laut! Man kann dich in der ganzen Straße hören!«

Jan streicht in meinem Schlafzimmer die Raufasertapete. Ich frage mich, ob er sie hören kann, und wenn ja, was er über das Gespräch denken wird. Und was er antworten würde, wenn Ines ihm diese Frage stellte.

Ich zucke die Achseln. »Eigentlich nicht.«

»Eigentlich? Sieh mich mal genau an. Ich will wissen, ob du mir was vormachst.«

Ihr saloppes Auftreten trügt. Nachdem ihr Lebensgefährte Sam sie krankenhausreif geprügelt hat, muss sich Ines als Alleinerziehende durchschlagen. Sie hat es nicht leicht im Leben, und sie hat eine feine Antenne für das Gefühlsleben anderer Menschen.

»Nichts eigentlich.«

»Ach komm!« Ines lacht. »Mir kannst du nichts vormachen. Da ist doch was. Ruf heute Abend an und erzähl mir alles!«

Im Nebenzimmer streift der Pinsel in gleichbleibendem Rhythmus über die Wände. Hoffentlich achtet Jan nicht auf uns.

»Heute Abend nicht, da habe ich keine Zeit. Bis jetzt ist nichts gelaufen, okay?« Ich mache mit meinen Händen eine waagrechte Geste, um das zu unterstreichen, muss aber lachen, und Ines grinst noch breiter.

»Ich finde ihn einfach nur süß, mehr nicht«, sage ich.

»Ja, und Schweine fliegen ins Weltall.«

»Wirklich. Außerdem ist er so was wie ein Tourist. Er wird bald abreisen.«

»Das wird er ganz bestimmt, wenn du ihm sagst, er sei einfach nur süß.« Ines hockt sich im Schneidersitz auf den Boden.

»Sei leiser«, mahne ich sie. Meine Wangen fühlen sich ganz heiß an.

»Mann, du kriegst voll die rote Rübe. Ich find's gut, echt, und hoffe, dass es gut geht mit euch beiden. Sei mir nicht böse, aber habe manchmal geglaubt, du wärst noch Jungfrau. – Melissa, du meine Güte! Was tust du denn da!«

Melissa ist der Meinung, dass die Maße des Zeichenblocks ihrer Kreativität nicht gerecht werden. Rote Flecken, die mit viel Wohlwollen und Fantasie vermutlich Herzen darstellen sollen, zieren die Tapete. Melissa ist fünf, aber sie spricht kaum einen zusammenhängenden Satz und scheint häufig nicht zu verstehen, was ich zu ihr sage. Sie soll nächstes Jahr irgendeine Förderschule besuchen. Ich traue mich nicht, Ines zu fragen, was für eine Art von Behinderung sie hat. Vielleicht verwächst es sich eines Tages, ich habe keine Ahnung von Kindern.

Noch nicht.

Ines bezieht Melissa in die Arbeit mit ein. Das Mädchen räumt mit Freude meine Romane in einen Umzugskarton. Sie wirft sie durcheinander, und einzelne Seiten verknittern, aber ich lasse sie gewähren. Wie gesagt, ist Ines die einzige Person, die vage an etwas herankommt, das ich als »Freundin« bezeichnen könnte.

»Du kannst uns natürlich jederzeit besuchen, und auch jemanden mitbringen.« Ines zwinkert mir zu. »Wir freuen uns. Nicht wahr, Melissa?«

»Ja«, sagt das Mädchen und schüttet ihre Apfelschorle in die Umzugskiste mit meinen Büchern.

Melissa wird später von der Oma abgeholt. Wir sitzen zu dritt im Schneidersitz auf dem Boden, warten auf Verenas Sprinter und essen belegte Brötchen. Ines beobachtet Jan und mich unverhohlen, aber er tut, als würde er es nicht bemerken. Ich freue mich, dass es jemanden interessiert, ob ich glücklich bin. Der Wunsch, Ines alles über mich zu erzählen, ist übermächtig. Sie weiß, dass meine Schwester gestorben ist, aber mehr weiß sie nicht, und ich würde es so gerne loswerden, meine geplagte Seele erleichtern. Vielleicht hätte ich es getan, wenn Jan nicht dabei gewesen wäre.

Es ist besser so. Sie hätte mir vermutlich nicht geglaubt.

Es klingelt Sturm. Verena ist da. Bei strömendem Regen laden wir meine Habseligkeiten ein, und ich verabschiede mich von Ines und meiner kleinen Wohnung.

*

»Wenn die Inuit ein Tier erbeutet haben, bitten sie die Geister um Erlaubnis zum Töten. Wenn die Geister Nein sagen, lassen sie das Tier laufen. Hast du das gewusst?«

»Nein.«

»Das stimmt wirklich. Anschließend bedanken sie sich bei dem verstorbenen Tier und nutzen jedes Fitzelchen seines Körpers für ihre Überlebenszwecke, sogar die Augen. Sie essen die Augen.«

»So?«

Ich halte Jan vom Lernen ab. Bücher und Leitz-Ordner liegen überall herum, er nutzt jede freie Fläche als Unterlage. Sein Laptop steht auf dem ausklappbaren Tischchen. Für mich hat Jan die kleine, enge Sitzbank freigeräumt, auf der ich mit angezogenen Beinen sitze.

Draußen ist es stürmisch, der Regen fliegt fast waagerecht durch den bleigrauen Tag. Im Wohnwagen ist es angenehm heimelig und warm. Jan blättert, notiert, markiert in seinen Aufzeichnungen. Ich weiß aber, dass er aufmerksam meinem Geplapper lauscht und sich nicht auf sein heutiges Arbeitspensum konzentriert. Ein schlechtes Gewissen bekomme ich deshalb nicht. Ich bin die einzige Ablenkung, die er hat. Und er würde mich nicht wegschicken, selbst wenn ich für immer hier bliebe.

»Ich bewundere dieses Volk für seine Art zu töten, die bar jeder Macht, jedes Sadismus ist. Es ist ein Unding, dass man diesen Menschen, die uns doch zeigen, wie ein Miteinander der Elemente funktioniert – wie sollten sie es sonst schaffen, in einer so feindseligen Natur zu überleben? –, ihre Lebensgrundlage entzogen hat, um sie zu resozialisieren.«

»Sagte die Vegetarierin.«

»Ich wäre gerne eine Inuitfrau, die mit einem Hundeschlitten durch die eisige Einsamkeit jagt, mit nichts als Eis und Schnee und einem endlosen Himmel über mir. Eins werden mit der Natur, ihr das Lebensnotwendige abtrotzen: was sonst kann man vom Leben wollen?«

Jan nickt geistesabwesend, während er in einem dicken Wälzer blättert.

»Meine persönliche Heldenfigur ist Smilla, das rebellische Fräulein aus Peter Hoegs Roman. Smilla, nie um eine Antwort verlegen, mutig und selbstzerstörerisch, einsam und nach außen so kalt wie ihre Heimat, und innerlich ein kleines, verlassenes Mädchen, das die Welt nicht versteht. Innen bin ich Smilla, nach außen wäre ich gerne wie sie. Wie sie, bevor sie aus ihrer Umgebung gerissen wurde, um in das Unglück einer zivilisierten Umgebung mit gesichertem Einkommen und medizinischer Versorgung zu geraten, und sich selbst zu verlieren. Ich habe dieses Buch nicht nur hundertmal, sondern tausendmal gelesen. Immer diese eine Ausgabe, aber man sieht es ihr nicht an, weil ich sehr gut darauf achte. Ich bringe dir das Buch mal mit.« Fräulein Smilla hat Melissas Apfelsaft-Attacke unbeschadet überstanden.

»Dafür habe ich momentan keine Zeit, Annie, so gerne ich dein Buch lesen würde.«

»Ist Tötung immer gleich Mord? Das habe ich mich oft gefragt. Vor dem deutschen Gesetz ist es häufig so. Die Inuit sehen das anders. Ich glaube, dass es manchmal notwendig ist, zu töten. Zum Beispiel in Notwehr. Oder Tötung auf Verlangen. Oder man tötet jemanden, um weiteres Unheil abzuwenden.«

»Wie meinst du das?«, fragt Jan stirnrunzelnd.

»Meinst du nicht, dass es Sinn macht, einen Menschen zu töten, wenn man damit ein anderes Leben retten kann? Wenn zum Beispiel das Stauffenberg-Attentat geglückt wäre …«

»Ich glaube, dass das Töten eines Menschen immer der verkehrte Weg ist. Man muss eine andere Lösung suchen.«

Es ist nicht meine Art, meine innigsten Gedanken einem Menschen mitzuteilen. Nicht mal bei Mona habe ich das gekonnt. Bei Jan plappere ich einfach drauflos, was mich selbst verwundert.

»Ich habe keine Lust mehr.« Jan klappt den Laptop zusammen. »Soll ich uns was kochen?«

»Ich esse mit Mama zusammen. Sie will heute ein vegetarisches Gericht aus ihrem neuen Kochbuch ausprobieren, das sie extra wegen mir gekauft hat.«

»Du kannst ein paar Kalorien vertragen«, sagt er. »Iß einfach zweimal. Alleine schmeckt es mir nicht.«

»Na gut …«

Es hat sich eingespielt, dass ich jeden Nachmittag zu Jan rausfahre. Aber jeden Tag wird es später, bis ich mich auf den Rückweg mache.

Jan schneidet Tomaten in Scheiben und bittet mich, die Salatsoße zuzubereiten, während er Nudeln abkocht. Ich weiß, dass er selbst keinen blassen Schimmer hat, wie man eine Salatsoße macht. Ich würfele eine Zwiebel klein und würze die fade und blass aussehenden Tomaten kräftig mit Salz und

Pfeffer. Im Kühlschrank ist ein Rest Roquefortkäse, den ich mit einer Gabel zerquetsche und mit einem Schuss Kaffeesahne verrühre. Jan wärmt derzeit eine Tomaten-Ricotta-Soße aus dem Glas. So sehr die Gesundheit seiner zukünftigen Patienten in seinem beruflichen Fokus steht, so wenig achtet er bei sich selbst auf gesunde Ernährung: es gibt hauptsächlich Fertigprodukte und Fastfood zu essen. Ich verzichte darauf, ihn zu rügen, ich habe schnell gemerkt, dass das ein wunder Punkt bei Jan ist.

Mit schlechtem Gewissen rufe ich Mama an, um meine Verspätung mitzuteilen.

»Morgen fährst du nach Mannheim?«, frage ich.

»Mal sehen. Wirklich notwendig ist es nicht. Ich habe noch genug saubere Sachen zum Anziehen, und je häufiger ich die Inselzufahrt nutze, desto eher sieht mich einer, und ich bekomme eine Anzeige wegen wildem Campen. Zur Not gibt es hier bestimmt eine Wäscherei, oder?«

Natürlich sind das Ausreden. Jan hat sich an meine Besuche gewöhnt und hofft vermutlich, mich auch am Wochenende zu sehen.

»Am Wochenende kommt ein Freund von uns und macht den Garten.«

»Und sonst, was machst du sonst am Wochenende?« Er meinte natürlich mein Sozialleben.

»Mal sehen, was sich ergibt«, sage ich ausweichend.

Ich will, dass Jan übers Wochenende wegfährt. Wenn er hier bleibt, würde zu ihm gehen, aber zuhause türmt sich die Arbeit. Hanjo hat seine Hilfe angeboten, und ich habe ihn für Samstag engagiert. Außerdem, so schön es sich anfühlt, aber ich brauche ein wenig Abstand, muss lernen, mit dem Gefühl umzugehen, das neu für mich ist: ich bin ein kleines bisschen verknallt, und Jan erwidert meine Gefühle.

14
Sommer 2003: Annie

Jede Klasse hat einen Loser. Mindestens einen. Das ist ein Naturgesetz. Aber für gewöhnlich reicht einer als Blitzableiter für aggressive und sadistische Zeitgenossen, die es ebenfalls in jeder Klasse gibt: Kerstin Mohr, meine neue Sitznachbarin, war zu jener Zeit der Oberloser der 9C.

Kerstin redete nicht viel. Sie schien immer zu träumen, wirkte der Welt komplett entrückt. Ihre Mutter war alleinerziehend und soff. Angeblich zumindest. Niemand wusste es so genau, aber alle wussten es ganz genau, so ist das ja immer. Diese unglückliche Kombination reichte aus, um Kerstin das Leben schwer zu machen.

Keiner kannte Kerstin näher, und sie hatte längst aufgegeben, auf ihre Klassenkameraden zuzugehen. Sie hatte keine Chance, Freunde zu finden. Es wäre megapeinlich, sich mit Kerstin in der Öffentlichkeit zu zeigen. Besser ging man dem Oberloser aus dem Weg, sonst gehörte man ganz schnell selbst zu den Oberlosern.

Kerstin war schon mit mir in der Grundschule gewesen. Damals wurde behauptet, dass ihre Mutter herumschrie und torkelte, wenn sie getrunken hatte, und das sei sehr häufig der Fall. Ein Mitschüler berichtete, er hätte sie brüllen hören, als das Fenster der Mohrs im Sommer geöffnet gewesen war. Ein blauer Fleck an Kerstins Oberarm war für uns Bestätigung, dass sie von ihrer Alten die Hucke vollgekriegt hatte.

In der Fünften hatte ich mal mit ein paar anderen Mädchen Klingelputzen gemacht. Wir wollten sehen, ob Frau Mohr wirklich besoffen aus dem Türrahmen fiel. Das war nicht der Fall; sie öffnete die Tür, sah, dass niemand draußen stand, schimpfte und schloss die Tür wieder. Später behaupteten wir, sie hätte herumgegrölt. Und wir redeten uns ein, sie sei zu besoffen gewesen, um in den Vorgarten zu treten und nach uns zu suchen, sie hätte es nicht mal über die Türschwelle geschafft.

Sie sehen, bereits in diesem Alter redet man sich die Dinge schön, so wie man sie gerne haben möchte. Kerstins Mutter stammte nicht von hier und hielt sich aus dem Dorfleben raus. Sie war in keinem Verein Mitglied, zeigte sich nie auf dem Straßenfest oder anderen Veranstaltungen und arbeitete in Mannheim. Es gab niemanden, der engeren Kontakt zu den Mohrs hatte und unsere Behauptungen richtigstellen konnte.

Wenn Sie jetzt glauben, das wäre heute schlimmer als früher, liegen Sie komplett falsch und haben wohl vergessen, wie das damals bei Ihnen in der Schule war – vermutlich verdrängen Sie es, oder wollten es schon damals nicht wahrhaben: wer am Boden liegt, soll gefälligst unten bleiben und wird getreten ohne Ende, damit er nicht aufstehen und den Platz freimachen kann, womöglich für einen selbst. Es wird behauptet, es träfe immer die, die sich nicht wehren können, aber ich halte das für Quatsch. Kein Mensch kann sich wehren, wenn die Gesellschaft, die ihn umgibt – in Kerstins Fall unsere Schulklasse – ihn zum Oberloser erklärt. Ich gehörte nicht zu denen, die diese Art von Mobbing befürworteten oder gar mitmachten, aber ich will mich nicht herausreden. Ich mied Kerstin wie die Pest, was vielleicht genauso schlimm für sie war. Mir war durchaus bewusst, dass eine Einzelgängerin wie ich ständig Gefahr lief, an ihre Stelle zu geraten. Insgeheim war ich, wie viele andere, vermutlich froh, dass es bereits einen Sündenbock gab in der 9c. Besser du als ich, Kerstin, sorry.

Ich will nicht behaupten, dass ich nichts gegen Kerstin hatte. Das stimmt nicht. Ich hatte durchaus was gegen sie: mein neuer Sitzplatz an ihrer Seite machte mich offiziell zu ihrer Freundin, zu ihrer Verbündeten. Mir tat Kerstin leid – ein ganz kleines bisschen jedenfalls, ich verschwendete nicht viele Gedanken an sie; sagen wir lieber, ich wollte nicht mit ihr tauschen; aber ich hatte ganz andere Sorgen, und es war nicht meine Art, andere grundlos zu triezen. Ich wollte einfach nur meine Ruhe. Das klingt so einfach, ist es aber nicht. Nicht an einer Schule.

Ich fürchtete, Kerstin würde versuchen, sich mir anzunähern. Denn insgeheim wusste ich, dass wir etliche Gemeinsamkeiten hatten: Beide waren wir alleine und irgendwie verschroben für unser Alter. Bis jetzt hatte sie sich zurückhaltend verhalten. Aber als ich am Ende der letzten Stunde meine Bücher in den Ranzen gepackt hatte und aufsah, befand sich Kerstins Gesicht ganz nahe an meinem. Ihr Atem roch schal, als hätte sie noch nichts gegessen, und ich bemerkte, wie zart ihre Haut und wie blau ihre Augen waren – das war mir bisher nie aufgefallen.

»Wie ist dein Freund so? Ist er nett zu dir?«, fragte sie unerwartet.

»Ich habe keinen Freund«, sagte ich unfreundlich.

»Doch, du hast einen«, sagte sie. »Ich habe euch zusammen gesehen.« Am Tag zuvor war ich David auf dem Weg zum Schulklo begegnet. Wir hatten zwei kurze Sätze gewechselt – »Wie geht's, alles fit bei dir« und so -, und Kerstin war danebengestanden und hatte uns beobachtet.

»Ihr wart gemeinsam auf der Hexeninsel.«

Ich versuchte sie zu ignorieren und hängte mir meine Tasche über die Schulter. Aber Kerstin redete weiter.

»An jenem Samstag«, sagte sie, »habe ich euch gesehen. Als deine Schwester gestorben ist. Ihr seid mit dem Fahrrad an mir vorbeigefahren. Ich stand am Straßenrand und habe ‚Hallo' gesagt, aber ihr habt mich gar nicht beachtet. Wie immer. Dann habe ich deinen Freund gesehen. Er ist euch gefolgt.«

»Das kann nicht sein. Er war im Urlaub.«

»Ich bin ganz sicher«, sagte sie. Ihr Blick fiel in weite Ferne, in irgendein Universum, das nur Kerstin kannte, und in dem sie vermutlich die einzige Lebensform war. Was sie sagte, brachte mich durcheinander. David war mit seinen Eltern im Urlaub gewesen, genau wie Mona, allerdings in Ägypten. Bei der Polizei hatte er den Urlaub als Alibi angegeben, und seine Eltern hatten die Flugtickets vorzeigen müssen.

Zumindest hatte er mir das erzählt.

Wenn er mich belogen hatte?

Was hatte er gesehen? Was wusste er?

Ich stolperte über meine eigenen Beine, als ich loseilte. Ich wollte weg von Kerstin. Jetzt war mir klar, warum sie gemobbt wurde: Eine solche Behauptung aufzustellen, war einfach ungeheuerlich. Möglicherweise war sie diejenige, die log, oder aber sie fantasierte und glaubte selbst an das, was sie sich einbildete.

Auf jeden Fall musste ich David im Auge behalten.

*

Mona hatte mehrmals versucht, mich anzurufen, aber ich drückte sie immer weg, als ich ihre Nummer auf dem Display erkannte. Ich war und bin ein sturer Schädel, und Mona musste dafür bestraft werden, dass sie mich in dieser schrecklichen Zeit alleine ließ. Aber nun hatte sie genug gebüßt. Ich freute mich, wieder mit ihr zu sprechen. Also rief ich endlich zurück.

»Ich kam noch nicht dazu, mich bei dir zu melden«, schwindelte ich. »Es war so viel los …«

»Kann ich mir denken«, sagte Mona verständnisvoll. Mein schlechtes Gewissen nahm zu. Mona schien nicht sauer auf mich zu sein. Sie versprach vorbeizukommen, um zusammen Hausaufgaben zu machen. Den rechten Sinn verstand ich darin nicht, denn wir hatten ja ganz unterschiedliche Sachen auf, aber die Vorstellung, gemeinsam Aufgaben zu machen, gefiel mir. Es war wie früher, als unsere Welt noch in Ordnung gewesen war.

Opa Klaus war gottseidank auch nicht zuhause. Er verfolgte mich auf Schritt und Tritt im Haus, sobald er abends nach Hause kam. Den Vorfall im Bad hatte er mit keinem Wort mehr erwähnt, und ich sprach ihn nicht darauf an. Jetzt schloss ich das Bad immer ab, wenn ich drin war, selbst zum Pinkeln.

Mona kam also vorbei, mit geröteten Wangen und leicht verschwitzt, obwohl das Wetter mittlerweile umgeschlagen war und es draußen empfindlich kühl wurde.

»Hi, du!«, sagte sie und schälte sich aus ihrer Jacke. Nach dem üblichen Begrüßungsritual – Küsschen und Umarmung - verdrückten wir uns in die Küche und verteilten unsere Schulsachen auf dem Tisch, wie ein Alibi, und begannen zu quatschen. Ich erzählte ein paar witzige Sachen aus der Schule, coole Sprüche, die meine Klassenkameraden den Lehrern hingedrückt hatten. Mona lachte. Es tat gut, meine Freundin um mich herum zu haben. Einen Menschen, dem ich vertraute und den ich mochte, auch wenn sie mich hintergangen hatte. Aber vielleicht passierte so etwas früher oder später in jeder Freundschaft einmal.

»Wie läuft es bei dir zuhause?«, fragte Mona.

»Mama geht es etwas besser«, sagte ich. »Gestern hat sie sogar gelacht, als Opa Klaus einen lustigen Artikel aus der Zeitung vorgelesen hat. Aber sie ist nicht die alte. Es ist, als wäre eine neue Mama bei uns eingezogen ...«

»Das braucht, glaube ich, seine Zeit. Überleg nur, was sie durchmacht. Wo ist eigentlich deine Tante?«

»Verena ist schon eine ganze Weile weg. Sie musste wieder auf die Arbeit«, sagte ich. »Hast du das nicht mitgekriegt?«

»Woher denn? Du hast ja nicht zurückgerufen.« Das stimmte natürlich.

»Sie fehlt mir. Verena hat irgendwie alles im Griff, sie weiß immer, was zu tun ist.«

»Und dein Opa?«

Ich seufzte. »Opa Klaus nervt«, sagte ich. »Er kontrolliert mich die ganze Zeit. Schaut dauernd, was ich mache, fragt Sachen wie: ,Was schaust du da im Fernsehen? Was holst du dir aus dem Kühlschrank? Wann hast du morgen Schule? Was ist das für ein Kratzer an deinem Arm?'« Die Badewannen-Sache verschwieg ich.

»Das ist doch normal.«

»Aber doch nicht den ganzen Tag! Außerdem war er früher nicht so.«

»Er macht sich Sorgen um dich, Annie.«

»Ach, Mona, ich weiß nicht. Manchmal habe ich den Eindruck, als wäre er wütend auf mich. Dann wühlt er in meinem Schulranzen herum ...«

»Ob du deine Hausaufgaben machst?«

»Ich glaube nicht, er sieht mich ja dabei, weil ich die am Küchentisch erledige, und nicht in meinem Zimmer. Ich wickele mein Pausenbrot in Alufolie ein und stopfe es an die Seite neben die schweren Bücher, weil es dort nicht zerdrückt wird.

Vorgestern hatte Opa Klaus Spätschicht und war mit mir zum Frühstücken in der Küche. Mein Rucksack stand an die Wand gelehnt im Flur. Ich musste noch aufs Klo. Als ich aus dem Bad kam, lag mein Rucksack umgekippt auf dem Boden. Ich dachte mir nichts weiter dabei, ich dachte, er wäre halt umgefallen, aber in der Schule habe ich gesehen, dass mein Käsebrot von den Büchern zu Krümeln zerdrückt worden war.«

»Und?«

»Das passiert nur, wenn man das Brot an die falsche Stelle packt. Jemand hat die Bücher und alles andere herausgenommen und schnell wieder eingeräumt, als er die Klospülung hörte. Es kann nur Opa gewesen sein.«

Mona blickte skeptisch. Natürlich verstand sie mich nicht. Ich hatte nie meine Gefühle gut in Worte packen können. Bisher war das aber nie ein größeres Problem gewesen, weil ich geborgen in meiner Familie gelebt hatte wie ein Fötus im Mutterleib.

»Hast du das deiner Mutter erzählt?«

»Ja. Aber sie sagt, er meint das nicht böse, und damit ist die Sache für sie erledigt. Sie kapiert nicht, dass mich das nervt.«

»Hmmm.«

»Wie läuft es auf dem Gymi?«, fragte ich.

»Ganz gut«, sagte Mona, aber es klang beiläufig und automatisch. So, wie man eigentlich immer »gut«, sagte, wenn jemand fragte, wie es geht. »Die Lehrer sind cool.« Sie blickte sich in der Küche um, als wäre sie hier zum ersten Mal. Die Veränderung in der Villa Grün schien sie ebenfalls zu bemerken. Die verschwundenen Farben, die verlorengegangene Stimmung.

»Ich muss mich wesentlich mehr anstrengen und ein bisschen was aufholen. Wir haben mehr Hausaufgaben auf als ihr. Aber das macht mir nichts aus. Ich bin ja noch nicht lange auf dem Gymi und werde mich schon noch eingewöhnen.«

Ich wusste genau, was Mona eigentlich sagen wollte: sie hatte noch keine Freunde in der Klasse gefunden, und hatte sich auch noch nicht richtig eingelebt.

»Bevor du irgendwelche Gerüchte über mich hörst: ich treibe mich neuerdings mit einem Bekannten von Stella herum; David Knebel aus der Zehnten. Er hat mich angequatscht, weil er versuchen will, Stellas Mörder zu finden.«

»Wie will er das anstellen?«, fragte Mona. »Das ist doch absoluter Blödsinn!«

Ich zuckte die Achseln. »David meint, es hätte etwas mit der Sumpfhexe zu tun. Du weißt schon, die Geschichten, die sich die alten Philippsburger erzählen. David glaubt an eine Sekte oder so was.«

»Und was macht ihr jetzt? Ihr wollt doch nicht etwa auf eigene Faust herumschnüffeln?«

»Stella war meine Schwester, Mona. Ich will nicht tatenlos herumsitzen, während andere sich den Arsch aufreißen, um ihren Tod aufzudecken. Ich habe sowieso das Gefühl, als säße ich nur untätig herum. Ich halte das nicht aus.«

Mona nickte.

»Ich sitze jetzt übrigens neben der Mohr …«

»Sie heißt Kerstin«, sagte Mona vorwurfsvoll.

»Die Mohr hat mir zugeflüstert, dass David an jenem Tag auch auf der Insel war.«

Monas Kinnlade klappte herunter. »Was? Sie muss das der Polizei erzählen!«

»Reg dich ab, Mona. David hat ein Alibi. Er hat mit seinen Eltern eine Nilkreuzfahrt unternommen. Die Polizei hat mit ihm gesprochen, weil er anscheinend mit Stella zusammen war.« Es fiel mir immer noch schwer, das zu glauben.

»Seine Eltern könnten versuchen, ihn zu schützen …«

»Die Polizei hat das Alibi überprüft, sagt David. Und du weißt ja: Kerstin hat sie nicht mehr alle.« Ich tippte mit dem Finger an die Stirn, um meinen Worten Nachdruck zu verleihen. Dieses Mal widersprach mir Mona nicht.

»Trotzdem! Was hat Kerstin eigentlich dort getrieben?«

»Weiß ich auch nicht.« Genauso wenig wie ich wusste, warum ich Mona eigentlich davon erzählt hatte.

»Hat Kerstin noch mehr gesehen?«

»Nein«, sagte ich prompt. Ich hatte gar nicht daran gedacht, Kerstin danach zu fragen.

Mona dachte nach. »Wie wäre es, wenn du mich mitnimmst? Ich will dich nicht alleine lassen mit diesem Typen. Ich traue ihm nicht! Alibi hin oder her, er kann dir sonst was erzählen. Nimm dich in acht, Annie, ja?«

»Ich würde mich freuen, Mona«, sagte ich. »Dank dir.« Ich rutschte neben sie und lehnte den Kopf an ihre Schulter.

15
Frühjahr 2013: Annie

Etwas beobachtet mich.

Ich fühle mich sicher innerhalb der Wände von Villa Grün. Mir ist natürlich klar, dass sich niemand im Schrank oder im Keller oder unter dem Bett versteckt. Aber spätabends habe ich regelmäßig das Gefühl, dass jemand die Villa Grün im Auge behält. Ich schaue aus dem Fenster und überlege, ob die Schatten im Garten anders sind als sonst, ob sie sich bewegen, ob sie erstarren, sobald ich auftauche. Die Taschenlampe ist nicht stark genug, um vom Fenster aus alle Winkel des Gartens auszuleuchten. Außerdem komme mir ziemlich dämlich dabei vor, mit dem Lichtstrahl herumzufuchteln wie Obi-Wan Kenobi mit seinem Laserschwert.

Beim Spazierengehen oder Einkaufen empfinde ich dieses Gefühl, dass jemand hinter mir ist, ebenfalls. Immer wieder schaue ich mich verstohlen um, aber da scheint niemand zu sein, der auf mich achtet. Ich fürchte, ich werde verrückt.

Am intensivsten ist das Gefühl, beobachtet zu werden, in Jans Wohnmobil. Jan ist längst aufgefallen, dass ich immer wieder die Gardinen zur Seite schiebe und meinen Blick suchend über die Insel schweifen lasse. Nie ist jemand zu sehen. Ich betrachte die Baumreihe, die den Beginn des Hexenwaldes markiert, und frage mich, ob sich wirklich jemand dort herumtreibt. Viel wahrscheinlicher ist es, dass mir die Nerven einen Streich spielen.

Ich sollte Philippsburg für immer verlassen und versuchen, ein ganz normales Leben zu beginnen. Ein Leben mit einem Mann wie Jan an meiner Seite und einer Familie, deren Highlight der alljährliche Familienurlaub ist, sowie die Geburtstage der Kinder. Die bisherigen Höhepunkte in meinem Leben waren fragwürdig: Stellas Tod, mein Rausschmiss von zu Hause, sowie meine Rückkehr zu einer kranken und hilfsbedürftigen Mutter.

»Woran denkst du?«, fragt Jan.

»Ich bilde mir ein, dass da draußen etwas ist.«

»Natürlich ist etwas da draußen.«

»Nein, ich meine, dass uns jemand beobachtet.« Zumindest mich.

Jan zeichnet mit Buntstiften auf ein Blatt Papier. Mehrmals wirft er mir kurze prüfende Blicke zu, wie ein Künstler beim Porträtieren eines Modells, aber die farbigen Holzstifte erinnern an eine Kinderzeichnung.

»Was malst du da?«, frage ich.

Er zeigt mir das Bild. Es ist eine Zeichnung der Umrisse eines Menschen, umringt von farbigen Bögen, ähnlich einem Regenbogen, aber nicht in den Spektralfarben. Die Zeichnung ist sehr einfach gehalten, aber sie zieht mich dennoch in ihren Bann. Ich muss an die unbeholfenen

Strichzeichnungen Stellas denken, die mich als Kind gerne gemalt hat. Meine Arme waren stets waagerecht vom Körper abgestanden, als trüge ich ein Kreuz.

»Ich habe deine Aura gezeichnet«, sagt Jan. »Ich habe in meiner Ausbildung gelernt, die Aura eines Menschen zu sehen und zu sie zu deuten. Sie stellt sich in Farben dar, die je nach Stimmungs- und Gemütslage variieren können.«

»Was bedeuten sie?«, frage ich, während ich das Bild studiere.

»Ich weiß es nicht genau. Ehrlich nicht. Deine Aura ist überaus geheimnisvoll, ich habe so etwas nicht oft gesehen. Ich würde sie gerne meinem Lehrer zeigen und seine Meinung dazu hören.«

»Was ist so geheimnisvoll?«

»Es sind die Widersprüche«, antwortete er. »Da ist viel Rosa, was für Fürsorge und Liebe spricht. Aber ich sehe auch Wut und Zorn. Und die Form ...«, er runzelt die Stirn. »Die Aura umgibt deinen ganzen Körper, aber da ist noch etwas, hier, dieses Dunkelgrau.« Er beugt sich vor, um es mir zu zeigen. »Es sieht aus, als würdest du eine Art seelische Last mit dir herumschleppen. Wie eine Bürde ... Wie gesagt, ich möchte bei der Beurteilung gerne jemanden mit mehr Erfahrung hinzuziehen.«

»Darf ich das Bild behalten?«, frage ich. Ich möchte nicht, dass er meine Aura herumzeigt wie ein Röntgenbild.

»Wenn du möchtest. Du strahlst so etwas Düsteres, Trauriges, aber auch Faszinierendes aus. Ich würde gerne mehr über dich erfahren. Wenn du mich lässt.«

»Lies einfach in meiner Aura.«

»Wenn ich sie nur verstehen würde. Es gibt Menschen mit einer sehr starken, leuchtenden Aura und welche mit einer schwächeren, aber wenn ich dich betrachte, erscheinst du mir wie ein Buch mit sieben Siegeln.«

»Ich bin ein Buch mit sieben Siegeln.«

Jan kommt näher, schaut mir tief in die Augen. »Lass mich die Siegel öffnen.«

Ich gestatte es ihm, zumindest eines davon.

Der Alkoven eines Wohnmobils ist nicht der günstigste Ort, um Liebe zu machen. Jan stößt sich etliche Male den Kopf an und ich die Ellbogen, und ich fürchte die ganze Zeit, wir könnten abstürzen. Das Sicherheitsnetz wirkt nicht sonderlich vertrauenerweckend und scheint mir nicht geeignet, einen ein Meter neunzig großen Mann, der zudem mächtig in Fahrt ist, aufzufangen. Aber es geht alles gut. Ich sehe Jans Gesicht über mir, seine Augen, die er im Augenblick des Höhepunkts schier fassungslos aufreißt, und höre sein Wimmern, als hätte er Schmerzen. Die Decke wölbt sich über seinem Kopf wie das weiße ausgeschlagene Innere eines Sarges. Sex und Tod, Bruder und Schwester, eines geht nicht ohne das andere. Ich bin nicht in der Lage, etwas anderes zu empfinden als bloße Aufregung, und zwar weniger untenrum als vielmehr im Kopf.

Jan verliert keine großen Worte darüber, dass ich noch Jungfrau gewesen bin mit fünfundzwanzig. Dafür bin ich ihm dankbar.

»Wir haben nicht verhütet«, sagt er, als wir nackt und aneinander gekuschelt die Hitze ausschwitzen.

»Mach dir deswegen keine Gedanken«, sage ich.

Er schaut mich fragend an, dann nickt er. Sein Blick schweift durch das Wohmobil, als sähe es nach seiner Einweihung als Liebeskutsche anders aus als zuvor.

»Ich will nicht, dass dir etwas zustößt«, sage ich. »Bitte, Jan, du musst mir versprechen, nie über den Deich zu gehen. Du darfst den dahinterliegenden Wald nie betreten. Du musst es schwören!«

Jan stützt sich auf den Ellbogen. »Autsch!« Sein Kopf ist schon wieder oben angestoßen. »Was ist hinter diesem Deich?«

Unter Tränen erzähle ich ihm von Stellas Tod. Ich erzähle, dass sie in jenem Waldstück zu Tode gekommen ist. Die Sumpfhexe erwähne ich nicht. Ich erzähle auch nicht, in welchem Zustand Stellas Leiche gefunden wurde.

Jan hat das zweite Siegel geöffnet. Ich hatte jahrelang nicht über Stella gesprochen.

»Oh«, sagt Jan. »Wow.« Er drückt mich ganz fest an sich. Rotz und Speichel laufen über Jans nackte

Brust. In diesem Moment habe ich das Gefühl, ich könnte nie mehr aufhören zu weinen.

16
Sommer 2003: Annie

»Zum Ende des Schuljahres musste Stella ein Referat halten. Thema waren geschichtliche Ereignisse, die direkte Auswirkungen auf das Leben in der Region hatten. Stella hatte die Hexenverfolgung im Philippsburger Raum gewählt. Sie hat sich total intensiv mit diesem Thema beschäftigt. Sie war fast schon besessen davon, dachte an nichts anderes.« Die Art, wie David das Gesicht verzog, machte mir klar, dass er sich dadurch vernachlässigt gefühlt haben musste.

Wir saßen beim Italiener. Mamas Lieblingskellner brachte unsere Pizzen, Apfelschorle für Mona und mich und Bier für David. Ich hatte meine Pizza selbst zusammengestellt und mit sämtlichen Gemüsesorten belegen lassen, die die Speisekarte hergab. Damals war ich naiv genug zu glauben, eine ausgewogene vegetarische Ernährung bestünde hauptsächlich darin, auf Fleisch und Wurst zu verzichten, und stattdessen jede Menge Gemüse zu essen.

David rümpfte über meine Auswahl die Nase. »Erbsen auf der Pizza, igitt. Und was soll das da sein?«

»Keine Ahnung …«

»Das sind Artischocken«, warf Mona hilfreich ein.

»Stella hat richtig viel recherchiert. Sie hat jede Menge Bücher zum Thema gelesen und sich häufig in der Schulbibliothek und in der Stadtbibliothek herumgetrieben. Sie hat sogar mit jemandem vom Heimatverein gesprochen, und mit allen möglichen anderen Leuten. Dabei tauchte immer wieder die Geschichte von der Sumpfhexe auf.«

Mona und ich hingen förmlich an Davids Lippen. Alles, was meine Schwester betraf, interessierte mich natürlich brennend. Von dem Referat hatte ich am Rande mitbekommen. Stella war eine fleißige Schülerin, aber ich hätte nicht gedacht, dass eine in der Schule gestellte Aufgabe sie so sehr in Anspruch genommen hatte, dass sie sich dafür mehrere Stunden täglich in ihrem Zimmer einschloss.

»Mehr als alles andere wünschte sie sich einen Computer, um im Internet zu recherchieren, aber sie hat gesagt, euer Großvater sei dagegen.« Er schaute mich verständnislos an, als hätte Opa Klaus Stella das Essen und Trinken verboten.

»Opa Klaus und Mama können damit nicht viel anfangen, das ist richtig. Außerdem sind die Dinger teuer.«

»Ich habe sogar einen eigenen PC in meinem Zimmer«, sagte David.

Seine Aufschneiderei ging mir auf die Nerven. David nervte echt. Mich nervte auch, wie er Bier in der Pizzeria trank, als wäre er längst volljährig. Er spielte mit seinem Bierdeckel herum und beobachtete mich. Ich tat, als wäre ich mit meiner Pizza beschäftigt. Ich wollte nicht, dass er merkte, dass ich seine Geschichte förmlich aufsog.

»Im mittelalterlichen Philippsburg kam eine Hexe und Mutter zweier Kinder auf grausame Art und Weise ums Leben. Es heißt, sie hätte sich mit dem Teufel verbündet.«

»Redest du über dieses Märchen vom Hexenwald?«, fragte Mona.

»Bingo. Stella hat einiges herausgefunden, was kaum einer weiß.«

Stella, was liest du?

Ist für die Schule, Annie. Es ist wichtig, und es ist hochinteressant.

Stella hatte sich in der letzten Zeit vor ihrem Tod stark zurückgezogen. Als ich Mama darauf ansprach, sagte sie, das sei ganz normal in Stellas Alter, als wäre ich zehn Jahre jünger und glaubte noch an Bienchen und Blümchen.

»Hast du nichts von dem Referat gewusst?«, fragte Mona. Obwohl ihre Frage unschuldig klang, nahm ich sofort eine Verteidigungsposition ein. Die Rolle der unwissenden kleinen Schwester behagte mir nicht.

»Ich wusste schon, dass sie etwas beschäftigt, aber ich hatte keine Ahnung, was«, beeilte ich mich zu sagen.

»Also, mir hat sie alles erzählt, was sie wusste«, sagte David. »Wollt ihr's hören?«

»Aber hallo.«

»Ich warte, bis ihr aufgegessen habt, es wird unappetitlich.«

»Fang endlich an«, sagte ich und wedelte ungeduldig mit der Hand.

»Es ist Anfang des neunzehnten Jahrhunderts passiert. Die Zeit der Hexenprozesse war offiziell längst zu Ende. Aber es gab noch genug verbohrte Menschen, die schon beim Anblick einer Rothaarigen misstrauisch wurden.«

Mona warf mir einen kurzen Seitenblick zu.

»Damals verlief der Rhein noch in Schlangenlinien. Erst später wurde er von Tulla begradigt. Ich habe versucht, Stella zu überreden, die Rheinbegradigung als Thema zu wählen, das wäre einfach neutraler, da hätte sie sich nicht so reingesteigert. Aber sie wollte unbedingt mit diesem Hexenkram weitermachen.« Er zuckte die Achseln.

»Jedenfalls gab's da in Philippsburg eine junge Frau, die man für eine Hexe hielt. Ich weiß nicht, warum. Von offizieller Seite kam keine Hilfe mehr; die Bürger mussten alleine zusehen, wie sie mit ihr zurechtkamen. Das damalige Stadtoberhaupt riet ihr, zu verschwinden, aber sie lehnte ab. Die Frau war die Magd eines reichen Bauern, sie hatte zwei kleine Kinder, einen Jungen und ein Mädchen, der Winter stand vor der Tür. Sie wussten nicht, wohin sie gehen sollten; bei dem Bauern hatten sie es verhältnismäßig gut, sie durften im warmen Stall leben, bei den Säuen, oder was weiß ich, welchen Viechern.«

Er machte eine Pause, wahrscheinlich um die Spannung zu erhöhen. Ich hätte ihn am liebsten ans Schienbein getreten. »Jetzt muss ich ein paar Bissen essen, sonst verhungere ich.«

Trotz meiner Ungeduld ließ ich ihn seine Pizza genießen. Mona schwieg, aber ich kannte sie gut genug, um zu merken, dass sie David nicht besonders gut leiden konnte. Hierin waren wir einer Meinung.

»Eines Tages sind sie dann gekommen und wollten sie aufhängen, in ihrem Stall. Den Bauern, der sie zunächst verteidigte – er wollte auf seine fleißige Magd nicht verzichten –, konnten sie schließlich überzeugen. Die Frau floh mitsamt den Kindern über die Felder, die Meute hinter ihnen her, um sich zu vergewissern, dass sie wirklich verschwanden und sich nicht wieder irgendwo einen Unterschlupf suchten. Es war Ende November und saukalt.«

Die Geschichte machte mir zu schaffen. Sie ging mir nahe. Ich stellte mir vor, wie die arme Magd weglaufen musste, ein Kind an jeder Hand, eine Horde Männer hinter ihr, geifernd und sabbernd wie streunende Hunde. Ich spielte mit meinem Besteck herum, um meine Nervosität zu verbergen.

»Schließlich schnitt ihnen der Rhein den Weg ab. Sie rannten zunächst am Flusslauf entlang, bis sie an ein Waldstück gerieten, wo das Gestrüpp zu dicht und der Boden zu sumpfig war, um es mit zwei kleinen Kindern zu durchqueren. Die Jäger waren ihnen mittlerweile gefährlich nahe gekommen. Vermutlich wollten sie mehr, als nur die Hexe zu verjagen; die Magd hielten sie für Freiwild. Da stieß diese einen Fluch aus, angeblich in einer fremden, unverständlichen Sprache – zumindest behaupteten die Männer das später. Gleich darauf stolperte einer von ihnen im unwegsamen Gelände und brach sich das Bein. Für ihre Verfolger Grund genug, an Hexenwerk zu glauben.

Nun hielten die Männer gebührend Abstand. Aber sie hatten ja den Auftrag, dafür zu sorgen, dass die Hexe nicht zurück nach Philippsburg kam. Sie versuchten das Waldstück niederzubrennen, aber die Witterung war zu feucht, das Holz fing kein Feuer, also hielten sie einfach Wache und umstellten das Wäldchen, mit Stöcken und Äxten bewaffnet. Lange würde es nicht dauern, bis die Hexe und ihre Kinder erfroren oder dem Hunger erlagen. Dachten sie.

Jedenfalls lebte die Hexe – ich nenn sie jetzt einfach mal so – noch eine ganze Weile, Tage, wenn nicht Wochen. Die Männer wechselten sich bei der Bewachung des Wäldchens ab. Ein paar gingen nach Hause, um sich den Bauch vollzuschlagen und sich auszuruhen, während andere die Wache übernahmen. In dieser Zeit fror die arme Frau, geschweige denn die Kinder, erbärmlich, und sie hatten nichts zu essen.

Nachts konnte man in ganz Philippsburg lautes Heulen vernehmen. Die beiden Kinder weinten vor Hunger.«

»Das ist furchtbar«, flüsterte Mona. »Ich kann mir das fast nicht anhören.«

»Eines Morgens in der Dämmerung standen die beiden Kinder vor den Jägern, mit blutverschmierten Mündern. Sie hatten überlebt. Sie erzählten, sie hätten Fleisch zu essen bekommen. Als der Hunger unerträglich wurde, hat ihre Mutter mit einem scharfen Stein Fleisch aus ihren Beinen herausgeschnitten und sie damit gefüttert.«

»Pfui Teufel, ist das widerlich!« Mona sprang auf und rannte aufs Klo, die Hand auf den Mund gepresst.

»Die Jäger holten den Pfarrer und fragten ihn um Rat. Er ließ die Kinder bei dem reichen Bauern unterbringen, der sie reumütig bei sich aufnahm. Der Pfarrer begleitete die Männer bei der Suche nach der sterbenden Hexe. Sie fanden sie, über und über voll Wunden, die sie sich selbst zugefügt hatte, um ihre Kinder zu retten. Sie lag im Sterben, aber sie schaffte es noch, die Jäger und den Pfarrer zu verfluchen. Dumm gelaufen, was?«

Ich schwieg. Mona kehrte aus der Toilette zurück, bleich wie Käse im Gesicht. Ein säuerlicher Geruch ging von ihr aus.

»Was meinst du, wie viel Fleisch sie aus ihrem Körper herausgeschnitten hat? Wie viel geht, bevor man verblutet?«

»Hör auf«, sagte ich mit einem Blick auf Mona, die ihren Teller mit dem Rest Pizza von sich wegschob.

»Jedenfalls, das Ende vom Lied: Stella hat sich schlau gemacht über die Sachen, die im Hexenwald passiert sind, und jetzt ist sie tot«, sagte David bitter.

»Das eine muss mit dem anderen nichts zu tun haben«, sagte Mona.

»Meinst du, jemand wollte verhindern, dass Stella noch mehr darüber herausfindet?«, fragte ich.

»Genau das meine ich«, sagte David und bestellte noch ein Bier. Seine Augen wurden langsam glasig.

»Dann sollten wir besser die Finger davon lassen«, sagte ich.

»Nö, aber wir müssen vorsichtiger sein.«

»Wir müssen überhaupt nichts sein! Warum überlassen wir das Ganze nicht der Polizei?«, rief Mona. »Wir sind Schüler, Jugendliche! Und ihr wollt Detektiv spielen. Wen willst du beeindrucken, David? Uns? Warum gehst du nicht einfach zu Selinas Vater oder dieser Frau Höllinger und erzählst denen, was du über Stellas Referat weißt?«

»Hab ich denen erzählt. Das hat sie nicht weiter interessiert. Aber Stella hat sich so intensiv damit beschäftigt, es war für sie mehr als nur eine

Schularbeit. Das hab ich denen auch gesagt, aber sie haben mich nicht ernst genommen.«

»Was habt ihr vor?«, fragte Mona. Ich zuckte die Achseln.

»Meinst du, das Referat gibt es noch?«, fragte David mich.

»Vermutlich schon«, sagte ich zögernd. »Stellas Sachen sind noch in ihrem Zimmer. Mama wollte sie nicht wegwerfen.«

»Dann musst du das Referat suchen«, sagte David. »Vielleicht steht etwas darin, das uns weiterhelfen könnte.«

17
Frühjahr 2013

»Du musst den Ast hier abschneiden … komm, ich zeige dir, wie du die Schere halten musst.«

Hanjo erklärt mir, wie man den Apfelbaum zurückschneidet, obwohl ich denke, dass ich nächstes Jahr wieder auf Hilfe von ihm angewiesen sein werde. Ich kann mit der Baumschere nicht gut umgehen, sie ist mir zu schwer. Trotzdem höre ich ihm gerne zu. Lehren bereitet Hanjo Spaß, niemals wirkt er allwissend oder herablassend; er ist wie geschaffen dafür, anderen Menschen etwas beizubringen. Er wäre ein ausgezeichneter Lehrer.

Und ein hervorragender Vater.

Mama sitzt im Wohnzimmer und liest in einer Zeitschrift, während Hanjo unseren Vorgarten auf Vordermann bringt. Ich habe sie gebeten, Sandwiches zu machen, aber sie hat abgelehnt. Es geht ihr heute ganz und gar nicht gut. Ihre Hände verwandeln sich zunehmend in Klauen, ihr Gesicht wirkt durch den dauernden Schmerz verzerrt. Wenn sie durch die Villa Grün humpelt, fehlt nur noch ein Rabe auf ihrer Schulter.

Es gibt einen weiteren Grund, warum Mama uns Hilfe verweigert, und das ist ihre persönliche Abneigung gegen Hanjo. Seit Hanjo mir vor fast zwanzig Jahren mit der Geschichte von der Sumpfhexe solche Angst eingejagt hat, dass ich nachts nicht mehr schlafen konnte, hatte sie ihn auf dem Kieker. Mittlerweile müsste sie ihm längst verziehen haben, aber sie kann höllisch stur sein. Mama drückt sich im Haus herum, damit sie ihm nur ja nicht begegnet, und überlässt mir das Danke sagen. Ihr unhöfliches Verhalten ist mir peinlich; also erzähle ich Hanjo von ihren Beschwerden, nutze sie als Vorwand dafür, dass sie es nicht mal nötig hat, sich kurz in der Haustür blicken zu lassen und ihn zu grüßen.

Zum ersten Mal seit Wochen hat der Regen aufgehört. Die Sonne traut sich noch nicht hinter den Wolken hervor, und das Wasser des Rheins steigt und steigt, aber wir hoffen trotzdem auf angemessenes und schönes Frühlingswetter in den nächsten Tagen.

Hanjo ist verschwitzt, seine Arbeitsklamotten sind voll mit Holzspänen. Schmutzspuren zieren sein Gesicht. Jedem anderen hätte es jetzt gereicht. Er dagegen ackert bis zur Erschöpfung, um uns diesen Gefallen mit dem Garten zu tun. Er verspricht, sich dieses Jahr noch um die Rückseite des Hauses zu kümmern, ein völlig verwildertes und überwuchertes Gartenstück, das von uns stets links liegen gelassen wurde.

»Das ist doch ideal für Grillfeste«, sagt er. »Niemand kann dir da hinten auf den Teller gucken, und du sitzt mitten im Grünen.«

Es dämmert, als wir Schluss machen. Ich bin völlig am Ende, sitze seit einer Stunde auf der Gartenbank und schaue ihm zu, wie er Pflanzen umtopft und den Boden mit der Harke auflockert.

»Ich habe Kohldampf«, sagt Hanjo. »Was hältst du von einer Pizza?«

»Ich gehe beim Italiener welche holen«, sage ich.

Hanjo geht nach Hause, um sich zu duschen und umzuziehen. In der Zwischenzeit mache ich mich auf den Weg zur Pizzeria. Ich gehe zu Fuß, weil es nicht weit ist. Der Vollmond taucht die Straßen in geisterhaftes Licht. Es ist eine schöne Nacht, kühl und sternenklar.

Auf meinem Rückweg nähert sich von hinten ein Auto. Am Motorengeräusch höre ich, wie es langsamer wird und neben mir anhält. Der Fahrer lässt die Scheibe herunter.

»Kannst du mir sagen, wie ich zum Fischerhaus komme?«, fragt er.

»Sie müssen wenden, dann an der Kreuzung links Richtung Rheinschanzinsel abbiegen. Das Fischerhaus ist ausgeschildert. Einmal ums Kernkraftwerk außen rum, dann sind Sie schon auf dem Parkplatz«, antworte ich, mühsam die Pizzakartons und eine Flasche Merlot balancierend.

Der Fahrer mustert mich unverhohlen. Sein BMW steht im Licht einer Straßenlaterne, so dass ich sein Gesicht gut erkennen kann. Er ist schätzungsweise Anfang Zwanzig und recht hübsch. Mit seinen dunkelblonden, schulterlangen lockigen Haaren sieht er aus wie ein Rockstar aus den Achtzigern, vielleicht wie der junge Jon Bon Jovi.

»Es ist leicht zu finden«, sage ich und mache Anstalten, weiterzugehen.

»Warte«, sagt er in einem unerwarteten Befehlston, und ich bleibe automatisch stehen. Gelächter dringt aus dem Auto. Ich kann die Umrisse eines Beifahrers erkennen. Die hinteren Scheiben sind abgedunkelt, vermutlich sitzen da auch noch welche. Mir wird mulmig.

»Hast du Lust auf eine Party?«, fragt der Fahrer. »Ein Freund von mir feiert im Fischerhaus seinen Dreißigsten.«

»Die hat ihre eigene Party, sieh doch mal, was sie in der Hand hält«, sagt sein Beifahrer. »Die hat was zu trinken.«

»Das gibt es bei uns erst recht. Und ich hab auch was, das sie in der Hand halten kann.« Wieder Gelächter.

»Duschen müsste sie vorher. Ihr Pullover ist ganz schmutzig.«

»Ich hab's gerne schmutzig«, sagt der Fahrer. »Aber sie ist nicht wirklich mein Typ.«

Mit quietschenden Reifen braust der BMW los und wendet am Ende der Straße. Viel zu schnell rast er erneut auf mich zu; einen Moment lang denke ich, er wird mich überfahren, das Auto wird meinen Körper gegen eine Hauswand schleudern, wo meine Knochen zerbersten werden wie dünnes Glas. Aber es rast an mir vorbei, während der Fahrer auf die Hupe drückt, dass ich erschrocken zusammenzucke und beinahe die Pizza und den Wein fallen lasse.

»Ihr blöden Arschlöcher!«, rufe ich dem Wagen hinterher, der mit kreischenden Reifen auf die Insel abbiegt.

Trotz der Kühle essen wir draußen. Ich möchte den neu hergerichteten Garten genießen. Außerdem möchte ich Mamas griesgrämigem Gesicht nicht begegnen. Wir sitzen auf der verwitterten Gartenbank, die Hanjo ein andermal abschleifen möchte, beide im Fleecepullover und mit Schal um den Hals, und essen direkt aus dem Karton.

Die Pizza wird schnell kalt in der Abendluft. Trotzdem schmeckt sie ausgezeichnet. Hanjo schleckt sich Fett vom Kinn.

»Wie läuft es mit deinem Lover?«, fragt er. Es war klar, dass er früher oder später darauf zu sprechen kommen muss.

»Du meinst Jan? Er ist übers Wochenende nach Hause gefahren, ein paar Dinge erledigen. Er ist aber nicht wirklich mein Lover, mehr ein Freund.«

»Natürlich ist er dein Lover. Du hockst doch ständig bei ihm da draußen.«

Ich versuche in Hanjos Gesicht zu lesen. Frage mich, ob er derjenige sein könnte, der mich beobachtet. Ob er in den Wohnwagen geschaut hat, als Jan und ich miteinander geschlafen haben. Ich selbst habe stets einen der Vorhänge ein Stück beiseite gezogen, um nach draußen zu sehen, und die Insel im Blick haben zu können. Ich versuche mir vorzustellen, wie Hanjo sein Gesicht an die Scheibe presst, um durch diesen Spalt zu linsen.

Blödsinn, Annie, sage ich mir. Meine Paranoia wuchert in meinem Gehirn wie Unkraut im Frühling.

»Stella ist jetzt seit zehn Jahren tot«, sagt Hanjo. »Die Zeit läuft ab.«

Ich schweige. Ein Kloß sitzt in meinem Hals. Warum muss er jetzt davon anfangen und diesen schönen Abend verderben?

»Ich höre die Schreie der Hexe«, sagt er. »Nachts, in meinem Kopf. Sie leidet Hunger. Sie muss essen.«

»Ich höre es auch«, sage ich.

»Ich werde der Nächste sein«, sagt Hanjo.

»Spiel nicht den Märtyrer!«

Er schaut mich an. »Warum nicht? Ich bin an der Reihe. Ich habe dich damals im Stich gelassen, als Stella …«

»Nein, Hanjo. Bitte nicht. Ich brauche dich hier …«

Hanjo isst schweigend weiter. Meine Pizza schmeckt wie der Karton, in dem ich sie hergetragen habe, und der Wein scheint mit einem

Mal sauer geworden zu sein. Die Stimmung ist dahin.

»Ich sorge dafür, dass die Schreie verstummen«, sage ich. »Verlass dich auf mich.«

18
Frühjahr 2013: Emily

Emily zieht den Vorhang zur Seite, um Annie und Hanjo zu beobachten. Das Fenster in der Gästetoilette neben der Haustür ist das einzige, aus dem man den Vorgarten überblicken kann. Hanjos Anwesenheit macht sie ganz krank. Sie mag den jungen Mann nicht, hat ihn nie gemocht. Es ist eine tiefe innere Abneigung, die sie nicht überwinden kann und es auch gar nicht will, und die sich auf das Verhältnis zwischen ihm und ihrer jüngsten Tochter bezieht, das von einem gegenseitigen Vertrauen geprägt ist, von einer tiefen Verbundenheit.

Emily will nicht, dass Hanjo sich in ihrem Garten aufhält. Sie will nicht, dass er diese Arbeiten übernimmt, für die sich Herr Kreuzer von gegenüber hilfreich angeboten hatte. Aber Annie engagierte Hanjo über ihren Kopf hinweg, und Emily fielen auf die Schnelle keine Argumente dagegen ein. Annie hat sich nie daran gestört, dass Emily Hanjo nicht leiden mag.

Ihre Abneigung gegen den jungen Nachbarn hat mit Annies Vater zu tun. Offiziell war Henning mit ihr zusammen, jeder in der Straße wusste das. Aber später fand Emily heraus, dass es noch eine andere neben ihr gab, eine heimliche Geliebte.

»Die zwei werden einmal heiraten«, hatte Marilyn auf einer Gartenparty über Hanjo und Annie gescherzt, damals, vor unendlich vielen Jahren, in einem anderen Leben, in einer anderen Welt. Als Stella ein schlaksiges Mädchen war, zehn Jahre alt und voller Leben, und sich affektiert beschwerte, weil sie auf ihre jüngere Schwester aufpassen sollte.

»Das kann der doch machen«, sagte Stella und deutete auf Hanjo. »Der passt doch sowieso auf sie auf, ob ich dabei bin oder nicht.«

Hanjo und Annie standen mit sicherem Abstand neben dem Grill, auf dem Würstchen und Maiskolben brutzelten. Damals aß Annie noch Fleisch und wartete mit glänzenden Augen auf das Brot, das Opa Klaus kurz auf den heißen Rost legte, um es knusprig zu rösten und über einem Würstchen zusammenzuklappen.

»Sie sehen sich sogar ähnlich, findest du nicht?«, sagte Marilyn.

Emily drehte sich um und blickte in Hanjos dunkle Augen. Der Junge schaute sie direkt an, und sie meinte ein Wissen zu erahnen, eine Verschlagenheit in diesen ergründlichen dunkelgrauen Augen mit den buschigen Augenbrauen, die sich markant darüber wölbten. Graue Augen mit buschigen Augenbrauen, wie Annie sie hatte. Wie Henning sie gehabt hatte. Der Bissen Steak war Emily beinahe im Hals stecken geblieben.

Sie weiß, dass es in der Ehe von Familie Kramer vor Hanjos Geburt gekriselt hatte. Herr Kramer war häufig geschäftlich unterwegs und hatte versäumt, sich um seine Frau zu kümmern, die zu diesem Zeitpunkt dem Alkohol nicht abgeneigt war und munter in Richtung Abhängigkeit schlitterte. Eines Tages war Frau Kramer schwanger. Herr Kramer nahm einen anderen Job an und war öfter zuhause, und seine Frau trat einer Selbsthilfegruppe bei. Sie hörte auf zu trinken und der kleine Hanjo wurde geboren. Die Vorgartenidylle war wiederhergestellt. Keiner war auf die Idee gekommen, dass Herr Kramer nicht der leibliche Vater des kleinen Hanjos sein könnte. Vermutlich nicht einmal Herr Kramer selbst.

»Jemand zuhause?« Marilyn winkte mit der Gabel vor Emilys Augen hin und her.

An diesem Abend betrank sich Emily zum ersten Mal in ihrem Leben. Sie war so dicht, dass sie es später nur mit Opa Klaus' Hilfe ins Haus schaffte. Hinterher konnte sie sich an kaum etwas erinnern. Nur an dieses Gespräch mit Marilyn, und an Hanjos Augen, die aufmerksam verfolgten, wie sie von ihrem Vater ins Haus geschleppt wurde. An diese weisen, grauen Kinderaugen, unergründlich wie ein Irrgarten, die ein Geheimnis hüteten.

Dasselbe Geheimnis wie Annie.

*

Die Haustür knallt ins Schloss. »Mama, wo steckst du?«

»Toilette«, antwortet sie.

»Schon wieder? Hast du etwa Darmgrippe?«

»Nee, alles paletti.« Emily schämt sich. Fühlt sich wie ein billiger Voyeur. Mühsam humpelt sie aus der winzigen Gästetoilette hinaus in den Flur, wo Annie mit in die Hüften gestemmten Händen vor ihr steht und sich eine rote Haarsträhne aus der verschwitzten Stirn bläst.

»Wie lange braucht ihr denn noch?«, fragt Emily.

»Du klingst vorwurfsvoll«, sagt Annie. »Sei froh, dass Hanjo hilft.«

»Bin ich auch.«

Annie mustert sie aufmerksam, setzt an, etwas zu sagen, verkneift es sich aber.

»Wir haben Hunger«, sagt sie stattdessen. »Ich mache uns ein paar Käsebrötchen.«

»Ist gut.«

Auf dem Weg in die Küche verteilt Annie Schmutz aus dem Profil ihrer Schuhe, Krümel für Krümel zeichnen ihren Weg. Wie die Brotkrumenspur in diesem Märchen mit den im Wald ausgesetzten Kindern, denkt Emily, und wundert sich, warum sie gerade jetzt daran denkt.

»Oh«, sagt Annie. »Tut mir leid.« Aber sie sieht nicht aus, als täte es ihr leid. Sie hätte die Schuhe ausziehen können, aber Emily weiß, was Annie ihr damit sagen will: es wäre eigentlich Emilys

Aufgabe, den beiden etwas zu essen zu richten. Aber Emily kann nicht. Sie bringt es nicht fertig, den jungen Mann aus der Nachbarschaft zu verköstigen. Sie will das einfach nicht. Außerdem möchte sie ihren Posten im Bad nicht verlassen. Sie will hören, was gesprochen wird, obwohl Annie und Hanjo bisher nur über ihre Gartenarbeit geredet haben.

Annie trinkt direkt aus der Milchtüte und beobachtet Emily über den Rand hinweg. Sie benimmt sich absichtlich provokativ, denkt Emily, wie sie es als Teenager manchmal gemacht hat. Weil Annie sauer ist. Emily weiß, warum: Annie erwartet, dass sie sich Hanjo gegenüber zugänglicher zu benehmen hat. Das erwartet sie zu Recht, denkt Emily, aber ich fühle mich dazu nicht in der Lage. Ich kann nicht und ich will nicht.

Am liebsten würde sie nach draußen humpeln und Hanjo aus ihrem Garten verscheuchen. Sie erträgt seinen Anblick nicht, das Wissen, dass er das Produkt der Untreue ihres Geliebten ist, und sie erträgt das Geheimnis nicht, das er mit ihrer Tochter teilt, obwohl sie keine Ahnung hat, was für ein Geheimnis es ist.

Sie befürchtet, dass es etwas mit Stella zu tun hat.

Annie lässt die Kühlschranktür offen stehen, während sie Brötchenhälften aufschneidet, mit Butter bestreicht und mit Leerdamer belegt. Sie drapiert die Brötchenhälften auf einer Servierplatte und geht wieder nach draußen, wobei sie der Kühlschranktür mit dem Ellbogen einen Schubs gibt, damit sie zuschlägt. Die Käseverpackung hat sie einfach auf der Arbeitsplatte liegen lassen, genau wie die Butter. Auch die Milchtüte steht draußen. Emily räumt alles auf. Nicht, weil sie meint, dass sie ihrer fünfundzwanzigjährigen Tochter hinterherräumen muss. Sondern weil sie Verständnis für Annies kindisches Benehmen hat. Sie denkt, dass sie sich selbst genauso kindisch benimmt.

Zumindest muss Annie das so vorkommen.

Emily geht wieder ins Bad, und als sie den Vorhang zur Seite ziehen will, dreht Annie sich zu ihr um und schaut sie direkt an. Emily lässt den Vorhang los. Sie muss aufhören, die beiden die ganze Zeit anzustarren. Sie denkt, dass sie sich am besten ein bisschen hinlegt.

Sie kann nicht einschlafen. Sie denkt an die Zeit nach Stellas Tod.

Die Leute sagen, es gäbe nichts Schlimmeres, als ein Kind zu verlieren. Das stimmt nicht. Es gibt nämlich noch etwas Schlimmeres für eine Mutter. Noch schlimmer ist es, ein Kind durch Mord zu verlieren, und sein Geschwister der Tat zu verdächtigen.

Offiziell war Annie nicht als Täterin in Betracht gekommen. Zum einen gab es diesen zwanzig Jahre zurückliegenden Mordfall. Zum anderen konnte sich niemand erklären, wie Stellas Leichnam in so kurzer Zeit skelettieren konnte. Annie passte so ganz und gar nicht in Frau Höllingers Täterprofil. Aber wenn es keine nennenswerte Spur gab, hätte dann nicht jeder der Täter sein können?

Jeder? Oder jede?

Die Trauer um Stellas Tod hatte Emily an den Rand des Wahnsinns gebracht. Sie hätte es nicht ertragen, auch ihr anderes Kind zu verlieren, und das wäre womöglich passiert, wenn sie ihren Verdacht der Polizei mitgeteilt hätte. Auch Opa Klaus musste so gedacht haben, als Annie an jenem Abend blutüberströmt nach Hause kam. Er hatte das Mädchen gebadet, das Blut aus den Haaren gewaschen, den Schmutz unter den Fingernägeln herausgekratzt. Hatte dafür gesorgt, dass Annie zumindest äußerlich sauber und ordentlich aussah, bevor er die Polizei verständigte. So hatte es den Anschein erweckt, als hätte sie den Hexenwald nicht einmal betreten.

Als David in der Villa Grün ums Leben kam, verstärkte sich Opa Klaus' Misstrauen seiner Enkelin gegenüber. Emily war sicher, dass Annie David nicht gestoßen hatte, aber sie sah keine Zukunft für ihre Tochter in diesem Haus. Nicht bei ihrem angeschlagenen Gesundheitszustand und Opa Klaus' Verdacht Annie gegenüber. Opa Klaus hatte ihr gestanden, dass er nach Stellas Tod beinahe der Versuchung erlegen war, Annie in der Badewanne zu ertränken. Er machte Annie für Stellas Tod verantwortlich. Bei Verena in Heilbronn war Annie in Sicherheit. Weit weg von Opa Klaus' ohnmächtigem Zorn, weit weg von Emilys Trauer und ihrer Depression, weit weg von den schrecklichen Erinnerungen. Weg von diesem Hexenkult, von dem Emily überzeugt war, dass er in Philippsburg betrieben wurde, und in den Annie hineingeraten war. Nicht mit böser Absicht. Zweifellos hatte Annie selbst unsäglich gelitten, als ihre Schwester gestorben war. Jemand hatte sie da hineingezogen, und dann war Stella irgendwie ums Leben gekommen, vielleicht durch einen dummen Zufall. Emily dachte an die dunkel gekleidete Gestalt an Stellas Grab, die Person mit der schwarzen Kapuze. Hatte sie etwas zu tun mit diesem Kult? Gab es einen Orden, eine Sekte in Philippsburg, die ein dunkles Ritual betrieb? Die Polizei hatte keine Hinweise gefunden.

Annie war ein heiteres, fröhliches Kind gewesen, bis zu jenem Tag, als dieser Hanjo ihr solche Angst eingejagt hatte. Die beiden hatten zusammen gespielt, und plötzlich kam Annie weinend zu ihr, völlig verängstigt und verstört. In der darauffolgenden Nacht weinte sie und erzählte zum ersten Mal von der Sumpfhexe.

Sie weinte nicht nur in jener Nacht, sondern in den Nächten danach auch, mehrere Jahre lang. Emily hatte Hanjos Eltern zur Rede gestellt. Seine

Mutter schwor, dass sie nicht wusste, woher Hanjo diese Geschichte kannte; vermutlich hatte er sie in der Schule aufgeschnappt, er ging mittlerweile in die erste Klasse. Bestimmt hatte er nicht beabsichtigt, Annie eine solche Angst einzujagen, sagte Frau Kramer.

Dennoch …

Emily blinzelt. Es ist dunkel geworden. Sie ist tatsächlich auf der Couch eingeschlafen. Sie hörte Annie im Flur rumoren; die typischen Geräusche, wenn jemand das Haus verlässt. Das Klimpern des Schlüsselbundes, das Rascheln einer Jacke. Dann die Haustür, leise ins Schloss gezogen, und das Drehen des Schlüssels im Schloss.

Emily richtet sich auf. Sie muss dringend zur Toilette, aber das muss warten. Mühsam humpelt sie in die Küche. Es riecht nach Pizza. Ein leerer Karton steht ordentlich zusammengefaltet neben dem Papiermülleimer, eine leere Weinflasche thront daneben, ein einsames übriggebliebenes Stück Pizza liegt auf einem Teller auf dem Esstisch. Haben die beiden hier Wein getrunken und zu Abend gegessen? Ist dieser Hanjo tatsächlich im Haus gewesen, während Emily geschlafen hat? Nein. Das würde er nicht tun. Er hat das Haus nicht betreten, seit es diesen Streit gegeben hat, damals vor mehr als zwanzig Jahren, als Annies Alpträume begannen.

Zumindest nicht während ihrer Anwesenheit. Und so wenig sie Hanjo mag: Diese Dreistigkeit passt nicht zu ihm. Er hat Emilys Abneigung stets respektiert.

Emily schließt die Haustür auf und blickt nach draußen. Es ist kühl; ihr Atem kondensiert sofort zu einer kleinen Dampfwolke. Annie ist nicht mehr zu sehen. Im Kramer-Haus ist alles still und dunkel. Annie ist also vermutlich nicht dort.

Sie ist fünfundzwanzig, hör auf, ihr hinterher zu spionieren, sagt sie sich.

Ich spioniere nicht. Ich …

Immer, wenn die beiden zusammen sind, hat Emily das Gefühl, dass gleich etwas Schlimmes passieren wird.

Emily setzt sich an den Küchentisch. Das Gefühl ist wieder da, das Gefühl, dass etwas nicht stimmt. Dass etwas ganz Schreckliches geschehen wird. Nur, dass es kein Gefühl mehr ist. Es ist Gewissheit.

19
Sommer 2003

Das Schlimmste war der Geruch.

In Stellas Zimmer war es unangenehm kalt; die Heizung stand auf dem Sternchen, das ein Einfrieren der Wasserleitungen verhindern sollte, aber nicht wirklich wärmte. Es roch muffig, wie es nun mal in Zimmern riecht, die längere Zeit nicht gelüftet wurden. Aber es roch auch nach Stella, und das war kaum auszuhalten.

In ihrem Zimmer befand sich ein kleines Waschbecken, an dem sie sich manchmal die Haare gewaschen hatte, und der Duft nach ihrem Apfelshampoo lag ganz schwach in der Luft. Die Flasche stand auf der Ablage neben ihrer Haarbürste, ebenso Stellas Zahnputzzeug. Der Becher war blitzsauber. *Zahnputzbecher täglich reinigen*, hängte ich in Gedanken an meine To-Do-Liste, die mich zu einem besseren Menschen machen sollte, und ich dachte mit Wehmut an Mamas Gemecker, wenn sie zum Saubermachen ins Bad im Obergeschoss gekommen war, und sich über mein mit eingetrockneter Zahnpasta verklebtes Zahnputzglas beschwert hatte.

Ich wagte nicht, die Tür zuzuziehen. Stellas Präsenz war einfach zu gruselig. Unter dem Waschbecken stand ein kleiner Hocker, den ich in den Türrahmen stellte; dazu drehte ich den Schlüssel um, damit der Riegel ein Zuknallen verhinderte. Es war lächerlich, aber ich bildete mir ein, die Tür könnte wie von Geisterhand ins Schloss fallen, während eine skelettierte Hand unter dem Bett hervorschoss, um mich in die Ewige Finsternis zu zerren. Ich schaltete das Radio ein, um mir mit der Musik Mut zu machen. Gleich darauf schaltete ich es wieder aus, denn so würde ich das Kratzen der herankriechenden Fingernägel auf den Bodendielen nicht hören.

Opa Klaus hatte Spätschicht. Er hätte es vermutlich als pietätlos empfunden, dass ich hier herumschnüffelte, und vermutlich war es das auch. Mein Aufenthalt in diesem Zimmer hätte sein Misstrauen mir gegenüber noch mehr geschürt. Trotzdem hätte mich seine Anwesenheit im Haus beruhigt.

Zunächst suchte ich in Stellas Schultasche und in den Schreibtischschubladen. In der untersten Lade wurde ich fündig. Das Referat befand sich in einem leuchtend roten Ordner; *blutrot*, dachte ich. Es war ein rohes Manuskript, mit unterschiedlichen Blättern, von kariertem bis liniertem und reinem weißen Schreibmaschinenpapier war alles vorhanden, aber alle Seiten waren von oben bis unten vollgeschrieben. Stella hatte jeweils rechts einen Rand für Notizen gelassen. Dazu fand ich eine Menge Kopien aus Büchern und historisches Kartenmaterial von Philippsburg. Die Karten waren ganz hinten in einer Klarsichthülle abgeheftet.

Zunächst begannen ihre Aufzeichnungen mit einer Liste von Facharbeiten zum Thema Hexenprozesse und der Rolle der Kirche dabei; David hatte mir erzählt, dass er Stella geholfen hatte, diese Liste zu erstellen; einige der Arbeiten hatte sie sich von ihm downloaden und ausdrucken lassen. Ich überflog die Liste nur kurz. Immer wurde wurde ein Buch erwähnt, »Maleus Maleficarum«, der Hexenhammer, in dem zur Anwendung gekommene Folterpraktiken erläutert wurden. Mir wurde richtiggehend schlecht. Ich warf einen Blick in Stellas Bücherregal: tatsächlich, da stand das entsprechende Buch. Ich blätterte darin und entdeckte eine Zeichnung, auf der eine Hexe an auf ihrem Rücken verschnürten Handgelenken an einem Deckenbalken aufgehängt war. Das musste irrsinnig schmerzen. Schnell klappte ich das Buch zu. Ich würde das auf keinen Fall lesen. Und David würde ich auch nichts verraten. Sollte er selbst sehen, wo er dieses grässliche Buch auftrieb, wenn er es haben wollte.

Stella hatte ein Register angelegt. Unter »Interviews« fand ich ihre Notizen zu Gesprächen, die sie mit allen möglichen Leuten geführt hatte. Ein gewisser Herr Maurer, pensionierter Geschichtslehrer und Mitglied im Philippsburger

Heimatverein, hatte ihr schließlich die Geschichte erzählt, die Mona die Pizza versaut hatte.

Herr Maurer wusste auch über das Schicksal der Männer Bescheid, die die bedauernswerte Magd in den Tod gehetzt hatten. Es waren zehn Männer, und keiner von ihnen war eines natürlichen Todes gestorben. Zwei Monate nach den Ereignissen wurde der erste von ihnen von seinem eigenen Karren überrollt, als er im Schnee ausrutschte. Kurz darauf brach ein anderer auf dem zugefrorenen See ein und ertrank. Der nächste stürzte im Frühling vom Apfelbaum und brach sich das Genick. So ging es immer weiter. Auch der Pfarrer wurde eines Morgens tot in seinem Bett gefunden, grau im Gesicht und mit weit heraushängender Zunge, als wäre er erstickt.

Es schien, als hätte der Geist der Hexe sich an ihnen gerächt.

Über die überlebenden Kinder konnte ich keine Informationen finden. Aber das war auch nicht nötig.

Eine Hand legte sich auf meine Schulter. Schreiend sprang ich in die Höhe und warf den Ordner von meinem Schoß. Die Blätter flatterten wild umher, rutschten aus der Klarsichtfolie und schlitterten über den Boden. Ich fuhr herum. Im ersten Moment dachte ich, Stella stünde vor mir, oder besser gesagt Stellas Geist. Ihr fahles, eingefallenes Gesicht wurde von strähnigem dunklen Haar umrahmt. Ihre Kleider hingen viel zu groß an ihrem ausgemergelten Körper.

»Hilfe!«, schrie ich, »Hilfe!«

»Habe ich dich erschreckt? Das tut mir leid.« Es war Mama. Oh Gott, es war Mama, und sie sah aus, wie ich mir die tote Stella vorstellte, wenn sie aus dem Totenreich zurückkäme, um sich an ihrem Mörder zu rächen. Mama war klapperdürr geworden. Sie sah aus wie eine Puppe, die man aus einem Besenstiel, einer Perücke und dürftig ausgestopften Klamotten gebastelt hatte. Voll gruselig, irgendwie.

»Möchtest du etwas essen?«

Ich war so platt, dass ich »Ja« sagte, obwohl es mir beim Anblick der aufgehängten Frau den Appetit verschlagen hatte. Ich schloss die Augen und zählte von Zehn bis Eins. Es half ein wenig. Mama schien sich nicht zu wundern, was ich in Stellas Zimmer zu suchen hatte.

»Ich komme gleich. Ich muss nur schnell aufräumen.« Zweifelnd warf ich einen Blick auf das Referat. Stella hatte die Seiten nicht nummeriert. Ich würde sie nie wieder anständig sortiert bekommen.

»Was für eine Unordnung Stella hinterlassen hat – das ist so untypisch für sie«, sagte Mama, als sie sich umdrehte und zur Tür hinausging.

»Ich mach das schon«, sagte ich und raffte die Unterlagen zusammen. Sortieren würde ich sie ein andermal. Schnell brachte ich den Ordner in mein

Zimmer und schob ihn zu den Staubflusen unters Bett, wo ihn niemand finden würde. Ich beeilte mich, Mama nach unten zu folgen. Sie sah furchtbar aus, wie sie sich Stufe für Stufe die Treppe runter bewegte, eine Hand am Geländer. Ich wünschte mir nichts sehnlicher, als meine alte Mama zurück zu bekommen. Meine frühere Mama, der ich von meinen Erlebnissen in der Schule erzählen konnte. Mit Mama hatte man nämlich voll gut ablästern können über so herrische Zicken wie Alice. Mama hatte ihre Macken, aber ich habe sie stets über alles geliebt. Und in diesem Moment dachte ich, dass ich einen Mord begehen würde, wenn ich dafür meine alte Mama zurückbekäme.

20
Frühjahr 2013: Annie

Mein Kleiderschrank gibt nichts Passendes her. Ich besitze weder einen kurzen Rock noch ein sexy Top. Auf einem Bügel hängt ein schickes Kostüm, ein Zweiteiler und das einzige Kleidungsstücke, das ich auf seltenen geschäftlichen Anlässen getragen habe, aber für heute Abend taugt es nichts; dafür ist es zu zugeknöpft. Schließlich entscheide ich mich für eine enge dunkle Stretch-Jeans und Velourlederstiefel; ich werde sie später wegwerfen müssen, weil sie schwer zu reinigen sind, aber das ist das geringste Problem. In Mamas Bad krame ich einen alten Kayal und hellroten Lippenstift hervor. Seltsam komme ich mir vor, ich schminke mich sonst nie, und ich finde, ich sehe schrecklich gekünstelt aus. Ich muss leise sein, um Mama nicht aufzuwecken.

Auf den Straßen ist nicht viel los, es ist spät, schon kurz nach Mitternacht, und niemand sieht mich, als ich alleine über die Insel marschiere.

Bis zum Fischerhaus sind es knapp zwanzig Minuten. Ich bin durchgefroren, als ich ankomme, die Temperatur liegt bei fünf Grad über Null, aber mir bleibt nichts anderes übrig, als im Schatten eines Baumes zu warten. Immer wieder kommen Menschen aus dem Fischerhaus, um eine Zigarette zu rauchen. Von drinnen ertönt Musik. Ich versuche die Frage zu verdrängen, was ich tun werde, wenn er nicht herauskommt, oder wenn sich schlicht keine Gelegenheit ergibt, auf mich aufmerksam zu machen, ohne dass das halbe Fischerhaus davon Wind bekommt. Aber das Glück ist auf meiner Seite. Eineinhalb Stunden später sind meine Hände steif gefroren und mein Körper zittert unkontrolliert vor Kälte, als der BMW-Fahrer mit einem Freund vor die Tür kommt.

Sie rauchen eine Zigarette, treten von einem Bein aufs andere, um die Kälte zu vertreiben, unterhalten sich, lachen.

»Ich gehe mal pissen«, sagt der Freund und geht ein paar Meter in die Dunkelheit hinein.

»Drin ist eine Toilette, du Schwein«, sagt mein Rockstar. Er steht auf den Eingangsstufen vom Fischerhaus. Es ist eine gute Gelegenheit, und lange kann ich die Kälte sowieso nicht mehr ertragen.

»He«, zische ich. »He, du.«

Natürlich kann es schief gehen. Er kann mich ignorieren, oder sein Freund kann zurückkommen. Aber wieder reicht mir Fortuna die Hand. Der Rockstar guckt irritiert in meine Richtung, sieht nur Schatten unter den Bäumen und undurchdringliche Dunkelheit.

»Ja, du«, zische ich.

»Wer ist da?« Er läuft die Treppe hinab und kommt über den Parkplatz in meine Richtung.

Das Schwein taucht aus der Dunkelheit auf. »He, Mike, das Klo ist da drin, hast du selbst gesagt.« Bitte, geh weg, Schwein.

»Ich gehe rein. Saukalt hier draußen.« Die Tür geht auf, das Schwein geht ins Fischerhaus. Der Rockstar und ich sind alleine. Er kneift die Augen zusammen und versucht etwas zu erkennen. Ich trete aus dem Schatten heraus auf ihn zu.

»Ich bin es«, sage ich einfach.

Er erkennt mich nicht gleich, überlegt, scheint sich nicht sicher zu sein. »Komm näher«, sage ich.

»Die kleine Pizzabotin«, sagt er. »Was tust du hier?«

»Du hast mich doch eingeladen.«

»Ich habe mich schon gewundert. Du wärst die erste, die mir einen Korb gibt«, sagt er großkotzig. Ich lächle, obwohl er das in der Dunkelheit nicht sieht.

»Es ist saukalt. Komm mit rein.«

»Ich hatte an was anderes gedacht«, sage ich. Mein Herz rast wie verrückt, und das nicht, weil ich in Sachen Anmache kaum Übung habe.

»Wo steht dein Auto?«, frage ich.

Er zögert maximal fünf Sekunden. Dann tritt er auf mich zu und zieht mich besitzergreifend an sich. »Gott, bist du kalt, soll ich etwa einen beschissenen Kühlschrank ficken?«

Mein schlechtes Gewissen Jan gegenüber ist größer als die Scham und das Gefühl der Erniedrigung. Gut, dass Jan übers Wochenende nach Hause gefahren ist, sonst hätte ich das hier wohl nicht durchgezogen. Mike führt mich zu seinem BMW. Die Polster sind angenehm weich, die Heizung springt schnell an. Ich würde am liebsten einfach sitzen bleiben, für den Rest meines Lebens, und den Dingen ihren Lauf lassen, aber das geht nicht.

»Ich kenne eine kleine Hütte, nicht weit von hier«, sage ich.

»Warum nicht bei dir zuhause?«

»Mein Mann hätte was dagegen«, sage ich.

»Na klar«, er grinst, »Und du bist sauer, weil der Alte mit der Bierdose vor der Glotze hockt, während du was ganz anderes brauchst, stimmt's?«

»So ist es«, sage ich, »Fußball ist ihm wichtiger als alles andere.«

»Heute läuft kein wichtiges Spiel. Schon gar nicht mitten in der Nacht.« Er greift nach meiner Hand. »Und einen Ehering trägst du auch nicht.«

Shit.

»Lass uns einfach fahren«, sage ich.

»Warum nicht hier?«

»Weil«, sage ich einfach, und ich stelle fest, dass Männer nicht viel hinterfragen, wenn sie eine Chance auf billigen und schnellen Sex sehen. Mike lässt den Motor an.

Ich lotse ihn über die Insel, weise ihn an, die Asphaltstraße zu verlassen und auf den unbefestigten Feldweg einzubiegen.

»Was soll das hier eigentlich?«, fragt er. »Du bist mir tatsächlich hinterhergefahren? Wozu?«

»Ich bin gelaufen.«

»Was?«, fragt er ungläubig.

»Du hast mir gefallen.« Lieber Gott, hilf mir, mich so zu verhalten, wie Mike es erwartet. Lass ihn nicht misstrauisch werden.

»Tztz.« Er schüttelt den Kopf. »Scheiße, ich saue mir hier den Wagen ein …«

»Ich dachte, du hättest es gerne schmutzig«, sage ich. »Halt hier an.« Wir befinden uns nicht weit weg von der Stelle, wo vor zwei Tagen das Wohnmobil geparkt hat. Mike dreht den Zündschlüssel um und sieht mich an.

»Du bist eine seltsame Braut«, sagt er. »Siehst aus wie irgend so ein Mauerblümchen. Hübsch, ja, aber völlig unauffällig, fast schon langweilig. Diese Sprüche passen nicht zu dir, sie klingen total aufgesetzt. Du machst das nicht oft, nicht wahr? Willst du jemanden eifersüchtig machen, oder was soll das hier werden?«

»Nein, ich will's einfach nur …«

»Hoffentlich kannst du besser vögeln als lügen.«

Ich öffne die Tür auf meiner Seite, um auszusteigen.

»Im Auto ist es schön warm«, sagt er. »Diese Hütte ist doch nicht beheizt, oder?«

»Lass dich überraschen«, sage ich.

»Wenn du mich verarschst, kannst du was erleben«, sagt er drohend.

Und du erst, denke ich.

Ich schätze, Mike ist ein Typ, der mich schlagen oder womöglich vergewaltigen könnte, wenn ihm etwas nicht passt. Dieses Risiko muss ich eingehen. Er holt eine große, schwere Taschenlampe aus dem Kofferraum. Sein Misstrauen ist deutlich spürbar, aber trotzdem folgt er mir in den Hexenwald. Der Vollmond scheint so hell, dass wir die Taschenlampe gar nicht bräuchten. Zumindest ich nicht, denn ich kenne mich hier aus.

»So eine Scheiße, hier ist nirgends eine Hütte«, sagt er und geht ein paar Schritte weiter. Er leuchtet einen Halbkreis auf dem Boden aus. »Hier geht's auch nicht wirklich weiter. Ich hab keine Lust mehr, weiterzulaufen.« Er kommt auf mich zu.

»Ich will's jetzt. Hier. Los!« Er zieht mich an sich, knetet meine Brüste, sehr fest. Am nächsten Tag werde ich blaue Flecke entdecken, aber im Moment spüre ich keinen Schmerz. Seine Zunge fährt in meinen geöffneten Mund und kreist darin wie ein sich windender Wurm. Mike ist sehr stark, ich habe keine Chance, mich gegen ihn zu behaupten. Er wirft mich zu Boden und kniet sich über mich, während er sich an seinem Reißverschluss zu schaffen macht.

*

Weniger als eine Stunde später laufe ich weinend nach Hause. Auch jetzt sieht mich niemand, was mir nur recht sein kann. Vom Fischerhaus dringen Musikfetzen an mein Ohr. Als ich mir die Tränen aus dem Gesicht wische, sehe ich Blut an meinem Ärmel.

Es war entsetzlich.

Alle Fenster sind dunkel, auch an Hanjos Haus. Der Wunsch, zu klingeln und ihm alles zu erzählen, ist übermächtig, aber ich gehe weiter nach Hause und lasse den Schlüssel zweimal fallen, bevor es mir gelingt, die Tür aufzuschließen. Im Flur brennt Licht. Nicht jetzt, bitte nicht jetzt, warum bist du noch auf, Mama, muss das sein?

Mamas Gesicht ist zu einer wütenden Fratze verzerrt, ihre Stimme klingt wie Eis.

»Wo bist du gewesen?«, fragt sie.

»Das geht dich nichts an.«

Sie versperrt mir den Weg, als ich versuche, zur Treppe zu gelangen.

»Lass mich vorbei.«

»Erst reden wir.«

Ich müsste sie beiseite schubsen, aber ich weiß, dass sie stürzen könnte, und das will ich nicht.

»Da ist Blut in deinem Gesicht. Und, mein Gott, an deinen Händen.« Ihre Stimme ist schrill, sie überschlägt sich fast. »Was ist passiert, in Gottes Namen?«

»Es ist mein Leben. Hör auf, mich zu kontrollieren!«, brülle ich sie an. »Ich bin zurückgekommen, um mich um dich zu kümmern – nicht, um mich bevormunden zu lassen!«

»Ich habe die Tür gehört, als du das Haus verlassen hast«, sagt sie. »Danach habe ich mich in die Küche gesetzt und auf dich gewartet. Ich weiß, dass etwas Schlimmes geschehen ist. Du hast diesen Blick – es ist wie damals, als Stella ums Leben kam. Du hast genauso ausgesehen, dieser Ausdruck in deinen Augen … Annie, was hast du getan?«

»Du hast mich zehn Jahre lang nicht gefragt, was ich tue, also fang jetzt nicht damit an«, sage ich. »Bitte, Mama, ich will ins Bett, ich bin so müde …«

»Ich wollte dich in Sicherheit wissen«, sagt sie. »Weg von hier, wo dir nichts passieren kann. Und, mein Gott, wo du nichts anrichten kannst. Ich dachte, nach zehn Jahren wäre alles vorbei. Aber kaum bist du hier … ich weiß, dass du etwas Schlimmes getan hast, ich sehe es dir doch an!«

»Mama, bitte!«

»Geh weg«, sagt sie und tritt langsam rückwärts. »Geh weg von mir. Du Monstrum, du. Was habe ich da nur großgezogen?«

21
Sommer 2003

»Du musst unbedingt vorbeikommen.« David klang schrecklich aufgeregt.

»Mir geht's nicht so gut, ich bin erkältet. Außerdem habe ich keine Zeit.«

»Dann nimm dir welche.«

Ich hätte erst gar nicht den Telefonhörer abnehmen sollen. David ging mir zunehmend auf die Nerven. Wie er mich herumkommandierte und in Stellas Angelegenheiten wühlte, ging mir zunehmend gegen den Strich. Anfangs hatte ich versucht, Verständnis für ihn aufzubringen; ich hatte versucht, ihn zu mögen, weil Stella ihn anscheinend auch gemocht hatte – was ich immer noch nicht verstand –, aber langsam sah ich ein, dass es keinen Sinn machte. Ich konnte David nicht leiden. Dennoch, ich konnte ihn bei der Suche nach der Wahrheit nicht einfach alleine lassen.

»Ich kann auch zu dir kommen«, sagte er. »Bist du alleine zuhause?«

»Wer ist dran?«, fragte Opa Klaus hinter mir.

»Mona«, log ich und verdrückte mich ins Wohnzimmer. Wir hatten erst seit wenigen Monaten ein schnurloses Telefon. Es war der Grund für etliche Streitereien zwischen Stella und mir gewesen, weil sie gerne stundenlang damit in ihrem Zimmer verschwunden war, immer dann, wenn ich es brauchte.

Opa Klaus folgte mir; er stand im Türrahmen und musterte mich durchdringend. »Ist gut, Mona, du hast recht«, sagte ich in die Sprechmuschel.

David kapierte nicht. »Was heißt hier Mona … ich bin es, David, bist du taub oder was?«

Ich presste den Hörer fest gegen mein Ohr, damit Opa Klaus ihn nicht hörte. Er drehte sich um und verschwand Richtung Küche.

David laberte immer noch. »Halt doch einfach mal zehn Sekunden deine Klappe«, zischte ich in den Hörer. Er gehorchte.

Ich wartete, bis Opa Klaus außer Hörweite war. »Was willst du?«

»Ich will dir was zeigen. Es ist wichtig.«

»Hat es mit Stella zu tun?«

»Ich weiß nicht … irgendwie schon. Vermutlich schon.«

»Mama hat heute Nachmittag Therapiestunde, und Opa fährt sie hin.« Wegen der vielen Medikamente schaffte Mama es immer noch nicht, Auto zu fahren. Sie wollten anschließend einkaufen und würden gegen sieben zurück sein.

»Komm am besten gegen sechs, okay?« Dann hatte ich einen Grund, ihn nach einer halben Stunde rauszuwerfen, denn Opa Klaus wäre ausgeflippt, wenn er David bei uns zuhause angetroffen hätte.

»Ich nehme an, ihr besitzt einen Videorecorder.«

»Natürlich. Warum fragst du?«

»Weil ich ein Video von der Sumpfhexe aufgenommen habe.«

Mir verschlug es die Sprache.

Opa Klaus erschien erneut in der Tür, er war dabei, sich die Jacke anzuziehen. »Annie, wir gehen jetzt, okay?«

»Warte«, zischte ich ins Telefon und drehte mich zu Opa Klaus um.

»Ist gut, Opa, bis später.« Ich winkte mit den Fingern. Mama erschien hinter ihm, ihre Augen sahen müde aus, so müde.

»Deine Augen sind ganz glasig«, sagte Opa Klaus.

»Hast du Fieber?«, fragte Mama und kam näher.

Meine Güte. Ich sollte mich über Mamas Fürsorge freuen, aber bitte, der Zeitpunkt war der denkbar schlechteste. »Es ist alles okay, Mama. Siebenunddreißig fünf.«

»Das ist höher als normal.«

»Nur ein bisschen, glaube ich.« Bitte, David, leg nicht auf, und bitte, sag jetzt nichts, damit Opa Klaus nicht hört, dass ich mit einem Jungen telefoniere.

»Soll Mama den Termin verschieben? Dann bleiben wir zuhause«, schlug Opa Klaus vor.

»Nein, nein, ich komme schon zurecht, ihr bleibt ja nicht ewig weg ...«

»Aber einkaufen werden wir nicht mehr, wenn du krank bist, sondern kommen gleich nach der Sitzung wieder.«

»Opa, das geht gar nicht!« Ich musste husten. Mein Hals fühlte sich an, als hätte ich Schmirgelpapier gefrühstückt. »Wagt es nicht, ohne meinen Vanillejoghurt wiederzukommen! Außerdem möchte ich mich hinlegen. Ich glaube, ich werde bis zu eurer Rückkehr schlafen.«

»Du siehst nicht gut aus. Deine Wangen sind gerötet.« Opa beugte sich vor, um mir besser in die Augen sehen zu können. »Stimmt was nicht, Annie?«

Geh endlich!

»Alles okay. Ich schlafe mich aus, dann bin ich bald wieder auf den Beinen. Bringt ihr Cola mit?«

Er schien sich zu versteifen. »Mal sehen.«

Mein Ablenkungsmanöver war erfolgreich: Opa Klaus drehte sich um und bedeutete Mama, zur Tür zu gehen. Opa, der zum Frühstück am liebsten in Kaffee getunkten Marmorkuchen aß und sein Feierabendbier mit billigem Selbstgebrannten hinunterspülte, hielt Cola für inakzeptabel ungesund. »Bis später also. Und ruh dich aus.«

»Denkt an meinen Vanillejoghurt!«, rief ich den beiden hinterher. Ich platzte fast vor Erregung, als Opa endlich die Tür hinter sich zuschlug.

»David, bist du noch dran?«

»Ja, ich bin hier.«

»Was hast du da vorhin gesagt?«

David legte eine bedeutungsschwere Pause ein, um sich wichtig zu machen. Ich spürte regelrecht, wie er meine Anspannung genoss. Im Nachhinein glaube ich, dass das der Moment war, in dem der Samen der Wut in mir aufbrach und seine giftigen Keimlinge unaufhaltsam zu wachsen begann, ihre Fäden wie Sporen wuchsen und um sich griffen und in mir aufgingen wie ein Wurzelwerk. »Es ist nicht der Zeitpunkt für Spielchen, David, ich habe das langsam satt. Was glaubst du, worum es hier geht? Ich dachte, es geht um meine tote Schwester, aber du kommst mir mit geschmacklosen Scherzen und hältst dich dabei für wer weiß wie toll?«

»Reg dich ab, Kleine!«

Die »Kleine« regte mich auch auf.

»Das ist kein Scherz. Tut mir leid, wenn es so rüberkam, du weißt, dass mir das alles total wichtig ist.«

Ich bemühte mich, ruhig und tief durchzuatmen. »Okay. Also. Nochmal von vorne.«

»Von vorne, ja.« Er fing schon wieder an zu labern.

»Also, ich habe eine Videokamera im Hexenwald aufgestellt und gefilmt, was dort passiert. Mörder kehren nämlich mit Vorliebe an den Tatort zurück, das weiß ich, weil ich mich informiert habe – und ich dachte mir, he, wenn sich jemand dort herumtreibt, dann stehen die Chancen nicht schlecht, dass es sich um den Täter handelt, und ich hab ihn auf Band.« Ich sah ihn regelrecht in den Hörer grinsen, hörte den Triumph in seiner

Stimme. »Und stell dir vor, wer auf dem Video zu sehen ist.«

Ich konnte nicht antworten. Das Fieber schien innerhalb von Sekunden auf vierzig Grad gestiegen zu sein. Mein Schädel drohte zu platzen, ich atmete flach und hektisch, Schweiß lief mir übers Gesicht. Bleib ruhig, Annie, bleib ruhig, alles wird gut.

»Ich habe die Kamera auf einem Ast festgebunden und mit Blattzeug getarnt. Insgesamt habe ich mehrere Stunden Filmmaterial, aber die meiste Zeit ist nichts zu sehen als ein langweiliger, verdreckter Sumpf. Die interessante Sequenz dauert weniger als eine halbe Stunde. Sie wird dich interessieren.«

»Komm sofort her«, sagte ich und drückte die OFF-Taste, bevor er widersprechen konnte.

Es konnte so schlimm nicht sein. David hatte schließlich gelacht. Aber um einen geschmacklosen Scherz konnte es sich nicht handeln, dafür hatte ihn Stellas Tod viel zu sehr mitgenommen. Er hätte nicht gelacht, wenn ihm ein jahrhundertealtes bösartiges Wesen über den Weg, beziehungsweise vor die Kamera gelaufen wäre. Dann wäre ihm das Lachen vergangen.

Ich würde mich zwingen müssen, mir das anzusehen. Alles in mir sträubte sich dagegen. Du schaffst das schon, Annie, redete ich mir ein. Mein Blick fiel in den Garderobenspiegel. Ich sah grauenhaft aus, mein Gesicht war dunkler rot als mein Haar, das wirr in meine verschwitzte Stirn fiel, und meine Augen erkannte ich kaum wieder, sie blickten gefühllos und kalt wie Hagelkörner, die alles zerschmettern, was sie treffen. *Es ist die Grippe, Annie, es ist nur eine Grippe.*

David kam schneller auf seinem Fahrrad angeschossen, als mir lieb war. Am liebsten hätte ich mich in Luft aufgelöst oder wäre ohne Rückticket weit weg geflogen, nach Timbuktu, den Nordpol, oder noch besser auf den Mars.

»Stell dein Fahrrad in die Garage, damit es nicht jeder sieht«, sagte ich. »Ich darf keinen Besuch von Jungs bekommen. Opa Klaus hat was dagegen.«

»Stella wollte mich auch nie hierhaben. Was hat dein Großvater für ein Problem?«

»Weiß ich auch nicht so genau.« Ich drängte David in die Garage. »Nun mach schon.«

»Er soll sich nicht so anstellen, wir schauen uns doch nur ein Video an …«

»Schrei nicht so laut! Auffälliger als du kann man sich kaum benehmen. Bestimmt sieht dich irgendein Nachbar und petzt Opa Klaus, dass du hier warst.« Wütend schubste ich sein Fahrrad gegen die Garagenwand.

»Pass bitte auf, das ist ein teures Rad«, maulte David.

Im Haus bewegte er sich ungeniert von Zimmer zu Zimmer, inspizierte die Küche, warf einen Blick die

Kellertreppe hinunter, »Voll cool da unten, echt Amityville-mäßig«, kommentierte die Einrichtung und die Bilder und Fotos an den Wänden mit in die Vordertaschen seiner Jeans gestopften Händen. »So sieht's also bei euch aus, Stella hat schon viel erzählt, aber ich habe es mir trotzdem ganz anders vorgestellt, viel moderner. Ich kann mir gar nicht vorstellen, dass Stella sich hier wohlgefühlt haben soll. Ich will was trinken, bitte.«

»Wir wollten das Video anschauen«, sagte ich.

»Hast du's eilig?« Er grinste. Ich platzte fast vor Angst und Neugierde. Ich hatte das Gefühl, dass die Welt sich aus den Nähten löste, dass alles, was sie zusammenhielt, sich aufdröselte wie eine Laufmasche an einer Strumpfhose, die bei jeder Bewegung unaufhaltsam größer wird. Ich hatte die Situation nicht mehr unter Kontrolle, alles lief aus dem Ruder.

»He, was ist los mit dir?«, fragte er.

»Du gehst mir auf die Eier.« Irgendwie gelang es mir, forsch und salopp zu klingen. »Zeig mir den Film, danach kriegst du was zu trinken.«

»Oho«, sagte er. »Du beeindruckst mich.« Quälend langsam schlenderte er ins Wohnzimmer, wo er seinen Rucksack auf den Couchtisch stellte und eine Videocassette herausholte. Er fummelte daran herum, murmelte irgendwas von einem Adapter, den er nicht finden konnte, und ich wurde immer panischer, denn ich musste unbedingt wissen, was auf dem Band zu sehen war.

Um mich abzulenken, holte ich halt doch etwas zu trinken. Im Keller stand eine Kiste Cola, von der Opa Klaus nichts wusste. Ich holte eine Flasche und dachte, dass ich David am liebsten in den feuchten, dunklen, unheimlichen Keller sperren würde, zur Strafe für die Aufregung, in die er mich versetzt hatte.

Ich füllte eine Tüte Chips in eine Schüssel und leerte versehentlich die Hälfte auf den Wohnzimmerteppich, während David die Cassette in den Recorder einlegte und den Fernseher einschaltete. Er rutschte zur Seite. »Ich helfe dir beim Saubermachen.«

Ich winkte ab. »Später.« Ich hatte keine Nerven für so etwas.

Der Bildschirm flimmerte los. Ein kleiner Ausschnitt des Hexenwaldes war zu sehen. Es handelte sich um Davids Opferstätte, die Lichtung mit dem Kreis aus angespitzten Stöcken. Die Ratte war nicht zu sehen. Ich konnte nicht erkennen, ob mehr Skelette auf dem Boden lagen als bei unserem Besuch. Das Bild war zu grobkörnig.

»Du hast wahnsinniges Glück gehabt«, murmelte ich. »Dass sie dich nicht erwischt hat. Dass du lebend wieder herausgekommen bist.«

»Hä?«

Ich winkte ab und konzentrierte mich weiter auf den Bildschirm. David spulte vor. Das Bild begann zu flirren und wirkte überaus grotesk, surreal. Es sah aus wie flimmernde Luft, erhitzt durch ein unsichtbares Feuer. Etwas Dunkles sauste vorbei, kaum merklich durch den Vorlauf, vermutlich ein Vogel.

David stoppte den Vorlauf. »Gleich kommt es«, sagte er. Ich rutschte auf dem Sofa herum und sparte mir keine Mühe, meine Nervosität zu verbergen. David sollte denken, was er wollte, wen kümmerte das schon. Ich hatte ganz andere Sorgen. Sie tauchten urplötzlich auf dem Bildschirm auf, meine Sorgen, und entlockten mir einen erstickten Schrei.

Durch die fehlende Tonaufnahme schien sich die Gestalt scheinbar lautlos durch den Hexenwald zu bewegen, was es noch unheimlicher machte. Ich dachte, ich müsste überschnappen. Ich schlug die Hände vors Gesicht und spreizte die Finger, denn ich konnte meine Augen nicht von ihr lassen, wie sie sich durch den Hexenwald bewegte, langsam und bedächtig, aber ohne Angst. Sie blieb stehen, drehte den Kopf nach links und nach rechts, sah sich um, blickte direkt in die Kamera. Starrte mich an. Es war, als sähe sie mich hier auf der Couch sitzen, was natürlich Unsinn war, aber der Blick ging ganz tief in meine Seele, bohrte sich in mein Fleisch. Gleich lacht sie, dachte ich, und dann fange ich an zu schreien.

Als ich glaubte, es nicht mehr zu ertragen, schaute die Gestalt weg. Sie hatte die Kamera nicht bemerkt. Ich atmete tief durch, um erneut zusammenzuschrecken. Ein Eichhörnchen huschte vorbei. Blitzschnell packte die Gestalt zu und schnappte sich das Eichhörnchen, brach ihm mit einer geschickten Bewegung das Genick. Dann hob sie den Stock auf und bohrte ihn in den Kadaver hinein. Ich hatte den Eindruck, dass sich das Eichhörnchen selbst im Tod noch wand.

Die Gestalt bewegte sich langsam aus dem Aufnahmewinkel. Kurz, bevor sie vom Bildschirm verschwand, drehte sie sich langsam, ganz langsam noch mal zu uns um.

Sie starrte mich direkt an. Sie schien mich zu sehen. Ich spürte die Verbindung so deutlich, dass es wehtat. Es war unerträglich.

»Schalt das ab!«, schrie ich. »Schalte sofort ab!« Ich sprang auf und stürmte die Treppe hoch in mein Zimmer, wo ich die Tür hinter mir abschloss.

»Mach auf, Annie. Es tut mir leid. Ich hätte dir das nicht zeigen sollen.«

»Lass mich in Ruhe«, sagte ich. »Verpiss dich.«

David ließ nicht locker. Er drückte dauernd die Türklinke herunter, dann hämmerte er mit der Faust an die Tür. »Ich muss mit dir reden.«

»Aber ich nicht mit dir. Hast du nicht gehört? Ich will, dass du endlich abhaust!«

»Na gut«, sagte er. »Dann muss ich mit dem Band zur Polizei gehen. Ich wollte es dir vorher zeigen. Ich wollte dich zuerst fragen, was du dazu zu sagen hast.«

Ich schloss die Tür auf. Davids forsche Art war nur gespielt. Er war kreidebleich im Gesicht.

»Annie«, sagte er leise, »warum hast du das getan? Warum hast du das Eichhörnchen getötet?«

»Was glaubst du denn?«

»Ich glaube, dass du total irre bist, das glaube ich. Und ich glaube, dass du mehr über Stellas Tod weißt, als du zugeben willst.«

Ich stürzte mich auf ihn, blind vor Zorn. Meine Fäuste droschen auf ihn ein. David hob abwehrend die Hände, aber ich hörte nicht auf. Schließlich stieß er mich von sich und traf mich mit der Faust an der Lippe. Ich schmeckte Blut.

»Das wollte ich nicht«, sagte er. »Es tut mir leid. Sei vernünftig, hörst du? Lass uns miteinander reden!«

Ich prügelte weiter auf ihn ein. Er bewegte sich rückwärts auf die Treppe zu. »Ich geh einfach nach Hause, und wir vergessen, was wir gesehen haben, ja? Einverstanden?«

David stand auf der obersten Treppenstufe. Ich weiß nicht genau, wie es passiert ist. Der Teppich schlägt an dieser Stelle eine Falte, und es ist ein Wunder, dass es nicht schon früher einen Unfall gegeben hat. David stolperte über diese Falte. Direkt hinter ihm befand sich die erste Treppenstufe. Er machte einen großen Schritt ins Leere und schien abzuheben wie Ikarus, der plötzlich merkt, dass es doch nicht so einfach ist mit dem Fliegen. David segelte die Treppe hinunter. Er landete auf der kleinen Kommode, wo Opa Klaus' neueste Jagdtrophäe lag: das Geweih eines jungen Rothirsches, das darauf wartete, an der Wand angebracht zu werden. David krachte mit seinem vollen Gewicht auf die Kommode. Während seine Beine einen wilden Veitstanz aufführten, rutschte er langsam von der Kommode herunter.

Die Geweihspitze steckte bis zum Anschlag in seinem Auge.

22
Frühjahr 2013

Meter für Meter bewegt sich Mike durch den Hexenwald. Er stammt nicht aus der Gegend. Er kann nicht wissen, was ihn im dichten Röhricht erwartet. Er schwankt in seinen Bewegungen, nicht nur wegen dem unwegsamen Gelände, das wir in der Dunkelheit durchqueren; nein, er ist auch angetrunken. Mehrmals strauchelt er unbeholfen. Er blickt sich um und sagt etwas zu mir, nickt, und wagt sich vorsichtig weiter.

Fluchend zieht er seinen Schuh aus dem Schlamm, in den er versehentlich hineingetreten ist. Nass ist der Schuh und völlig verdreckt. Eine dicke, lehmige Schmutzschicht klebt an der Sohle. Mike beschreibt mit der Taschenlampe einen Halbkreis.

Rechterhand liegt von wildem Gestrüpp durchwucherter Pappelwald. Das Schilfgras zu seiner Linken endet in einem schmutzigen Tümpel, dessen Oberfläche sich bewegt. Etwas schwimmt auf ihn zu, taucht wieder unter, etwas, das Eins zu sein scheint mit dem schlammigen, grünbraunen Untergrund. Mike sieht es nicht kommen, er leuchtet in die andere Richtung.

Als er feststellt, dass der Pfad hier endet, beschimpft er mich. Dann stürmt er auf mich zu. Trotz der Dunkelheit sehe ich die Wut in seinen Augen, ich sehe alles, weil ich es miterlebe, ich brauche kein Licht, es geschieht in meinem Kopf, es ist mein persönlicher Alptraum, der sich ewig wiederholt. Ich will aufwachen, kann aber nicht. Ich weiß, was Mike bevorsteht. Ich weiß, was mir bevorsteht.

Ich spüre Mikes grobe, brutale Hände auf mir, spüre die Feuchtigkeit, die meine Kleidung durchdringt, als er mich auf den sumpfigen Boden schleudert. Er kniet nieder, drückt mich mit der Hand zu Boden, dass mir die Luft wegbleibt. Dann öffnet er den Reißverschluss seiner Jeans und holt seinen Penis heraus. Der Penis ist riesig, beschnitten und steif.

Mike nimmt sein Knie von mir. Er ist damit beschäftigt, es zwischen meine Oberschenkel zu zwängen und den Knopf meiner Jeans zu öffnen. Er achtet nicht auf mich, wie meine Hand auf der Suche nach der Taschenlampe über den Boden streift. Schwer und kühl und sicher fühlt sie sich an. Mike versucht mich zu küssen, als der Schaft der Taschenlampe ihn an der Schläfe trifft.

Er sieht fast verwundert aus, als das Blut über sein Gesicht läuft. Langsam hebt er die Hand an die Stirn und betrachtet nachdenklich das Blut auf seinen Fingern.

Ich schlage nochmal zu, aber nicht fest genug, die Lampe streift ihn nur am Kopf. Trotzdem rutscht er von mir herunter. Schnell bin ich auf den Beinen, wenn auch wankend. Mike springt ebenfalls auf. »Ich mach dich fertig, du beschissene Schlampe…«

Ich renne los, er hinter mir her, er ist schneller als ich, aber ich kenne mich bestens aus, jeder Schritt trifft festen Boden, während Mike hinter mir her taumelt und über Wurzeln stolpert und sich in Dickicht verfängt. Die Taschenlampe werfe ich in hohem Bogen ins Wasser. Ich brauche sie nicht. Auch ohne den Vollmond, der mir den Weg um das Totholz herum weist, finde ich mich zurecht. Ich laufe auf den Opferkreis zu, als ich neben mir eine Bewegung ahne.

Sie hat uns gehört. Sie hat die Beute gerochen. Sie taucht aus dem Wald auf und baut sich vor Mike auf.

Er stutzt. Sein alkoholumnebeltes Gehirn braucht ein paar Sekunden, um umzusetzen, was er vor sich sieht.

Sie gewährt ihm diesen Augenblick. Dann beginnt der Kampf.

Mike wehrt sich, als ginge es nicht um sein Leben, sondern um das Bestehen der ganzen Welt. Der Alkohol scheint aus seinem Blut verschwunden zu sein. Er stemmt sich gegen seine Widersacherin, schlägt und tritt um sich, windet sich in ihrer tödlichen Umarmung.

Mike wirft ruckartig den Kopf nach vorne, kracht mit seiner Stirn gegen den Schädel seines hässlichen Gegenübers, ein Schlag, der einen Menschen schnell außer Gefecht gesetzt hätte, aber es ist nun mal kein Mensch, der ihn bedroht. Die Sumpfhexe reagiert blitzschnell. Ihre Kiefer schnappen zu, spitze Zähne bohren sich in sein schönes Gesicht, verbeißen sich wie die Zähne eines Kampfhundes. Mit schnellen, schlangenartigen Bewegungen schnappt der Kiefer vor, zieht sein Gegenüber Zentimeter für Zentimeter in den Rachen, bis es aussieht, als zöge es eine Maske herunter, aber es ist Mikes Gesicht, das von den Knochen gelöst wird, und das die Sumpfhexe verschlingt. Mike taumelt, aber irgendwie schafft er es noch, sich auf den Beinen zu halten. Sein Gesicht ist verschwunden; da ist nur noch eine breiige Masse mit einem zahnbewehrten Loch und einer Öffnung für die Nase, darüber ein Auge, das mich anstarrt, das mich anfleht, *bittebittehilfmirkomm und hilf mir mach das weg, dieses Monstrum bittebitte!!!!*

Sie gewährt ihm einen Moment Ruhe, in der er zu fliehen versucht. Mit wackeligen Schritten taumelt er wie ein neu geborenes Fohlen davon, findet instinktiv den Pfad wieder.

Da erhebt sich die Königin der Sümpfe, grauenhaft und wunderschön, hässlich wie die Nacht und über alle Welten erhaben, plump mit ihren Schwimmfüßen und doch so filigran in ihren Bewegungen, als sie schnell wie die Zunge eines Reptils auf den Fliehenden zuschießt und das Fleisch aus seinen Oberschenkeln reißt. Ich sehe den freiliegenden Oberschenkelknochen. Die abgerissene Oberschenkelarterie baumelt nutzlos herum, Blut verspritzend, das im Mondlicht schwarz aussieht. Mit einem einzigen gewaltigen Ruck zieht sie Mike in den Tümpel.

*

Ruckartig setze ich mich auf. Mein Bett ist so nass, dass ich nicht sicher bin, ob es sich ausschließlich um Schweiß handelt. Ich fürchte, ich habe eingenässt.

Im Bad mache ich mich notdürftig mit einem Waschlappen sauber, dann beziehe ich das Bett frisch und schlüpfe unter die Decke.

Die Hexe wird vorerst Ruhe geben. Ihr Hunger wurde gestillt. Jetzt bin ich es, die schreien möchte, schreien, und nie wieder damit aufhören. Es ist vorbei, Annie, sage ich mir, beruhige dich, es ist vorbei. Es wird dauern, bis sie wieder nach Menschenfleisch verlangt. Zehn Jahre wird es dauern.

Jemand klingelt an der Haustür.

Mit ist speiübel, und ich zittere vor Kälte. Besuch ist das Allerletzte, was ich brauchen kann. Ich setze mich auf und atme mehrmals tief durch, um gegen den Schwindel und den Brechreiz anzukämpfen. Mikes Auge, es scheint direkt in meinem Kopf zu sein und in meine Seele zu blicken. Bitte, oh bitte, mach dieses Monstrum weg von mir.

Der Besucher lässt nicht locker, sein Finger drückt die Türklingel durch und lässt nicht los. Es schrillt durchgehend, laut und unangenehm. Meine Nerven spielen nicht mehr mit. Ich ziehe mir etwas über und quäle mich die Treppe hinunter, um die Tür zu öffnen.

Es ist Jan. Seine Wangen sind gerötet, sein Haar zerzaust.

»Hallo«, sage ich. Ich bin zu erschöpft, um nervös zu werden.

»Auch hallo«, sagt er. »Darf ich reinkommen?« Er lächelt schüchtern.

Ich lasse ihn eintreten. In der engen Diele stehen wir uns gegenüber. Jan wirkt unsicher; er scheint zu überlegen, ob er mich umarmen oder küssen soll, oder beides, oder keins davon. Schließlich drückt er zärtlich meine Schulter. »Du schaust müde aus. Hast du geschlafen?«

»Ja.«

»Ich habe mir Sorgen um dich gemacht«, sagt er. »Du warst so lange nicht bei mir, ich dachte, du bist vielleicht krank geworden. Ich habe mehrmals angerufen. Niemand ist rangegangen. Es müsste doch jemand da sein – deine Mutter zumindest –, also dachte ich, ich sehe mal nach euch.«

»Das ist lieb von dir.« Mechanisch nehme ich ihm die auf antik getrimmte Lederjacke ab und hänge sie in die Garderobe im Flur. Sie ist klitschnass vom Regen. Das Wasser perlt ab und tropft auf die gesprungenen Fliesen. Die Fliesen, um die muss ich mich auch endlich kümmern. Wie soll ich das nur schaffen?

Ich bugsiere Jan in die Küche. Er setzt sich an den kleinen Esstisch und rutscht unruhig auf dem Stuhl herum.

»Ich mache dir einen Kaffee.«

»Trinkst du einen mit?«

»Empfindlicher Magen.«

»Ich könnte dir …«

»Schon gut, Jan, das hab ich hin und wieder, es ist morgen wieder in Ordnung.« Ich stelle die Tasse vor ihm ab.

»Ich stehe mittlerweile auf dem Campingplatz am Freyersee«, sagt Jan. »Als ich aus Mannheim zurückgekommen bin, hat es auf der Insel von Polizisten gewimmelt. Sie haben mich verscheucht und mit einer Anzeige wegen wildem Campen gedroht – ich weiß ja immer noch nicht, was daran so schlimm sein soll. Sie suchen einen Mann, haben gefragt, ob ich ihn gesehen hätte. Sein Auto steht hinten auf der Insel, aber von ihm fehlt jede Spur. Hast du bestimmt mitbekommen.«

Ich nicke. »Habe ich.«

»Was ist passiert?«

»Meine Schwester wurde in einem kleinen Waldstück auf der Insel ermordet«, sage ich. »Vor ein paar Tagen ist der junge Mann in diesen Wald gegangen und nicht wieder herausgekommen.«

»Könnte er nicht im Rhein ertrunken sein?«

Ich zucke die Achseln. »Vielleicht. Vielleicht auch nicht.«

»Du liebe Güte. Meinst du, das hat was mit deiner Schwester zu tun?«

»Weiß nicht.«

»Das tut mir sehr leid«, sagt Jan mitfühlend. Ich würde ihn gerne streicheln, würde durch sein Haar wuscheln, aber ich darf nicht.

Er greift nach meinen Händen. »Annie! Was ist los mit dir? Was ist los mit *uns*?«

»Nichts. Wie laufen die Prüfungen?«

»Ganz gut bis jetzt. Ich bin zuversichtlich.« Jan wirkt zerstreut. Sein Blick irrt über die Kücheneinrichtung. »Tut mir leid, wenn ich so direkt bin, aber hier riecht es nicht gut. Hast du verdorbenes Essen im Mülleimer?«

»Bei dem schlechten Wetter wollte ich den Müll nicht rausbringen«, sage ich.

»Wo ist deine Mutter?«

»Hat oben zu tun.«

Unangenehmes Schweigen breitet sich aus. Ich überlege, ob ich ihm einmal erzählt habe, dass Mama die Treppen gar nicht mehr hoch schafft.

»Kann ich nicht bei dir wohnen, bis das hier vorbei ist? Das Wohnmobil vor euer Haus stellen oder in die Einfahrt?«

»Das geht nicht, Jan. Tut mir leid.«

»Was ist los mit dir? Habe ich etwas falsch gemacht?« Er berührt meine Wange. Unwillkürlich zucke ich zurück. Ich würde weinen, wenn er mich streicheln oder trösten wurde. Aber ich will nicht wieder weinen.

»Du hast dich verändert.« Jan lehnt sich zurück und schüttelt ratlos den Kopf.

»Ich habe viel um die Ohren zur Zeit. Du weißt doch, dass ich auf Arbeitssuche bin …«

»Warum lügst du mich an?«, fragt er leise. »Was habe ich falsch gemacht? Wir können Freunde bleiben, auch wenn du nicht dasselbe empfindest wie ich. Bitte, lass mich nicht einfach hängen!«

Nein. Niemals. Du kannst ihn nicht in dein verkorkstes Leben hineinziehen. Das hat er nicht verdient.

»Vielleicht«, sage ich. Mein Blick irrt zum Fenster. Ein Schatten huscht durch den Garten. Ich blinzele mehrmals. Habe ich mir das eingebildet? Werde ich verrückt?

»Bitte entschuldige«, sage ich. »Mir ist schlecht.« Meine Beine sind wie Gummi, ich komme kaum vom Stuhl hoch. »Ich komme gleich wieder.«

Irgendwie schaffe ich es ins Bad. Mein Magen ist leer, das Würgen tut weh, die Magensäure brennt in meiner Kehle, aber nichts kommt hoch außer ein paar Spritzer wässrige Flüssigkeit. Ich schneide der Kloschüssel eine Grimasse. Ich hasse es, mich übergeben zu müssen. Da fällt mir der Brief ein. Oh Gott, der Brief liegt auf dem Küchentisch, wo Jan ihn lesen kann.

Im selben Moment wird die Badezimmertür aufgerissen. Jan steht da, kalkweiß im Gesicht. Er hält den Brief in der Hand.

»Deine Mutter ... ist sie tot?«

Ich wische den Mund am Ärmel meines Sweaters ab und versuche, Jan den Brief aus der Hand zu reißen. Er weicht zurück. »Gib ihn her«, sage ich. »Das geht dich nichts an.«

Jan geht langsam rückwärts, ohne mich aus den Augen zu lassen. Ich schiele aus den Augenwinkeln auf die Schlafzimmertür, die nur angelehnt ist.

Bitte, sieh nicht hin.

Jan bemerkt meinen Blick und reißt schwungvoll die Schlafzimmertür auf. Der herauswehende Gestank riecht wie ein Atemzug aus der Hölle.

»Oh mein Gott«, sagt er, »oh Gott ...«

Jan verdreht die Augen und sinkt zu Boden. Er ist tatsächlich ohnmächtig geworden. Was ja auch kein Wunder ist, bei dem Leichengeruch. Da liegt er im Flur, seine Einsneunzig der Länge nach hingestreckt, und zwei Meter daneben liegt die Leiche meiner Mutter in ihrem Bett.

Denk nach, Annie, sage ich mir. Was machst du jetzt?

Als ich mich umdrehe, blicke ich in das Gesicht einer Frau.

Etwas kracht gegen meinen Schädel. Sternchen blitzen auf. Wie ein Blitz schießt der Schmerz in meinen Arm, als sie ihn mir gewaltsam auf den

Rücken dreht. Ich kann mich nicht bewegen, stöhne vor Qual. Magensaft schießt in meiner Speiseröhre hoch wie ein Geysir, es brennt wie Feuer.

Die Frau schiebt mich vor sich her ins Wohnzimmer. Ich stolpere gebückt vor ihr her, der gleißende Schmerz in meinem Arm macht es unmöglich, etwas anderes zu tun, und sie scheint sich nicht mal anzustrengen. Etwas Kühles klickt an meinen Handgelenken. Sie hat mir tatsächlich Handschellen angelegt.

»So«, sagt sie.

Die Frau ringt mich mühelos nieder und macht die Handschellen am Fuß des Wohnzimmerschranks fest. Wie ein Häschen kauere ich auf dem Boden und schaue verunsichert zu ihr auf. Die Fremde schaut triumphierend zurück. Langes, rotblondes Haar. Stechend blaue Augen. Nordische Züge, hohe Wangenknochen. Nicht schön, aber irgendwie anziehend, attraktiv. Sie ist recht groß und kräftig, athletisch und durchtrainiert. Und sie ist stinksauer. Ich habe ihr Gesicht schon einmal gesehen, kann es aber nicht einordnen.

»Ich wusste es, ich wusste es, ich wusste es«, sagt sie. »Du verrücktes, mörderisches Weib, du.«

»Wie sind Sie hier hereingekommen?«

»Der Schnapper an der Tür war offen. Ich konnte sie einfach aufdrücken.«

Ich bin seit Tagen nicht aus dem Haus gegangen. Die Tür muss die ganze Zeit offen gewesen sein, und ich habe es nicht bemerkt.

Die Frau wendet sich von mir ab und setzt sich neben Jan, rüttelt an seiner Schulter, überprüft Puls und Atmung. »Er scheint stabil zu sein, keine äußerlichen Verletzungen sichtbar«, murmelt sie vor sich hin. Dann geht sie ins Schlafzimmer.

»Mein lieber Scholli.«

Ich vernehme ein würgendes Geräusch. Sie kommt heraus und wühlt suchend in ihren Jeanstaschen, dann fixiert sie mich durchdringend.

»Du erinnerst dich nicht an mich, nicht wahr?« Sie geht neben mir in die Hocke. Ich habe Angst vor ihr, versuche mich so klein zu machen, wie es geht.

»Wieso solltest du auch.« Sie stößt verächtlich die Luft aus. »Keiner erinnert sich an Kerstin Mohr, den Blitzableiter für eure Aggressionen. Keiner konnte sie ausstehen. Niemand will sich an sie erinnern.«

»Kerstin?« Ich kann es kaum glauben. Und doch, sie ist es. Natürlich ist sie es. Ich hätte es gleich sehen müssen.

»Du hast deine eigene Schwester umgebracht. Und, wie's aussieht, auch deine Mutter. Hattest du mit diesem Mann dasselbe vor?«

»Meine Mutter hat Selbstmord begangen.«

»Lügnerin!« Sie knallt mir eine. Meine Ohren klingeln, die Wange brennt wie Feuer. Kerstin ist kräftig. Aus dem hässlichen, unsicher umhertapsenden Entlein ist ein kraftvoller, selbstsicherer Schwan geworden.

Sie beugt sich zu mir herunter. »Ich verfolge dich seit Jahren. Endlich habe ich dich erwischt, du mörderisches Miststück.«

»Hast du die SMS geschrieben?«, frage ich ungläubig. Es hat fast etwas Beruhigendes, dass tatsächlich ein Mensch aus Fleisch und Blut hinter mir her gewesen ist, und nicht Mr. Wahnsinn. »Und unser Haus hast du auch beobachtet, oder? Ich verstehe nicht … Was willst du von mir?«

»Was ich will? Ach ja, das weißt du ja gar nicht: ich bin bei der Polizei gelandet. Kripo Bruchsal.« Sie holt einen Ausweis hervor und wedelt mir damit vor dem Gesicht herum. Ich versuche mich aufzurichten, um ihn besser lesen zu können.

»Bleib bloß sitzen.« Sie droht mit dem Zeigefinger.

»Wie soll ich denn aufstehen? Du hast mich doch selbst an den Schrank gefesselt.«

Jan stöhnt. »Gleich kommt Hilfe«, ruft Kerstin ihm zu. »Ich rufe einen Arzt.« Und dann an mich gewandt, während sie wieder in ihren Taschen wühlt: »Ich hab doch tatsächlich mein Handy vergessen. Gibt es hier ein Telefon?«

»Nein, wir trommeln.«

Fluchend versetzt sie mir einen Tritt gegen das rechte Knie. Nicht allzu fest, sie hat nicht mal ausholen müssen, aber mir schießen trotzdem die Tränen in die Augen.

»Ich weiß nicht genau, wo das Telefon herumliegt, aber die Ladestation steht auf dem Fensterbrett in der Küche.«

»Ich gehe das Mobilteil suchen. Wenn du dich rührst, kannst du was erleben. Verstanden?«

Sie dreht sich um und blickt verdutzt in Hanjos Gesicht. Er nutzt ihr Überraschungsmoment. Geistesgegenwärtig greift er eine Vase vom Sideboard und drischt sie gegen Kerstins Schläfe. Die Polizistin geht zu Boden; eine Blutspur ziert ihr Gesicht. Mit einem Satz ist sie wieder auf den Beinen, flink wie ein Stehaufmännchen. Ihre Rechte fliegt auf Hanjos Kinn zu. Er blockt dagegen, fängt die Faust ab, nur um ihre Linke gegen seinen Unterkiefer zu kassieren. Als nächstes kassiert er einen Tritt in die Eier. Dieses Mal hat Kerstin ausgeholt.

Hanjo fällt um wie ein Baum.

Siegessicher beugt sich Kerstin über ihn. *Krrrk*. Es knirscht ekelerregend, als sein Ellbogen ihre Nase trifft. Kerstin taumelt zurück; aus Nase und Mund läuft Blut. Hanjo versucht sich aufzusetzen. Er kneift die Beine zusammen, verzieht das Gesicht und quält sich mühsam hoch. Schwer atmend stehen sie sich gegenüber, taxieren sich. Beide schwer angeschlagen, sammeln sie Kraft für die nächste Runde im Ring. Zwei echte Profis.

Wie ein Stier stürzt sich Hanjo auf Kerstin. Sie dreht sich blitzschnell zur Seite und tritt aus wie ein

Kung-Fu-Star, rammt ihm das ausgestreckte Bein in den Bauch. Der Tritt lässt ihn wieder zusammenknicken, aber er kriegt ihr langes Haar zu fassen, reißt sie an sich und fällt mit seinem ganzen Gewicht auf sie. Ineinander verkeilt taumeln sie auf mich zu, ein Ballett aus Fäusten und Tritten. Und ich kann nicht ausweichen, zerre wie verrückt an meinen Handschellen.

Am Ende bin ich diejenige, die Kerstin außer Gefecht setzt, wenn auch unbeabsichtigt. Die beiden Kampfhähne stolpern über mich. Kerstin kracht mit Wucht zu Boden. Sie verdreht die Augen – es sieht theatralisch aus –, und bleibt liegen wie ein Spielzeug mit leergelaufener Batterie.

Hanjo lehnt sich schwer atmend gegen die Wand. Sein Gesicht ist schmerzverzerrt; Bauch und Unterleib müssen höllisch wehtun. Dennoch versucht er mich anzugrinsen.

»Schön, dich zu sehen.« Eigentlich ist mir nicht nach Witzen zumute, aber dieser ist einfach so aus mir herausgerutscht.

»Bist du okay, Annie?«

»Es ging mir schon besser.«

Hanjo sucht in Kerstins Taschen nach dem Schlüssel für die Handschellen. Er macht mich los und legt die Schellen Kerstin an. Um ihre Fußfesseln wickeln wir eine Paketschnur, die Hanjo im Küchenschrank findet. Währenddessen kommt sie langsam zu sich, bewegt die Augenlider, die Arme.

»Was ist hier eigentlich los?«, fragt Hanjo.

»Sie ist hereingekommen, weil sie dachte, ich würde Jan etwas antun. Sie arbeitet bei der Polizei. Hast du das gewusst?«

»Nein.«

»Sie weiß es, Hanjo«, flüstere ich. »Sie weiß etwas.«

»Verdammt!« Er reibt sich nachdenklich das Kinn. »Was machen wir mit ihr?«

»Keine Ahnung.«

»Wo ist deine Mutter?«

»Sie ist tot«, schniefe ich.

»Was?«

»Sie liegt im Schlafzimmer. Sie hat sich umgebracht, hat ihre ganzen Tabletten auf einmal genommen.«

»Bist du sicher? Du musst einen Arzt rufen, vielleicht lebt sie noch!«

»Nein, Hanjo. Sie liegt da seit vorgestern.«

Ungläubig glotzt er mich an.

»Als ich sie gefunden habe … ich war wie gelähmt, ich war nicht in der Lage, jemanden anzurufen, ich habe mich ins Bett gelegt und bin einfach da geblieben.«

»Ist ja gut.« Unbeholfen streicht er mir übers Haar. »Ist ja gut, Annie.«

Ich will Hanjo nicht zumuten, Jan und Kerstin die Treppe hoch zu schleppen, aber hier können wir nicht bleiben. Der Verwesungsgeruch ist kaum zu ertragen. Durch Opa Klaus' Zimmer gelangt man ebenerdig in die Werkstatt. Es gibt eine Heizung; außerdem stehen dort die Gartenmöbel, die wir früher im Sommer draußen aufgestellt haben. Auf den Klappstühlen haben Hanjo und ich erst neulich abends Pizza gegessen. Auch einen alten Liegestuhl gibt es da. Opa Klaus hat manchmal darauf übernachtet, wenn er sich nicht trennen konnte von seinen Nägeln und Schrauben, oder wenn er einfach mal raus musste aus dem ewigen Weiberhaushalt der Villa Grün. In der Werkstatt können wir warten, bis Kerstin und Jan wieder richtig wach sind, und dann überlegen, was wir tun sollen.

»Was machen wir mit den beiden?«, frage ich nervös. »Ich meine, auf Dauer?« So absurd und erschreckend die Situation auch ist, sie hat mich von dem Schockzustand befreit, den ich nach dem Fund meiner toten Mutter erlitten habe, und der mich wie seinerzeit nach Stellas Tod in eine Art Trance versetzt hat.

»Erst mal kurzfristig denken, Annie«, sagt Hanjo. Ich habe keine bessere Idee, deshalb schweige ich. Ungewollt komisch sieht es aus, wie sich sein Hemd über dem Bauch spannt und die Krawatte an seinem Hals baumelt. Das passt zu einem Banker, aber nicht zu einem Hüter des Guten, der gezwungen ist, Menschen zu ermorden. Er rackert sich ab, schwitzt, als er zuerst Kerstin in die Werkstatt schleift und anschließend Jan. Er könnte gewiss Unterstützung brauchen, aber als ich ihm helfen will, lehnt er ab.

»Das ist zu schwer für dich, es ist nicht gut, wenn du dich anstrengst.«

Hanjo keucht. Jan ist vermutlich genau so schwer wie er, er ist zwar schlanker, aber größer als Hanjo. Ich mache mir Sorgen um Jan. Er stöhnt immer wieder, aber er wacht nicht auf, und ich habe keine Ahnung, was wir tun sollen.

Die Elektroheizung springt brav an und verströmt einen Geruch nach Plastik. Der Raum wärmt sich schnell auf. Ich klappe den Liegestuhl auseinander und wische ihn mit einem stinkenden Lappen ab, der auf dem Boden herumliegt. Eine fette Spinne hat darunter gesessen. Sie huscht davon und verkriecht sich in einer dunklen Ecke. Hanjo wuchtet Jan auf den Liegestuhl, der bedenklich wackelt. Sabber läuft über Jans Kinn. Liebevoll wische ich ihn mit einem Taschentuch sauber.

Kerstin reißt die Augen auf und schüttelt unwirsch den Kopf. Wütend starrt sie von Hanjo zu mir und zurück.

»Macht mich los«, sagt sie.

»Erst reden wir miteinander«, sage ich. »Warum hast du mich beschattet?«

»Du warst in der Nähe, als Stella ermordet wurde. Zufall? Das haben alle geglaubt. Dann starb David. In *eurem* Haus. Das ist ein Zufall zu viel. Zwei

Schüler sterben direkt neben dir, und keiner kommt ernsthaft auf die Idee, dich zu verdächtigen. Ich habe dir doch gesagt, dass ich Polizistin bin. Vielleicht bin ich es wegen dir geworden. Ich konnte nicht ertragen, dass du ungeschoren davonkommst.«

Sie schweigt, erwartet eine Antwort von mir, bekommt aber keine.

»An meinem ersten Tag bei der Kripo habe ich die Akte »Hexenkessel« herausgesucht. Ich kenne sie mittlerweile in- und auswendig. Und ich habe mir geschworen, dich zu überführen.«

»Ganz alleine?«, fragt Hanjo.

»Es gibt Leute, die wissen, dass ich hier bin«, sagt sie.

»Wer's glaubt. Ich glaube vielmehr, dass du im Alleingang unterwegs bist. Die Akte Hexenkessel wurde längst geschlossen. Kein Mensch weiß Bescheid, wo du steckst, nicht wahr?« Hanjo lehnt sich zurück und verschränkt die Arme hinter dem Kopf.

Kerstin weiß, dass sie durchschaut wurde, und erspart sich die Demütigung, uns eine Lüge aufzutischen.

»Du hältst dich für verdammt schlau«, sagt sie. »Du hast recht. Ich bin alleine hier, und niemand weiß davon. Aber ich habe tatsächlich Kollegen, die wissen, dass ich hinter Annie her bin, auch wenn das keine offizielle Ermittlung ist. Wenn mir etwas zustößt, wird eher früher als später jemand hier auftauchen und Fragen stellen.«

»Wir wollen dir nichts tun, Kerstin«, sage ich. »Glaub mir, es liegt uns fern, sinnlos Gewalt anzuwenden.«

»Stella würde das bestimmt anders sehen, wenn sie könnte.«

Jan bewegt sich auf dem Liegestuhl und lenkt die Aufmerksamkeit auf sich. Ich bemerke die ekligen Stockflecken auf dem alten Bezug.

»Ich möchte dir etwas erzählen, Kerstin«, sage ich. »Die Wahrheit. Vielleicht kannst du uns verstehen.«

»Schieß los«, sagt sie. »Ich bin gespannt, was du mir zu sagen hast.« Vermutlich erinnern wir sie an irgendein Gangsterpärchen. Bonnie und Clyde vielleicht. An Mickey und Mallory Knox, die Natural Born Killers, die, eine Blutspur hinter sich herziehend, durch die Lande reisen. Sie schaut skeptisch aus, erwartet vermutlich eine an den Haaren herbeigezogene Lügengeschichte.

Jan wimmert und presst die Hand gegen seinen Schädel. Dabei fällt mir die kapitale Beule auf, die er sich beim Sturz vor Mamas Schlafzimmer zugezogen hat. Unbeholfen dreht sich Jan auf die andere Seite. Hanjo passt auf, dass der Liegestuhl nicht umkippt. Er deckt Jan fürsorglich mit einer verschlissenen alten Decke zu, die er im Schrank findet.

»Stella war nicht der Anfang«, sage ich. »Die Geschichte hat vor langer, langer Zeit begonnen. Was weißt du über die Sumpfhexe?«

»Diese unglückliche Magd mit den zwei Kindern? Ich habe darüber gelesen, als ich Informationen über den Tatort sammelte. Sie wurde verjagt und verhungerte im Wald.«

»Die Magd versuchte alles, um ihre geliebten Kinder zu retten. Sie verfütterte ihnen ihr eigenes Fleisch. Die beiden überlebten und wurden von der Bevölkerung aufgenommen und großgezogen.

Die Hexe dagegen starb, aber ihr Geist lebt im Hexenwald weiter. Und sie ist immer noch hungrig, verlangt ständig nach Fleisch. Immer wieder, im Abstand von zehn Jahren, verlangt sie ein Menschenopfer. Dann ertönen ihre Schreie. Wer nahe an der Rheinschanzinsel wohnt, kann sie hören in der Nacht. Manche Leute sagen, es sei nur das Pfeifen des Windes, aber es sind die Rufe der Sumpfhexe.«

»Du stiehlst meine Zeit mit diesem Geschwätz«, sagt Kerstin spitz. Sie versucht die Beine unauffällig hin- und her zu bewegen, um das Paketband zu lockern, aber Hanjo hat es richtig fest gezogen. Ich schätze, dass wir es bald lockern müssen, weil es sonst ihr Blut abschnürt.

»Die Kinder wurden erwachsen und heirateten, aber keiner wusste, dass sie sich weiter um ihre untote Mutter kümmerten. Alle zehn Jahre brachten sie ihr ein Menschenopfer, das die Hexe mit Haut und Haar auffraß. Die Kinder gaben diese Bürde wiederum an ihre eigenen Kinder weiter. In jeder Generation gibt es seither einen Jungen und ein Mädchen in Philippsburg, die diese Aufgabe weiterführen, und den Hunger der Hexe stillen.«

Ich zeige auf Hanjo, der an den Arbeitstisch gelehnt meiner Geschichte, die er so gut kennt, lauscht.

»Hanjo und ich sind ihre Nachkommen. Die Sumpfhexe ist unsere Urmutter. Unsere Ahnin.«

»Das ist so was von bescheuert«, sagt Kerstin. »Willst du mit dieser Story auf Unschuldig plädieren? Das könnte sogar gelingen. Die stecken dich in die Geschlossene.«

»Hanjo ist mein Halbbruder«, sage ich. »Wir wurden vom selben Mann gezeugt.«

Kerstin tippt nervös mit dem Fuß auf den Boden, immer wieder, soweit die Paketschnur es zulässt. »Erzähl mir endlich, was mit Stella passiert ist.«

»Unser Vater lebte zu diesem Zeitpunkt nicht mehr. Wir wussten um unsere Aufgabe, theoretisch, aber wir waren fast noch Kinder; wir hatten keine Ahnung, wie wir vorgehen mussten, wie wir jemanden in den Hexenwald locken sollten. Niemand leitete uns an, niemand hatte uns richtig darauf vorbereitet. Eines Nachts schallten die Schreie der Hexe über die Insel.«

Hanjo nimmt meine Hand. Ich hole tief Luft. Ich habe nie mit jemand anderem als mit ihm darüber gesprochen, was an jenem Samstag wirklich passiert ist.

»Eines Tages überredete mich Stella, auf die Insel zu gehen. Sie wollte Infomaterial über ihre Schularbeit sammeln. Ich dachte, wenn ich dabei bin, würde nichts passieren. Ich dachte, die Hexe würde Stella in Ruhe lassen, weil sie doch meine Schwester war ... Stella scheuchte Pebbles in den Hexenwald hinein und ging ihr hinterher. Ich wartete auf die beiden, aber sie kamen nicht zurück. Ich hörte Stella lachen und rufen, sie hatte Pebbles schnell gefunden. Schließlich bin ich zu den beiden hingegangen. Pebbles stand an einem brackigen Tümpel und knurrte leise. Sie bewegte sich nicht vom Fleck. Sie hatte irgendwas gemerkt ... Und ich sah die Hexe unter der Wasseroberfläche, ich sah sie auf uns zuschwimmen, und ich wurde panisch. Ich schrie Stella an: »Komm raus, Stella, wir müssen raus aus diesem Wald!« Aber sie lachte nur und nahm mich nicht ernst. Also packte ich sie am Arm und versuchte sie fortzuziehen.

Stella war viel stärker als ich und wehrte mich mühelos ab. »Ach, du mit deiner ewigen Angst vor Hexen«, sagte sie, ich ging wieder auf sie los, wir rangelten miteinander. Plötzlich fuhr Pebbles dazwischen, sie sprang an Stella hoch, um mich zu verteidigen. Stella war darauf nicht vorbereitet und wich ein paar Schritte zurück. Dabei geriet sie mit einem Fuß in den Tümpel.

»Nun sieh dir das an«, sagte sie. »Fuck.«

Sie schaute mich an und lachte über ihren nassen Schuh. Sie sah nicht, dass sich eine Hand näherte, eine nicht menschliche Hand, die unter Wasser auf ihren Fuß zuschoss und ihren Knöchel umklammerte. Sie sagte irgendwas wie »Ups«, und sah im ersten Moment eher überrascht aus als ängstlich. Ich machte einen Satz auf sie zu, aber Pebbles fuhr dazwischen und behinderte mich, und dann wurde Stella unter Wasser gezogen. Ich sprang hinterher und versuchte sie rauszuziehen, wir zerrten beide an Stella, die Hexe und ich, aber ich hatte keine Chance. Und Stella schon gar nicht. Sie zappelte eine Weile, das Wasser spritzte auf, und ich stand völlig hilflos daneben, bis zu den Knien im Tümpel, und war wie gelähmt, wusste nicht, was ich tun sollte … Dann beruhigte sich das Wasser, die Hexe tauchte auf und sah mich an – und ich konnte ihren Elend, ihren Hunger sehen, das jahrhundertealte Leid – Stella war zu diesem Zeitpunkt schon halb tot. Es gelang mir, meine Schwester ans Ufer zu zerren, wo ich mich neben sie setzte und ihre Hand hielt, bis die Hexe mit ihr fertig war. Bis nur noch die Knochen übrig waren.«

Hanjo legt mir den Arm um die Schultern. »Und ich kam zu spät«, sagt er leise. »Annie musste das ganz alleine durchstehen. Ich sah die beiden, wie sie auf die Insel fuhren, und mich beschlich eine ungute Ahnung. Ich wollte ihnen folgen, aber mein Vater rief mich zurück – mein Stiefvater, meine ich, nicht mein leiblicher; ich sollte ihm an diesem Tag beim Holz machen helfen. Es dauerte einige Zeit, bis ich mich aufmachen konnte. Als ich die beiden im Hexenwald fand, war es längst zu spät. Stella war tot.«

»Ich habe euch gesehen«, sagt Kerstin überraschend. »Ich war in der Gegend spazieren und stand am Straßenrand, als Stella und Annie an mir vorbei Richtung Insel fuhren. Ich sagte Hallo, aber ihr habt mich nicht gesehen, habt mich nicht beachtet. Wie so oft. Ich war neugierig, wo ihr hinwolltet, und folgte euch, weil ich Stella immer so nett fand. Ich fand eure Fahrräder am Rand von diesem Hexenwald, aber ich hatte keine Ahnung, wie ich euch in diesem Gestrüpp finden soll, deswegen bin ich einfach so über die Insel geschlendert ... und irgendwann kam Hanjo auf seinem Fahrrad angerast, stellte es neben euren ab und stürmte in den Wald. Ich dachte mir nichts weiter dabei und ging nach Hause. Zwei Tage später erfuhr ich von dem Mord. Da hatte ich Hanjo im Verdacht.«

Kerstins Worte im Klassenzimmer fallen mir ein. *Ich habe deinen Freund gesehen. Er ist euch gefolgt.*

»Und ich dachte, du hättest David gemeint!«, sage ich.

»Und da hast du also geglaubt, David hätte euch beobachtet und könnte irgendjemandem erzählen, was er gesehen hat?«

»Ja, schon, aber deswegen hätte ich ihm nichts angetan. David ist die Treppe hinuntergefallen.«

»Vielleicht hast du ihn gestoßen? Vielleicht hast du Stella sogar in den Tümpel gestoßen, in dem die Hexe lebt?«

Ich sage nichts. Was soll ich auch sagen. Ich kann verstehen, dass Kerstin so denkt.

Hanjo spricht weiter. »Woran erinnern dich unsere Namen, Kerstin? Annegret und Hanjo?«

Jetzt endlich versteht sie.

»Ihr seid Hänsel und Gretel«, flüstert sie. »Die die hungrige Hexe füttern müssen.«

Kerstin ist vollkommen geschockt. Ich weiß, dass sie mir jetzt glaubt. Sie hat Stellas Mörder gefunden, aber es stellt alles auf den Kopf, woran sie in den letzten Jahren geglaubt hat.

»Woher wisst ihr von eurer Verwandtschaft?«, fragt sie, wie um sich abzulenken.

»Als ich zum ersten Mal alleine zur Schule laufen durfte«, sagt Hanjo, ich war sechs Jahre alt und ging in die erste Klasse -, sprach mich ein Mann auf der Straße an. Ich hatte natürlich gelernt, dass ich nicht mit Fremden reden sollte, aber als er sich als mein Vater ausgab, habe ich ihm sofort geglaubt. Ich habe ihn – wie soll ich sagen? Erkannt. Instinktiv. Er hat mir alles erzählt, auch, dass Annie meine Schwester ist. Und er sagte, dass es jetzt unser Job sei, weiterzumachen, weil er gehen müsse, um ihr sein eigenes Fleisch darzubringen. Er wollte keinen Unschuldigen mehr töten und opferte sich selbst.«

Kerstin schüttelt fassungslos den Kopf. Sie überlegt eine Weile, dann fragt sie: »Was geschieht, wenn ihr sie nicht füttert? Wenn ihr die Opferungen einfach auslasst?«

»Dann wird die Hexe die Insel verlassen und nach Philippsburg kommen, um sich an den Einwohnern zu rächen für das, was ihr damals zugestoßen ist. Sie würde niemanden verschonen, Kerstin. Niemanden.«

»Es muss eine Lösung geben! Wenn man das Gebiet durchsucht … ihr müsst sie hassen. Warum unternehmt ihr nichts gegen sie?«

»Die Hexe ist unsere Urmutter«, sage ich. »Unsere Familie. Wir können sie nicht hassen. Ich habe ihr den jungen Mann, Mike, gebracht. Aber in zehn Jahren werden ihre Schreie erneut erklingen …«

»… und dann werde ich in den Hexenwald gehen und mein Fleisch opfern, wie unser Vater«, sagt Hanjo. »Danach Annie … und dann machen unsere Kinder weiter.«

»Stella war das einzige Mädchen an der ganzen Schule, die freundlich zu mir war«, stößt Kerstin hervor. »Sie hat mir geholfen, als Alice mich mit Hilfe ihrer Bande schikanierte. Sie war eine der wenigen Menschen, die mit mir gesprochen haben, obwohl sie nicht mal in meine Klasse ging. Ich habe mir geschworen, sie zu rächen.

Als Annie nach Philippsburg zurückkam, war mir klar, dass bald etwas passiert. Ich wollte dir eine Falle stellen, wollte dich verunsichern mit meiner

SMS, wollte, dass du einen Fehler machst … dich verrätst, irgendwie …«

Eine Weile spricht niemand ein Wort.

»Und warum ist deine Mutter tot?«, fragt Kerstin dann. Ich hole den Brief und gebe ihn ihr zu lesen.

Meine liebe, liebe Tochter Annie,

ich habe geahnt, dass es ein Fehler war, mich mit Deinem Vater einzulassen, aber der Verlust über den Tod meines Mannes hat mich blind vor Kummer gemacht.

Alle Welt hielt Henning für einen Sonderling. Er sprach nur mit wenigen Menschen, aber er arbeitete tüchtig auf den Spargeläckern der Ammanns. Er war für mich da, als mein Mann ums Leben kam, und hat sich um mich und die kleine Stella gekümmert. Ich hätte nicht geglaubt, dass ich nach Stellas Geburt so schnell schwanger werden könnte, an so etwas habe ich in meinem Kummer gar nicht gedacht. Hennings Trost habe ich gerne angenommen. Als er verschwand, ließ er mir einen Strauß Rosen zurück und etwas Geld, das er auf den Feldern verdient hatte. Ich bin sicher, dass das alles war, was er besaß. Auch seine wenigen Sachen hat er hier gelassen, sie liegen in einer Kiste auf dem Speicher. Ich glaube, dass er mich geliebt hat, aber seine Gründe hatte, warum er mich und dich verlassen musste. Bis heute weiß ich nicht, wohin er gegangen ist, und was aus ihm geworden ist.

Deine Geburt half mir, den Kummer zu ertragen. Du warst so ein süßes Mädchen, so quirlig und heiter; erst später, etwa mit sechs Jahren, wurdest du introvertiert und grüblerisch und hast dich mir und Papa gegenüber verschlossen, aber ich habe dich deshalb nicht weniger geliebt. Mindestens genau so sehr wie Stella, auch wenn du diesbezüglich immer Zweifel hattest.

Ich weiß nicht, was Henning dir vererbt hat, aber es ist nichts Gutes. Ein schlechtes Erbe fließt in Deinem Blut. Ich wusste von Anfang an, dass du eine Mitschuld an Stellas Tod trägst, aber ich war nicht in der Lage, dich deshalb zu verurteilen oder gar dich zu verraten, denn du bist mein Kind. Ich habe diese Schuld an dir gespürt.

Es ist ein unerträglicher Schmerz, ein Kind zu verlieren. Ich hätte der Polizistin von meinem Verdacht erzählen müssen, aber ich hätte es nicht ertragen, auch dich zu verlieren, obwohl ich ahne, was du getan hast. Ich wollte damals sterben, aber ich konnte nicht, mir hat die Kraft dazu gefehlt.

Heute werde ich es schaffen.

Deine Mama

Kerstin wischt sich verstohlen eine Träne aus dem Augenwinkel. Als sie fertig ist, faltet sie den Brief ordentlich zusammen und gibt ihn mir zurück.

»Wenn du uns einsperren lässt, wird es sehr viel mehr Tote geben, Kerstin – bitte, denk darüber nach, was du tun wirst.«

*

Stella gehört zu den wenigen Opfern, die überhaupt gefunden wurden. Der Hexenwald wird regelmäßig bei Hochwasser überschwemmt. Die meisten Opfer wurden in den Rhein gespült und landeten, wenn überhaupt, viele Kilometer entfernt, wo keine Verbindung zu Philippsburg oder zum Hexenwald hergestellt wurde. Sie reihten sich in die Vermisstendatei ein, und nur in extrem trockenen Sommern wie 2003 oder 1983, bestand die geringe Chance, dass jemand auf die knöchernen Überbleibsel stieß, bevor sie in den Fluten des Flusses verschwanden.

Ich habe dafür gesorgt, dass Stella dieses Schicksal nicht ereilt. Das war alles, was ich noch für sie tun konnte: Mit Hanjos Hilfe bettete ich ihren Leichnam an den Rand des Tümpels, wo die Suchkräfte früher oder später auf sie stoßen würden.

*

Kerstin ruft die Polizei. Aber nicht, um uns verhaften zu lassen, sondern um Mamas Tod zu melden. Ich gebe an, nach einem mehrtägigen Aufenthalt in Heilbronn nach Hause gekommen zu sein und ihre Leiche gefunden zu haben. Den Brief zeige ich ihnen nicht.

Die Beamten nehmen die Sache ohne große Nachfragen auf. Eine schwerkranke Frau setzt ihrem Leben ein Ende: Das kommt öfter vor, und die Anwesenheit einer Kollegin von der Kriminalpolizei erstickt jeden Argwohn im Keim.

Ein Notarzt kümmert sich um Jan. Er hat eine leichte Gehirnerschütterung erlitten und wird keinen bleibenden Schaden davontragen, versichert mir der Sanitäter.

»Wo bin ich?«, fragt Jan, als der Sanitäter ihn mit Hanjos Hilfe auf die Trage hievt.

Er kann sich an nichts erinnern, was ein Segen für uns ist. Ich hoffe, dass er mich nie wieder besuchen kommt, ansonsten bin ich gezwungen, ihm eine Affäre mit Hanjo vorzuspielen; er weiß ja nicht, dass Hanjo mein Halbbruder ist. In einem besseren Leben hätte ich Jan geheiratet, aber aus meiner schrecklichen Welt muss ich diesen wunderbaren Mann heraushalten. Er hat es nicht verdient, mit Blut, Mord und Menschenopfern konfrontiert zu werden. Jan soll nicht wissen, dass er etwas bei mir zurückgelassen hat. Ich gehe von ihm schwanger, und er soll niemals erfahren, welche Bürde seinen Nachkommen auferlegt sein wird.

*

Am nächsten Tag sind Hanjo und ich alleine in der Villa Grün. Es gelingt ihm, mich aufzuheitern, obwohl ich immer wieder würgend über der Toilettenschüssel hänge.

»Schlimm?«, fragt Hanjo mitfühlend.

»Geht schon wieder. Ich gewöhne mich langsam daran.«

»Ich mache dir was zu essen.« Kritisch prüft Hanjo den Kühlschrank. »Ich habe frische Schnitzel drüben, soll ich sie holen?« Er dreht sich um und zwinkert mir zu.

»Es heißt, Fleisch sei wichtig für ihre Entwicklung.« Ich streichele meinen Bauch. »Wird mir nicht leicht fallen, das hinunterzukriegen. Aber für die beiden tu ich's gerne.«

Ich weiß instinktiv, dass es Zwillinge geben wird, ein Junge und ein Mädchen. Sie sollen Greta und Hans heißen.

ENDE

Über die Autorin

Martina Bauer, geb. 1968, ist ausgebildete Industriekauffrau und Fachkrankenschwester für Intensivpflege und Anästhesiepflege. Sie lebt mit ihrem Mann und ihrem Sohn an der Südlichen Weinstraße. Mit dem Schreiben hat sie vor einigen Jahren begonnen, ihre bevorzugten Genres sind Crime, Mystery und Horror.